이광수의 일어 창작 및 산문선

이광수의 일어 창작 및 산문선

김윤식 편역

도서출판 역락

편역자 머리말

이 나라 근대소설의 선구자인 이광수(1892~1950)의 처녀작이 일본어로 씌어졌다는 사실은 근대 한·일 관계의 어떤 관련 양상을 새삼 일깨우는 사건성이라 할 만하다. 이것은 「오감도」(1934)의 시인 이상이 「선의 각서」 등을 일본어로 시작했음과 더불어 문제적이다. 이른바 이중어글쓰기(bilingual eative writing)의 문제가 글쓰기의 출발점에서 제기된 형국인 까닭이다. 이러한 이중어글쓰기의 과제가 새로운 연구영역으로 부상한 것은 20세기 말이었고 금세기에 들어서자 한층 뚜렷해졌다.

두루 아는 바 근대문학이란 국민국가(nation-state)를 전제로 한 문학을 지칭한다. 국민국가의 언어, 즉 국어로 하는 문학이 근대문학이기에 한국근대문학은 당연히도 국민국가를 전제로 한 것이다. 그 국가가 임시정부였고 이를 언어의 측면에서 대행한 기관이 바로 조선어학회였다. 그러기에 당초부터 한국근대문학은 일제 통치부의 바깥에 있었다. 일제가 한국근대문학까지 통치부 속에 편입시키고자 한 것이 저 악명 높은 조선어학회사건(1942. 10. 1.)이다. 33인을 문제 삼아 총독부 시정일(始政日)인 10월 1일(공휴일)을 기하여 일으킨 이 사건은 따라서 상징적이 아닐 수 없다. 이로부터 8·15 해방까지는 이른바 암흑기라고도 불리지만 그러나 글쓰기의 차원에서 보면 이중어글쓰기 공간이라 할 수도 있다. 일어로 쓰든 한국어로 쓰든 좌우간 글쓰기의 공간이 주어졌고, 그 성과는 상당한 분량에 이르고 있다(졸저, 『일제말기 한국작가의 일본어 글쓰기론』, 서울대출판부, 2003). 이 공간이 지닌 의의는 이미 적었듯 21세기에 접어들어서 현저해졌다. 근대 곧 국민국가론이 관심 밖으로 밀려나고 세계화의 도도한 물결 앞에 전면적으로 노출되었다. 이 출구 막힌 인문학적 상황에서 최소한의 영역 확보를 위해 몸부림치며 나아간 곳의 하나가 모두가 아는 바 동북아 연구 공간(영역)이었다. 한·중·일 등 동양 삼국의 문학을 문제 삼는 일도 불가피해졌고, 이때 문학에서 문제적인 것이 국적따지기에 못지않게 국적 무시하기의 모순적 현상이었다. (1) 조선인이 (2) 일어로 (3) 중국을 무대로 하여 쓴 작품인 김사량의 「향수」(1941)의 경우가 이 점을 비유적으로 가리켜 보여준다.

이러한 이중어글쓰기의 문제계에서 바라볼 때 이광수의 글쓰기는 어떠할까? 이 물음은 부정적이든 긍정적이든 음미될 만한 사항이라 할 것이다. 이 책을 편역한 이유도 여기에서 왔다.

이광수의 이중어글쓰기의 문제성은 실로 단순치 않았다. 「萬영감의 죽음」과 같은 순수한 일어 창작이 있는가 하면 「加川校長」(1943)과 같은 내선일체 이데올로기의 선전용도 있다. 산문의 경우에도 사정은 같다. 「행자」 같이 심도 있는 것도 있지만 「동포에게 보낸다」 같은 거칠기 짝이 없는 것도 있다. 이때 주목되는 것은 <香山光郎의 글쓰기>와 <이광수의 글쓰기>를 의식적으로 내세운 점이라 할 것이다. 여기 수록한 글들은 <香山光郎의 글쓰기>와 <이광수의 글쓰기>

를 가운데 놓고 「무정」(1917)의 작가로서 그가 얼마나 순수하고자 했고 또 얼마나 불순하고자 했는가를 어느 수준에서 가늠할 수 있는지, 그 가능성을 읽어낼 만하다고 생각되는 글들을 뽑은 것이다.

이중 Ⅰ부의 창작 3편은 『문학사상』(1981. 2.)에 실린 것들을 해설까지 표기법·구두점 등 외에는 손보지 않고 그대로 실었다. 특히 수록된 내용이 창작인만큼 작품해설은 가급적 짧게 했다. 「無佛翁의 추억」은 『한국문학』(1987. 6.)에 실린 것인 바 이 역시 해설까지 손보지 않고 그대로 실었다. 당시의 감각을 그대로 드러냄도 의미 있다고 믿기 때문이다. 나머지 글들은 모두 근자에 번역한 것들이다. 각 글에 대해서는 나름대로 해설을 달았는데 이는 편역자의 근자 생각을 드러냄이라 할 것이다. Ⅳ부 「동경대담」은 육당과 춘원의 대담이긴 해도, 그리고 학병권유 행각에 해당되는 것이긴 해도, 그 후반부에 비중을 둔다면 근대문학 초창기의 증언으로 문헌적 가치를 둘 만한 것이다. 이광수, 그는 이 대담에서 이렇게 실토한 바 있다.

"사투리란 둘째 셋째 문제이고 무엇보다 국어(일본어)로 소설을 쓰고자 하는 것 자체가 도대체 무모하니까요."

"대체로 조선인이 쓸 수 있는 것은 수필이겠지요. 소설을 쓰고자 한다면 그것은 일본인 아내를 얻든가 일본에 와서 몇 십년간 살아야 하는 것이니까."

"금년에 들어 저도 국어(일본어) 작품을 4, 5편 썼지만 이런 것은 쓸 것이 아니라고 생각했다……"

2007. 10. 김 윤 식

차례

I

사랑인가

그는 벌벌 떨었다. 그의 몸은 열탕에 들어간 양 숨은 점점 거칠어
지고 눈은 처절함을 띠었다. 주인은 점점 의심스러워진 듯, 그의 얼굴
을 뚫어지게 보고 있다. 그는 이젠 있을 수가 없었다. 아아, 가슴이여
터져라, 피여 뿜어져 나오라, 몸이여 식어버려라, 나는 너를 위해 피
를 흘리는데 너는 나에게 얼굴도 뵈지 않는가.

▼ 명치학원 학보

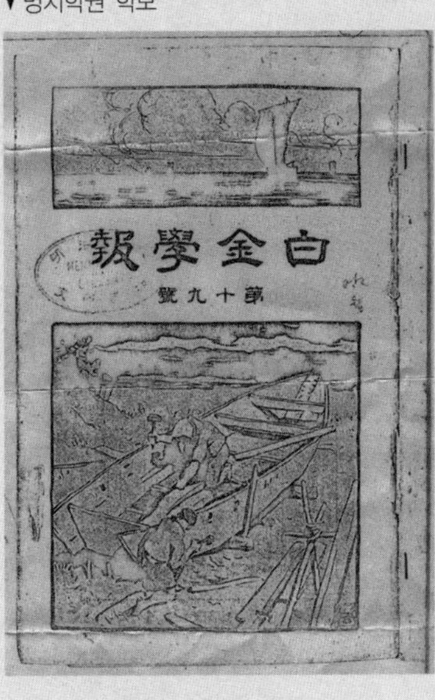

▼ 이광수의 처녀작 「愛か」. 당시 이광수의 필명은 '韓國留學生 李寶鏡'(한국유학생 이보경, 아명)으로 되어 있음.

愛か

韓國留學生 李寶鏡

文吉は操を澁谷に訪ふた。無限の喜と樂と望とは彼の胸に漲るのであつた。途中一二人の友人を訪問したのは、只此が口實を作る爲である。夜は更け途は澁んで居るが其にも頓着せず文吉は操を訪問したのである。彼が表門に着いた時の心持と云つたら實に何とも云へなかつた。嬉しいのだか悲しいのだか恥しいのだか心臟は早鐘をつく如く息は荒かつた。何んでも其の時の狀態は三分間も彼の記憶に止まらなかつたのである。

三十五

彼は門を入つて格子戸の方へ進んだが動悸は愈早まり身体はブル〳〵と顫へた。もう寐るのだらうか、イヤ然ではない、今ヤット九時を少過ぎた計である。其に試験中だからまだ寐ないのには定つて居る。多分淋しい處だから早くから戸締をしたのだらう。戸を叩かうか、叩いたら屹度開けて吳れるには相違ない。俳彼は此の事をなすことが出來なかつた。彼は木像の様に息を凝らして突立つ居る。何故彼は遙々友を訪問して戸を叩くことが出來ないのだらう？叩いたからと云つて答められるのでもない、只彼は叩く勇氣がないのである。なければ彼が叩かうとする手を止めるのでもない、只彼は叩く勇氣がないのである。あゝ彼は今明日の試験準備に餘念ないのであらう。彼は吾が今此處に立て居ると云ふことは夢想しないのであらう。彼と吾と唯二重の壁に隔てられて萬里の外の思をするのである。あゝ何しよう、折角の望も喜も春の雪と消え失せて了つた。あゝ此の處を辭せねばならぬのか？彼の胸には失望と苦痛とか沸き立つた。仕方なく彼は踵を返して此處を退つた。

三十六

彼はホット溜息を漏らす。彼は表門を出て坂を下りかけて見たが、先剩は何の苦もなく下りかけた坂が今度は大分下り難い。彼は二三度踉めいた。牛許下りかけたが、彼は何と思つてか、前なる連の電柱の先に淋しく輕く立つて居る赤い電燈は、夏の夜の静けさを増すのであつた。彼は此處に立つて考へて居るのである。あゝ何しよう？吾は明日歸るではないか、明日歸れば來學期にならないと彼の顔を見ることが出來ないのである。あゝ何しよう？何！此んな處へまで來て逢はずに歸る奴があるものか。吾は弱い、弱いけれども此んな事が出來なくて何する？是から少強くならう。よし今度は是非戸を叩かう。處で面白い話をするでもなければ用があるのでもない、唯彼の顔を見る計りだ。其で彼は再ひ踵を返した。今度は勇氣天を衝く様で足は輕くて早い。餘早過ぎたものだら逢門を通り越した。滑稽と云はゝ云はれよう。勿論遣入つた。今度

より外に廣い廣い世の中に何の響も聲もしない、只見るものは黑い波ばかりだ。紫朗君は頻りに獨りで興に入つて居る、僕を顧見ては、『見ろ、如何だ、此黑い景色は』と云ふ、一種冷めたい夜氣が身に泌む、窓から濱名湖を吹いて居た風が遣入つて來る何とも云へぬ清鮮な思がして、頭が明確と成る。其内、くたびれて眠つて終ふ。朝に成つて眠が醒めた、顔を洗ふ。食堂に行つて飯を食わふぢやないかとの紫朗君の意見に從つて瀧車の食堂車なるものに生れて始めて行つて見た、何事も紫朗君の案内通りだ、味噌汁をやらうぢやないかと云ふから、よからうと賛成した。やがてボーイが選んで來た、窓の方を向いて、腰を掛けて食ふ様に成つて居る、しやみの入つた味噌汁で、其甘い事は絶品だ。而かん丁度前には琵琶湖がある。『おい、琵琶湖を前に眺めて、朝飯を食ふ、好いぢやないか、ね、どうだ。』と紫朗君が云ふ。『好いね』と云ふより外に言葉が出なかつた、全く、よかつた、時は六月十二日の朝で、凉しい風が静かに遣入つて來る、天下の好氣色、我物顔で大きくなつて喜んだ。遂ひに僕だけは味噌汁二椀平げだ。斯くて午前九時過ぎに京都に着ひた、下車して、電車に乗り、同志社を訪ねた。是から京都見物だが、京都は皆様の御案内の事だから筆を擱かう。

사랑인가

••• 韓國留學生 李寶鏡

문길(文吉)은 미사오[操]를 만나러 시부야[澁]로 갔다. 무한한 즐거움과 기쁨과 희망은 그의 가스에 넘쳐흘렀다. 도중 한두 사람의 친구 집을 방문한 것은 단지 구실을 짓기 위해서이다. 밤은 으슥해지고 길은 질퍽했으나 그런 것에는 관심없이 문길은 미사오를 방문한 것이다.

그가 대문에 이르렀을 때의 심정이란 실로 무어라 말 할 수 없다. 기쁜 것인지 슬픈 것인지 부끄러운 것인지 심장은 급한 종소리처럼 울리고 숨은 거칠었다. 어쨌든 그때의 상태는 그의 기억에는 3분간이나 정지되어 버렸던 것이다.

그는 대문을 들어가 격자문 쪽으로 나갔으나, 심장의 고동이 빨라져 몸이 벌벌 떨렸다. 덧문은 닫혀져 있어 사방은 죽은 듯이 조용하다. 벌써 자고 있는 것일까. 아니, 그렇지는 않아. 이제 겨우 9시를 조금 지났을 따름인 것이다. 게다가 시험 중이어서 아직 잘 리가 없다. 퍽 한적한 곳이어서 일찍부터 문을 닫은 것이리라. 문을 두드릴까, 두드리면 꼭 열어줄 것임에는 틀림없다. 그러나 그는 그렇게 할 수가 없었다. 그는 나무로 깎은 인형 모양으로 숨을 죽이고 우뚝 서 있다. 웬일일까? 어째서 그는 멀리서 친구를 방문하러 와서는 문을 두드리는 일을 할 수 없는가? 두드린다고 해서 야단맞을 리도 없으려니와 두드리고자 하는 손을 누가 저지하지도 않지만 다만 그는 두드릴 용기가 없는 것이다. 아아, 그는 시방 내일의 시험 준비에 여념이 없으리라. 그는 내가 시방 이곳에서 있다는 것을 꿈에도 생각하지 않으리라. 그와 나는 단지 이중의 벽을 사이에 두고 만리 밖의 생각을 하고 있는 것이다. 아아, 어쩌면 좋으랴, 모처럼의 바람도 즐거움도 봄눈 녹듯 사라져버렸다. 아아, 이대로 이곳에서 물러나지 않으면 안 되는가. 그의 가슴에는 실망과 고통이 끓어올랐다. 도리 없이 그는 발길을 돌려 발소리를 죽이고 그곳에서 물러났다.

우물 끝에 나오자 땀이 뻘뻘 온 몸에 흘러 학생복 윗도리가 마치 물(얼음으로 되어 있으나 물의 오식인 듯―역주)에 젖은 것 같았다. 그는 훗하고 한숨을 쉬자 여름의 밤바람은 빨갛게 달아오른 그의 얼굴을 가볍게 스쳤다. 그의 다리는 나아가지 않았다. 그는 이번엔 뒤를 돌아보았으나 역시 덧문은 잠겨져 등불 빛이 희미하게 어둠 속에 새오나오고 있을 따름이었다. '이제' 끝장이다. 그에게 주어진 기회는 끝장이 난 것이다. 그는 결심한 듯 곁눈도 팔지 않고 썩썩 걸어나갔다. 그는 대문을 나와 언덕을 내려가 보았으나 먼저는 아무런 어려움 없이 슬슬 올라온 언덕 고개가 시방은 내려가기가 매우 어려워 보였다. 그는 두세 번 비틀거렸다. 반쯤 언덕을 내려왔으나, 그는 무엇을 생각했는지 뚝 서버렸다. 돌아가고 싶지 않기 때문이다. 무엇인가 좋은 방도를 생각해낼 것이다. 앞에 있는 거리의 전주 앞에 외로이 깜박이고 있는 붉은 전등은 여름밤의 조용함을 한층 더하고 있었다.

그는 이곳에 서서 생각하고 있는 것이다. 나는 내일 귀국하는 것이 아닌가, 내일 돌아가면 다음 학기가 되지 않으면 그의 얼굴을 볼 도리가 없는 것이다. 아아, 어쩌면 좋아? 무엇이! 이런 지경에까지 와서 만나지 않고 돌아갈 치가 있을까 보냐. 나는 약하다. 약하지만 이런 일쯤 할 수 없다면야 어찌랴? 이로부터 좀 강해져 보리라. 좋아, 이번은 반드시 문을 두드리리라. 물론 들어갔다 해도 무슨 재미있는 얘기를 하는 것도 아니며, 용건이 있는 것도 아니다. 다만 그의 얼굴을 볼 따름인 것이다. 그는 다시 발길을 돌렸다. 이번은 용기충천한 듯 발걸음은 가볍고 빨랐다. 너무 빨라서 마침내 문을 지나쳐버렸다. 우스꽝스럽다면 우스꽝스럽다 할 것이다. 서너 걸음 되돌아와 그는 대문을 들어섰다. 이번은 일부러 징검돌을 딛고 딱딱 구둣발소리를 내었다. 이것은 수단인 것이다. 자기에게는 수단이지만 다른 사람에게 알려지게 하는 수난이다. 그는 이 수단에는 성공을 기했지만 격자문 있는 곳까지 이르러도 아무런 기척이 없다 더 몇 번 구둣발소리를 내고자 해도 장소가 없는 것이다. 설마 체조 시간처럼 제자리걸음을 할 수야 있으랴. 아아, 또 실패했다. 이번에야말로 되돌아가지 않을 수 없다. 그는 두 번째로 한숨을 토했다. 그러나 궁하면 통한다고 그는 또한 꾀를 안출해 내었다. 그것은 돌아갈 때 일층 말소리를 내는 것이다. 그렇게 하면 아마도 집안 사람이 그 소리를 듣고 문을 열어줄지 모른다. 실로 궁책이다. 그는 실행해 보았다. 그러자 마침내 안에서 하녀의 졸리운 듯한 소리가 들렸다. '미사오 씨.'라고 하는 것 같았다. 그는 약간 성공을 거두었으나 쓸데없다. 그는 잠시 숨을 죽이고 서 있었다. 만약 순사에게 발견되는 날이면 도적의 누명을 쓸지도 모른다. 그는 최후의 모험을 시도했다. 그렇다. 모험이다. 이번은 발소리를 죽이는 것이 아니다. 그는 당당히 뒤꼍에로 돌아가자 예상대로 빛은 컸었다. 이야말로 실로 암흑동중의 한줄기 광명! 목마른 호랑이의 맑은 샘!

"누구세요."

라고 누군가가 툇마루에서 물었다.

"저올시다."

라고 대답한 그의 목소리는 떨렸다. 그는 자기가 누군지를 알리기 위해 얼굴을 빛 쪽으로 돌려,

"벌써 주무시는 것은 아닌지 해서……"

"어! 당신이군 어두워서, 그만, 자 올라오소."

주인이 권하는 대로 그는 구두를 벗고 올라갔다. 주인은 방석을 권했으나 그는 고맙다고는 여기지 않는 모양이다.

"시험은 끝났소?"

라고, 주인은 읽고 있던 잡지를 책꽂이에 꽂으며 물었다.

"예, 오늘 아침에 끝났습니다. 그런데 그쪽은?"

이는 짐짓 인사치레에 지나지 않는 것이다. 이러한 희화는 원래 좋아함이 아니었다. 오히려 싫어하는 편이다. 그는 단도직입적으로

"미사오 군은 있습니까."

라고 묻고 싶었다. 그러나 그는 그렇게 되지 않았다. 애써 자기 마음 속을 상대방에 보이지 않고자 한다. 그러나 얼굴은 마음의 밀정이어서 아무리 태연한 척 가장해도 반드시 나타나는 것이다. 주인은 의아한 듯이 그의 옆얼굴을 응시하는 것이었다.

"우리들은 아직 멀었소. 이번주 토요일까지가 아니면. 지긋지긋하군요."

라고, 한번 얼굴을 찌푸린다. 모기떼가 습격해 온다. 땀이 흐른다.

"아무래도 금년은 각별히 덥군요."

라고 문길은 '미사오에게 내가 왔음을 알려달라. 그러나 알리는 것은 부끄럽다.'고 생각하면서, 말했다. 직접 알리지 않고, 저절로 알게 하는 것이 그의 바라는 터이다. 미사오는 미닫이 한 장을 사이에 두고 있는 것이다. 문길은 머릿속에 미사오의 모습을 그리면서 '이제쯤 알았으리라, 내가 와 있음을 알고서도 나오지 않는 것이 아닌가'라고 생각했다.

얼마 안 되어, 그와 같은 방의 생도가 들어왔다. 문길은 무엇보다 기쁜 척하며 일부러 소리를 높여

"공부하고 계십니까?"

라고 물었다. 그는

"예."

라고 대답하고 자기 방으로 돌아갔다. 아마 내가 왔음을 알리기 위함이라고 문길은 생각했다. 그래서 기뻤다. 그러나 아무런 소식도 없다. 그가 없는 것이라고 의심해 보았다. 그러나 그는 분명히 있다. 시방 무엇인가 속삭이고 있는 것을 들었다. 그는 분명 있다. 그러나 그는 모른 척하고 있는 것인가. 어떻게 된 것인가. 인간으로서, 이렇게까지 잔혹한 것이 있을 수 있는가. 실로 잔혹하다.

그는 벌벌 떨었다. 그의 몸은 열탕에 들어간 양 숨은 점점 거칠어지고 눈은 처절함을 띠었다. 주인은 점점 의심스러워진 듯, 그의 얼

굴을 뚫어지게 보고 있다. 그는 이젠 있을 수가 없었다. 아아, 가슴이여 터져라, 피여 뿜어져 나오라, 몸이여 식어버려라, 나는 너를 위해 피를 흘리는데 너는 나에게 얼굴도 뵈지 않는가.

그가 주인의 만류도 물리치고 그곳을 나온 것은 10시를 약간 지난 때였다.

그는 실망, 비애, 분노 때문에 정신없이 미친 듯한 상태로 귀로에 올랐다. 흐릿한 어둠 속의 거리는 고요히 잠들었고, 가련한 안마사의 가락 맞지 않는 피리소리만 축축한 여름밤 공기를 흔들고 있었다. 문길은 11살 때 부모와 사별하고 홀몸으로 세상 속의 쓰라림을 맛보았다. 그에게 친척이 없지는 않았으나, 그의 집이 부유할 때의 친척이지 일단 그가 영락의 몸이 된 후로는 누구 한 사람 그를 돌보아주는 자 없었다. 그의 몸에 붙어 있는 가난의 신(神)은 그로 하여금 일찍 세상맛을 보게 하였다. 그가 14살 적에는 이미 어른다워져, 홍안이어야 할 그의 얼굴에서 천진난만함의 모습은 퇴색해 버렸다.

그는 총명한 편이어서, 그의 아비는 그에게 소학(小學) 등을 가르치자 그 해득함의 빠름을 무상의 기쁨으로 알고 종종 가난함의 고통을 잊곤 하였다. 그가 부모와 사별한 뒤의 2, 3년간이란, 동표서류(東漂西流), 실로 가련한 것이었다. 그러나 그중에서도 그는 벗보다는 책을 빌려 읽었을 뿐 정상적 학교교육은 받을 수가 없었다. 그렇지만 그의 나이 또래의 소년에 지지 않았다. 그는 가정의 영향과 빈곤의 영향으로 유화한 소년이었다.―차라리 약한 소년이었다. 그럼에도 불구하고 그는 이상한 야심을 품고 있었다. 무슨 짓인가 하여 한번 세상을 놀라게 하고 싶고, 만세 후의 사람들로 하여금 그의 이름을 흠모

케 하고 싶은 것이 항시 그의 가슴에 깊이 잠겨 떠나지 않았다. 이를 위해 그는 일층 괴로운 것이다. 그는 아무런 이룬 것 없이 죽을까 보아 두려웠다. 이러는 즈음, 한줄기 빛이 그에게 비쳤다. 그것은 어떤 고관의 도움으로 동경(東京)에 유학할 수 있게 된 것이다. 실로 그의 기쁨은 보통이 아니었다. 그는 이상에 이르는 문을 발견한 듯이 기뻐서 날뛰었던 것이다. 그는 지체없이 동경에 와서 시바(芝)에 있는 어느 중학교(명치학원 중학—역주)의 3학년에 입학했다. 성적도 좋은 편이어서 모두로부터 유망한 청년으로 보였다. 말하자면 그는 암흑에서 광명에로 나아간 것 같았다. 그러나 사실은 그는 행복하지는 않았다. 그는 점점 적막·고독의 생각을 키워왔다. 매일 몇 십인 몇 백인의 사람들과 만나지만 한 사람도 그에게 벗이 될 사람은 없었다. 그 때문에 그는 한탄했다. 울었다. 비애의 종류가 많다지만 벗을 갖지 못하는 만큼의 비애는 없다는 것이 그의 비애관이었다.

그는 정신없이 벗을 찾았다. 그렇지만 그에게 오는 자는 한 사람도 없었다. 가끔 없지는 않았으나 한 사람도 그에게 만족을 주는 자는 없었다. 즉 그의 가슴속을 들어주는 사람은 없었다. 그의 목마름은 점점 격해지고, 괴로움은 그 도를 더해갔다. 16억이나 되는 인류 중에 내 마음을 알아주는 사람은 없는가고 그는 탄식함을 마지않았다. 이리하여 그는 점점 약해지고 점점 침울해져서, 말하기 좋아하는 그도 점점 입을 열지 않게 되었고, 사람을 사귀는 일조차 싫어하게끔 되었던 것이다. 그는 일기장에 그의 마음속의 것을 적어 겨우 스스로 위안할 따름이었다. 그는 체념해 버릴까 생각했다. 그러나 이는 그가 할 수 있는 바가 아니었다. 바로 여기에 무한한 괴로움이 있는 것이다. 이러한 상태가 두 해나 흘렀다.

금년 정월 그는 어떤 운동회에서 한 소년(少年)을 보았다. 그때 그 소년의 얼굴에는 사랑의 색깔이 넘쳐흐르고 눈에는 천사의 웃음이 떠오르고 있었다. 그는 황홀하여 잠시 스스로를 잊었고, 그의 흉중에 타오르는 불꽃에 기름을 부었던 것이다. 이 소년이 곧 미사오이다. 그는 바로 이것이라고 여겼다.

그는 서면으로 자기 흉중을 적어 미사오에게 말하고, 또 사랑을 구했다. 그러자 미사오도 자기가 고독하다는 것, 그의 사랑을 알아차린다는 것, 자기도 그를 사랑한다는 것을 적어보내 왔다. 문길이 이 글을 받았을 때의 심정은 어떠했던가. 문길은 기뻤다. 너무도 기뻤다. 그러나 흉중의 번민은 사라지지 않았다. 사라지기는커녕 새로운 번민이 더해졌던 것이다. 미사오는 지극히 말이 없는 편이었다. 이 점이 문길에겐 가장 고통스러웠다. 문길은 미사오가 자기를 사랑하고 있지 않는 양으로 느꼈다. 너무도 그에게는 냉담하게 느껴졌다. 그는 미사오를 의심도 해보았으나, 의심하고 싶지 않아서, 무리하게도 그는 자기를 사랑하고 있다고 결정하고 있었다. 바로 이 점에 괴로움이 있는 것이다. 그는 미사오를 목숨같이 생각했던 것이다. 밤낮 미사오를 생각하지 않은 때는 없었다. 수업중에조차도 생각하지 않을 수 없었다.

그는 생각했다. 그는 괴로워했다. 생각하면 괴롭고 괴로우면서 생각하는 것, 이것이 그와 미사오를 만나지 않는 상태의 모양이다. 정월 이후의 그의 일기에는 미사오의 일을 제하면 아무 것도 없었다. 또 미사오의 얼굴을 보면 기쁜 것이었다. 이게 무엇인가. 뭣 때문인

가. 그 자신조차도 알 수 없었다. "나는 왜 그를 사랑하는 것일까. 왜 그에게 사랑받게 되었는가. 나는 아무것도 그에게 요구함이란 없는데." 이는 그의 일기의 일절이다. 그는 미사오를 만나면 제왕의 자리에나 나간 듯 얼굴도 들지 않고 말도 하지 않고 극히 냉담한 듯이 꾸미는 것이 보통이었다. 그는 또 이와 같은 까닭 모를, 오직 본능적인 것을 말로 하는 대신 붓으로 대신했다. 사흘 전에 그는 손가락을 잘라 혈서를 보냈다.

일 학기 시험도 끝났다. 내일 귀국하는 것이어서 필사의 용기를 내어 오늘밤 그는 미사오를 방문한 것이다.

그는 감각도 없이 발길을 옮기면서 생각하고 있는 것이다. 아아, 죽고 싶다. 이젠 이 세상에 있고 싶지 않다. 다마가와(玉川) 전차 선로다, 보인다. 아직 이른 11시─이미 전차는 없다. 좋아, 기차가 있다. 기차소리 한번 철거득거리고 나면 나는 이미 이 세상에 있지 않을 것이다. 나도 자살을 멸시하는 사람 중의 하나이고, 자살의 기사를 보면 언제나 침을 뱉던 한 사람이다. 그러나 지금에 이르러서는 나 자신이 자살하고자 한다. 기묘하지 않은가. 나는 커다란 이상을 품고 있었다. 그것을 실현하지 못하고 죽는 것은 실로 유감이다. 내가 죽으면 늙은 조부나 어린 누이는 얼마나 한탄하랴. 그러나 이 순간에 있어서 내 죽음을 멈추게 해줄 자가 없어서 도리가 없다. 지금 죽고 사는 것은 전혀 내 힘 밖의 일인 것이다.

그는 시부야의 철로 건널목을 향해 걸음을 빨리했다. 어둠 속에서 삐익 하는 기적이 들린다. 제대로 되는군, 하고 뛰어가자 검은 사람이 나와서 통행을 정지시키는 것이었다. 이건 심하다. 죽을 때조차도 방해하는 귀신이 붙다니. 기차는 무심히 덜컹덜컹 소리를 내면서 지나갔다. 그는 철도 노선에 달라붙어 3간쯤(1간은 2.8미터—역주) 가서, 동쪽의 레일을 베고 누워 다음 기차가 오기를 이젠가 저젠가 기다리며 구름 사이로 흘러나오는 별빛을 응시하고 있다. 아아, 이것이 나의 최후이다. 작은 두뇌에 품었던 이상은 지금 어디인가, 아아, 이것이 나의 마지막이다. 아아 쓸쓸하다. 단 한 번이라도 좋으니, 누군가에게 안기고 싶어라. 아아, 단 한 번이라도 좋으니. 별은 무정타. 기차는 왜 안 오는가, 왜 어서 와서 나의 이 머리를 부수어버리지 않는가. 뜨거운 눈물은 그치지 않고 흐르는 것이었다.

▼ 韓國留學生 李寶鏡, 「사랑인가」, 『白金學報』 19號, 1909. 12. / 김윤식 옮김

文吉은, 조선인으로 보아 그냥 문길이라 번역했으며, 원문에는 오자·탈자가 가끔 눈에 띄었으나, 이를 지장이 없는 범위 내에서 바로잡아 번역함. 이 단편의 초역은 졸고 〈早稻田時節의 李光洙〉(『독서신문』, 1971. 12. 5.)이며 이번에 새로이 완역하였음. —역자

해설 김윤식

이광수의 처녀작이 일어로 씌어졌다는 것, 그 경위와 그에 대한 반향에 대해서는 Ⅳ부에 실린 「동경대담」에 상세히 적혀 있음. 소년의 동성애적 주제를 다룬 것인가에 대해서 논의되는 작품. 최근 것으로는 G. 실비안의 「이광수 초기 문학에 드러나는 동성애 모티프에 관한 계보학적 연구」(서울대 석사학위 논문, 2007)를 들 수 있음.

萬영감의 죽음

굿이 있은 다음 날, 나는 만영감 집에 가 보았다. 아무도 없고 만영
감만이 손발이 묶인 채 굴뚝과 판자 틈의 기둥에 묶여 있는 것이었다.
내가 목례를 하자 그도 마음속으로 머리를 숙이는 것 같았다. 그의 앞
에는 종이봉지에 앙꼬빵이 약간 내밀어져 보이고, 먹다 남은 더러운
우물물이 보였다. 한쪽 손발이 자유로워서 먹고 마시고는 할 수 있는
모양이었다.

손과 발을 묶은 끈이 살갗 깊이 박혀 뼈가 보이는 듯했다. 그 흰
부분은 골막일 터이다. 끈을 끊으려고 무진 애쓴 증거이리라. 손목을
꽉 묶었기에 손이나 손톱이 푸르게 남색 피멍이 들어 퉁퉁 부어 있었
다. 그러나 만영감의 얼굴에는 비참한 빛은 티끌만큼도 없고 지극히
평화로워 지는 듯하였으나, 그의 눈만은 멍하니 빛나고 있다. 그는 이
미 그 여자 일조차 잊고 있는지도 모른다. 예의, 그깟는개라든가 '여
자를 내놓아라.'라는 외침조차도 하지 않고 있는 것이니까.

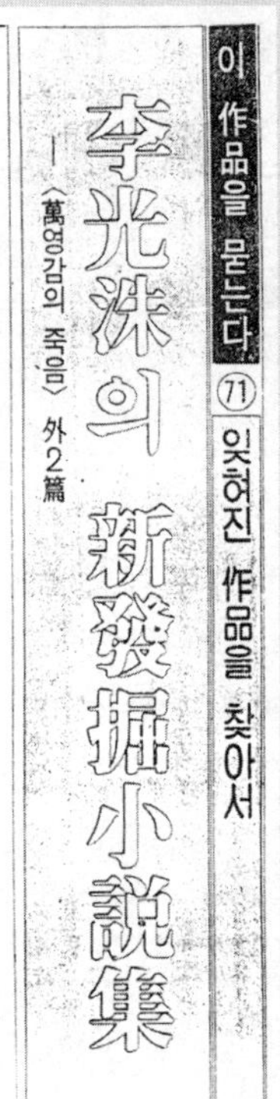

이 欄은 新文學 60년을 통해 아직 未發表作으로 있거나 혹은 活字化되었더라도 忘失된 채 評價를 받지 못하고 있는 作品들을 발굴하여 評壇과 讀者에게 公開, 그 가치를 다시 묻는 創作欄이다.

李 光 洙

李光洙의 소설과 未公開 사진을 찾아 그의 잃어버린 生의 궤적을 이어주는 春園文學과 生涯의 새로운 證明書!

本誌는 지난 80년 10월(8周年 기념호)에 李光洙의 未公刊 作品集(詩와 時論)을 발굴, 공개한 데 이어, 100호 기념 특별자료로 小說 2권(〈사랑인가〉는 이미 소개된 바 있음)과 그의 전기적 자료인 사진을 함께 묶어 내보낸다.

지난 연말 약 4개월간 日本에 체류했던 金允植교수(서울大·國文學)에 의해 발굴된 이번의 소설들은 日本語로 쓰어진 것으로 金교수에 의해 처음 번역, 소개하는 것이다.

「사랑인가」, 「萬영감의 죽음」, 「山寺 사람들」이 번역 소개된 『문학사상』(1981. 2.)

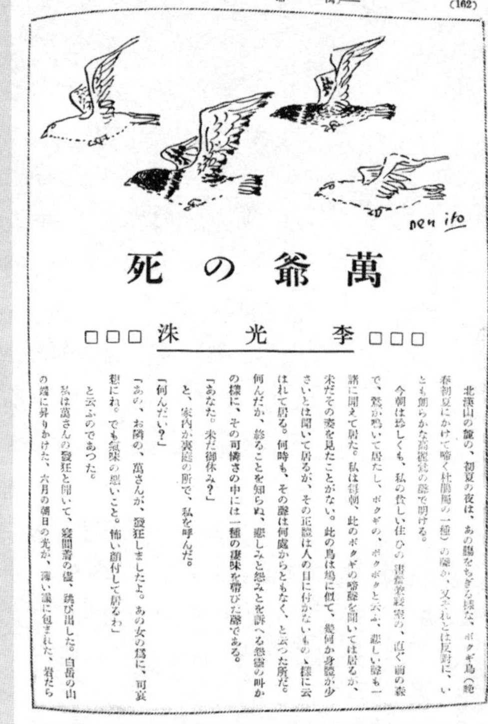

——〈死 の 爺 萬〉——　　　　　(162)

萬 爺 の 死

□□□　李　光　洙　□□□

北漢山の麓の、初夏の夜は、あの腸をもちぎる樣な、ホクギ鳥（鶴
春初夏にかけて啼く杜鵑鳥の一種か、又されとは反對に、い
とも朗らかな高聲鷲の聲で明ける。

今朝は珍しくも、私の飲しい住ひの書齋寢殿室の、直ぐ前の森
で、鷲が鳴いて居たし、ボクギ、ボクボクと云ふ、悲しい聲も一
諸に聞えて居た。私は得朝、此のボクギの嘆聲を聞いては居るが、
未だその姿を見たことがない。此の鳥は鳩に似て、幾何か身體が少
さいとは聞いて居るが、その正體は人の目に付かないもの、樣に云
はれて居る。何時も、その醒は何處からともなく、悲しみと怨みとを訴へる怨靈の叫か
何んだか、諮ることを知らぬ、
の樣に、その可憐さの中には一種の凄味を帶びた醒である。

「あなた。未だ御休み？」
と、家内が裏庭の所で、私を呼んだ。
「何んだい？」
「あの、お隣の、萬さんが、發狂しましたよ。あの女の鳥に、可哀
想にね。でも氣味の悪いこと。怖い顔付して居るわ」
と云ふのであった。
私は萬さんの發狂と聞いて、寢間着の儘、跳び出した。白畓の山
の端に昇りかけた、六月の朝日の光が、薄い靄に包まれた、岩たら

「萬영감의 죽음」이 실린 『改造』(1936. 8.)

萬영감의 죽음

• • • 李光洙

북한산 기슭의 초여름 밤은 저 애를 끊는 듯한 뻐꾸기 소리와 또 그와 반대로 참으로 명랑한 꾀꼬리 소리로 밝는다.

오늘 아침은 이상스럽게도 나의 빈약한 살림살이 서재 겸 침실 바로 앞 수풀에서 꾀꼬리가 울고 있으며, 뻐꾸기의 뻐꾹뻐꾹하는 구슬픈 소리도 함께 들려 왔다. 매일 아침 나는 뻐꾸기 소리를 듣고는 있지만 아직 그 모습을 본 적이 없다. 이 새는 비둘기와 비슷하나 비둘기보다는 몸집이 작다고 들어 왔지만 그 정체는 사람 눈에 잘 띄지 않는다고들 한다. 무어랄까, 끝날 줄 모르는, 구슬픔, 원망스러움을 호소하는, 원통히 죽은 혼의 외침 같은 그 가련함 속에는 일종의 처절함을 띠고 있는 소리다.

"당신 아직 일어나지 않았어요?"

아내가 뒤뜰에서 나를 불렀다.

"웬일이야?"

"저, 옆집 만영감이 미쳤어요, 그 여자 때문이에요. 불쌍하게도. 그렇지만 기분이 좋지 않군요. 무서운 얼굴을 하고 있어요."

라고 말하는 것이었다.

만영감이 미쳤다는 말을 듣고, 나는 잠자리에서 잠옷 그대로 벌떡 일어났다. 흰 바위산 위에 떠오른 유월 아침의 햇빛이 엷은 안개에 싸인 바위투성이의 북한산 봉우리와 능금꽃이 한창 피어 있는 뒷산을 황금빛으로 물들이고 있었다. 가늘게 들려오는 개울물 소리조차 참으로 부드러운 초여름 날씨이다.

그런데 이게 무언가. 뒷산 능금밭에는 저 눈이 가늘고 얼굴 시커먼 만영감이 응응 신음하면서, 손으로 흙을 팠다 덮었다 하면서

"갔는가. 갔는가. 갔─는─가."

라고 외치고 있는 게 아닌가. 그의 흰 목면 바지저고리는 흙투성이였다. 무표정한, 아무렇게나 빚어낸, 어릿광대의 탈 모양의 그의 얼굴에는 다만 눈물 흔적만이 보일 뿐이다.

마을사람들은 새벽같이 일터로 나갔으므로 아무도 없다. 그의 형인 용(龍)영감은 채석강에 갔을 것이며, 또 그의 조카인 천길(千吉), 복길(福吉), 그의 양자인 천길의 끝동생인 삼길(三吉) 등은 아마도 앵두나무꽃을 지게에 지고 서울거리에 행상갔으리라. 이 바위투성이인 박토에 살고 있는 사나이들에게는 눈이 내리거나 녹는 때까지는 큰비 오는 날을 빼면, 낮엔 집에 있을 틈이 없다.

만영감이 저렇게 발광해서 어째야 좋을지 모르는 이런 마당에서도, 이 마을에는 남자의 손을 빌릴 수가 없는 상태이다. 다만 집지키는 여편네들이 겁에 질려, 멀찍이 떨어져, 만영감을 바라보며 가소로워할 따름이었다.

"계집 미치광이야."

라고, 한 여편네가 다른 여자에게 중얼거리는 소리가 들렸다. 누구

한 사람, 이 불쌍한 만영감에게 동정을 갖지 않는 것 같았다. 장님이
나 미치광이에게는 비웃게 되어 있는 것이다. 그들은 전생(前生)에, 또
한평생에 죄가 많아 그 죄갚음 때문에 저렇게 되었기에, 그것에 동
정하는 일은 서로의 공덕(功德)이 되지 않는다고 믿기 때문이다.

　“불쌍하게도.”
라고, 아내는 가라앉은 목소리로 말했다.

　“애당초 만영감의 그 여자는 너무 젊었어요. 게다가 예쁘기도 하
구. 매일 화장하고 있었구요. 무명옷을 입은 것을 본 적이 없을 정도
예요. 무어랄까, 오래 갈 것 같지는 않아 보였어요.”

　사실 그 여자는 젊고 예뻤다. 화장은 그 여자만이 하는 것은 아
니었다. 이 마을에는 멋부리는 한량이 있을 턱이 없다. 사내들은 일
터에 나가므로 여편네들은 화장해도 별수는 없다. 나이 든, 부지런
한 여편네들은 산에 가서 국유림의 삭가지들을 훔쳐오기도 하고,
채석장에 가서 돌을 깨뜨리기도 하여, 날품삯 2, 30정이라도 벌지만
젊은 여편네, 특히 남의 아내는 좀처럼 마을 밖으로 나가지 않는다.
이런 여자들에게는, 화장하는 일과 쓸데없는 지껄임 외에는 할일이
없었다.

　“그렇군요. 확실히 만영감의 그 여자는 지나치게 예쁘더군. 이 마
을에서는 제일가는 미인이었을걸.”
하고, 나는 말했다. 우리집 근처 우물에서 물을 길어 무겁게 물통을
들고, 또는 머리에 이기도 하고, 또 어떤 날은 몇 번이고 나 있는 곳
을 지나기도 했던, 그 살결 희고, 알맞게 살찌고, 때가 빠진 여자, 그
렇다고 음탕해 보이지도 않는 25, 6살쯤 된 성숙한 여인의 모습을 나

는 떠올렸다.

이 여자는 만영감의 본처가 아니다. 그렇다고 첩이냐 하면 그렇지도 않다. 다른 남자의 호적에 들어 있거니와 지금은 식모라는 명목으로, 만영감과는 내연관계에 있는 모양이었다. 그런 여자가 도망간 지 열흘이 넘어도 돌아오지 않았다. 만영감이 미친 이유는 이것이었다.

만영감은 쉰을 4, 5년 넘어선 채석장의 인부이다. 스스로는 석공이라 우기지만 제대로의 석공도 못 되는 것 같았다. 다만 화약으로 폭파된 큰 돌덩이를 주춧돌 크기대로 자르기도 하고, 대강대강 다듬기도 하는 정도인 모양이었다. 그는 얼굴이 검고, 눈이 움푹 패어 흰빛이 눈에 띄게 드러나며, 지력(知力)과 감정이 함께 보통 이하지만 체격만은 바위덩이 같은 사나이이다. 그는 말이 없었다. 나와는 바로 이웃에 3년간 지냈지만 최근까지 그가 말을 걸어온 적이 없었다. 지나칠 적에도 나에게 아는 척조차 하는 법이 없었다. 나는 처음에 그가 벙어리인가 했다. 또 근시안이 아닌가 의심하기도 했다. 그것은 결코 나를 손이 흰 도회지에서 온 침입자라고 보고 반감을 그가 가졌다는 것을 의미하지는 않는다. 왜냐하면, 한 달쯤 전에 그가 자기 집 뜰에 있는 사철나무를 내집 뜰에 손수 심어준 사실을 보아 알 수 있다. 장님모양의, 또 벙어리 같은 그는 마을의 누구하고도 사귀지 않았다. 친형인 용영감조차 한 달에 한두 번밖에 말하지 않는 것 같았다.

이러한 만영감이 여자 때문에 미친 것이다. 자식도 없고 친구도, 이웃과의 교제도 없고 책도 읽지 않고 술도 담배도 않는 그에게는 오직 여자만이 유일한 인생이었다. 그 여자가 도망간 지 일주일, 열흘이 넘어도 돌아오지 않는다. 그가 미친 것이 이 때문이다.

구장(촌장과 같은 것) 이씨가 언젠가 이런 말을 내게 한 적이 있다. 그것은 만영감이 그 여자와 싸움을 하고 한밤중에 산발하고 울면서 동네를 헤매어 저건 여자귀신이리고, 마음 약한 동네 여편네들을 놀라게 한 그 무렵으로 여겨진다.

"만영감은 묘한 사나인 것 같아요. 저토록 장승 같은, 돌부처 같은 사나이가, 무엇 하나 즐기는 것 없는 사나이가, 여자 없이는 하루도 살 수 없다는 것은 그렇다 하더라도, 여자를 갈아치운 것이 열 번 쯤 되는 군요. 그게 그럴 것이, 열 명이면 열 명 모두 도망쳐 버렸거든요. 이번의 그 여자도 오래는 못 붙어 있을 것으로 생각되었지만, 제법 그래도 3년 동안이나 붙어 있었군요. 금년 들어서는 하루가 멀다 하고 싸움이 잦았고 대충 달마다 한 번쯤 도망가는 것 같았어요. 여자 쪽에서도 이젠 싫증이 난 것 같았어요. 그 여자는 만영감과는 궁합이 맞지 않아요. 도회지에 나서두 꿀릴 것 없는 여자이고, 게다가 바느질도 할 줄 알지……"

나는 구장의 설명을 듣고,

"그래요. 3년이 되었군요. 내가 이 마을에 이사온 것과 거의 같은 때군."

하면서, 나는 처음 그 여자를 보았던 때를 떠올렸다. 그 다리미질을 한 듯한 흰 모시 치마저고리라든가, 그 옷맵시나 머리맵시, 비취비녀 등, 아무래도 이 마을 사람으로는 뵈지 않았다. 그 여자가 만영감의 쓰러져가는 집으로 들어가는 것을 보아도, 아마 서울 사람의 첩으로 간 만영감의 딸인가 보다고 생각했다.

"예 그래요. 바로 그해군요. 만영감의 본래의 여자는 무당이었는데요. 그 여자가 어느 집에 푸닥거리 가서는 끝내 돌아오지 않았어요. 아불사, 만영감 여자가 도망가서 얼마나 속상할까 하고 사람들이 여길라치면 어느 틈에 어디서인지 그는 여자를 주워오곤 했어요."
라고 구장은 부러운 듯이 얘기하는 것이었다.

내가 이 마을에 이사온 후에 밤중에 가끔 여자 울음소리를 들었다. 그 울음소리로 미루어 보아, 여자는 만영감에게 얻어맞는 것 같았으나, 남자 쪽의 목소리는 전혀 들려오지 않음이 특징이었다. 그 남자, 부부싸움 때도 입 다물고 하는군, 하고 생각하며 웃은 적이 있다.

"그런 정도의 여자가 뭣 때문에 만영감에게 왔을까요?"

내가 이렇게 말하자, 구장은,

"사실은, 이러하외다. 서울시의 직업소개소에서 식모로 데리고 온 것 같아요. 그 여자, 본남편과의 사이엔 아이도 있는 모양인가 봐요. 그 남편이란 작자, 제법 돈푼이나 있는 모양인데, 다른 여자에게 바람이 나서 가버린 모양이요. 그래, 그 여자는 집을 나와, 직업소개소에 갔다고 스스로 말했어요. 말짱 거짓말은 아닌 것 같아요. 아무튼 그 여자, 우리가 본 바대로 닳아버린 여자는 아닌 모양이오. 이른바 인연인지도 모르거든."
하고, 말하는 것이었다.

두 주일 전의 일이다. 만영감의 그 여자가 또 도망갔다는 소문이 났다.

"또인가?"

마을 사람들은 당연한 듯이, 별로 관심도 두지 않았다. 금년 들어서도 몇 번이나 도망소동이 있었기에. 그러나 2, 3일, 길어야 한주일쯤이면 그녀는 혼자서 되돌아오곤 했다. 그러기에 당사자인 만영감조차도 찾아나서지 않을 정도였다. 더욱이 만영감은 그 여자의 주소도 이름조차도 알지 못한다는 것이어서 여자가 도망치면, 만영감은 집 앞 바위 위에 서거나 넘어지거나 하면서, 묵묵히 몇 시간이고 여자가 돌아오기를 기다릴 뿐이었다. 그 대신, 그는 일터에도 나가지 않고, 아마도 침식조차 폐한 듯했다. 아침저녁 만영감 집 굴뚝에서 연기가 나지 않음을 보아 그 사정이 짐작되었다.

이번 그녀의 가출의 경우에도 만영감은, 전례대로 아침부터 저녁까지 밤늦게, 12시경까지도, 서울에로 이어진 길을 노려보고 있는 것이었다. 발밑을 흐르는 개울물소리조차 아마도 그의 귀에는 들어오지 않아 보였다.

그런데 어느 날, 석양이 관음봉(觀音峯)에 걸리고, 골짜기에서 저녁 안개가 피어오를 즈음, 내가 시내(여기서 시내란 서울을 말함. 지금 이 작품의 무대는 자하문 밖, 지금 상명대 입구 언덕 부근임—역주)에서 돌아오자, 만영감은 혼자서 개울 쪽에서 그 집과 우리집으로 통하는 언덕을 고치고 있는 것이었다. 부어오른 얼굴로, 바위 위에 앉아 있어야 할 그가,

"수고하시는군. 나도 인부 한 사람 내어야 하겠는걸."

하고, 나는 참으로 미안하게 생각하며 말하자, 만영감은 삽을 든 손을 쉬면서 허리를 펴고,

"아닙니더. 뭐. 선생님. 그년이 돌아왔구만요. 지금 부엌에서 아궁이에 불을 지피고 있구만요."

라고, 말하는 것이었다. 아, 그렇군. 사랑하는 여자를 위해 길을 고치

고 있구나, 라고 생각하며 나는 놀랐다.

"거, 참 축하할 일이군. 아, 잘되었군요. 이번부터는 도망가지 않도록 잘 정신차리쇼. 부드럽게 잘 하소. 웬만한 것은 눈감아 주는 것이 좋을걸."

하고 내가 말하자 만영감은,

"고맙습니더. 그년은 나 같은 놈에게는 과분해요. 자개박힌 장롱과 커다란 왜식 경대도 사주겠다고 했소. 그년은 돈으로도 목숨으로도 바꿀 수 없는 것이어서요."

라고, 계면쩍은 듯이 웃었다.

나는, 마음속으로 즐거운 기분이 되어, 집에 돌아오자 아내에게,

"여, 만영감 애인이 돌아왔어."

라고, 큰소리로 외쳤다.

"알고 있어요. 동네에 큰 소동이었는걸요. 당신에게 보여주고 싶은 장면이었어요."

라고, 아내는 우스워 죽겠다는 듯이 말했다.

"당신이 외출한 직후였어요. 그 여자가 지기 물건을 챙기려 돌연히 돌아왔겠죠. 아주 멋진 비단치마까지 입구요. 그래, 자기 물건을 고리에 챙겨 가지고 가는 참에, 그 개울 있는 데서 만영감과 딱 마주쳤것다. 같이 살자, 싫다, 놓아라, 못 놓겠다, 반시간이나 싱갱이를 했어요. 마을 사람들이 모두 나와 구경했어요. 아주 재미있었어요. 그래, 그 영감이 시키는 대로 할 터이라고 하면서, 사람들 다니는 길 한복판에 꿇어앉아 여자에게 두 손을 싹싹 빌었겄다. 이번 한 번만 보아달라, 모두 내 잘못이다, 라고 호호호."

라고, 말하면서 아내는 웃었다. 부엌에서도 식모들의 웃음소리가 들려왔다.

나도 실소를 금하기 어려웠다.

우리들이 실컷 웃고나자, 바로 그 당사자인 만영감이 슬그머니 우리집에 들어왔다. 만영감은 어린애처럼 수줍어하면서,

"그년이 전등불이 있었으면 하는굽쇼."

라고, 말하는 것이었다.

"그래요? 내가 전기 회사에 부탁하지요."

라고 말하자, 그는,

"부탁합니더."

라고, 말하며 돌아갔다.

그 모양이 참으로 순진하게 보였다.

이튿날 만영감이 일부러 서울 시내까지 가서, 고기다, 명태다, 미역이다, 바나나까지 듬뿍 사가지고 다래끼에 넣어, 어깨에 메고 오는 것이 보였다.

또 그 이튿날이라 생각되거니와, 내가 만영감 집 앞을 지나자, 만영감이 커다란 놋쇠 자물통을 채우고 있는 것이 보였다. 나는 놀라,

"아니, 또 도망갔소?"

라고, 말하자 만영감은 실웃음을 웃으며, 커다란 놋쇠 열쇠를 호주머니에 넣으며,

"아닙니더, 있구먼요."

라고, 안방을 손가락질해 보였다.

그리하여 그가 채석장 도구가 든 자루를 메고 언덕을 내려 채석장

으로 급히 가는 뒷모습을 보면서, 나는 한숨을 쉬지 않을 수 없었다.

만영감은 여자가 도망간 날로부터 꼭 보름간 일을 쉬었다. 그에게
는 저축된 돈이 있는 것도 아니었다. 재산이라고는 2백 몇 평 정도의
경사진 과수원과 다 쓰러져가는 집뿐이었다. 아마 돈으로 치면 6백
원쯤 될까.

그렇지만 이 부동산은 연 6할 이자로 2백 원의 고리채에 저당되어
있음을 나는 잘 알고 있다. 그가 말한 바에 의하면, 여자를 위해 자
개박힌 장롱과 왜식 경대를 사기 위해서는 몇 백 원의 돈을 빌지 않
으면 안 되었다. 그의 하루에 2원 정도의 채석장 수입으로서는 여자
의 화장값에 지나지 않는다. 게다가 비오는 날엔 채석장을 쉬는 터
이다. 한 달 이상의 장마에 대비하기 위해서는 적어도 5, 60원의 돈을
모아 둘 필요가 있다. 그렇지 않으면 연 6할 이자의 돈을 빚내지 않
으면 안 된다. 그래서 그는 믿지 못할 젊은 여자를 감금하여서까지
하여 일하러 나가야만 했다.

그로부터 2, 3일이 지났을까. 아침 일찍 꾀꼬리와 뻐꾸기가 울 무
렵, 만영감이 나를 찾아왔다.

"선생님, 어쩌면 좋습네까요, 그년이 내 땅과 집을 자기 명의로 이
전시켜 달라는데요. 안 그러면 같이 살지 않겠다고 생떼를 쓰는데요."
라고 상담하러 온 것이다.

"그렇다면 호적에 넣어 달라는 것이군."

"예, 그렇게 하면 먼저 사내와는 인연을 끊고 호적에 넣도록 해야
겠구만요."
라고, 말하기에 나는 그가 우선 그 재산을 공동명의로 하는 것이 좋

으리라고 말해주었다.

내 의견에 그도 수긍하고 돌아갔다.

30뿐쯤 되어서 그는 다시 와서는,

"선생님 고맙습니다. 그년에게 그렇게 말하니 아주 좋아하는군요. 그렇게 하면 내가 죽어도 자기는 재혼도 않고 내 무덤을 돌보며 한평생을 지내겠다고 합니다요. 그러기 위해 먼저 사내의 호적에서 빼내어 내 호적에 넣겠다고 하구만요."

만영감은 여자를 호적에 넣는 일이 소유권을 확실히 하는 것임을, 여자가 도망칠 적마다 몇 번이고 체험했기에, 호적이란 것을 매섭게 느끼고 있었다.

"호적에 넣어놓지 않으면 도망쳐도 어쩔 수가 없지, 경찰에서도 취조할 수 없으니까."

라고, 그가 말하는 것이었다.

공동명의의 제안의 효과는 즉시 나타났다. 그날부터 만영감은 그 커다란 놋쇠열쇠를 갖고 다닐 필요가 없었다. 그 여자는, 상체를 흔드는 예의 그 걸음걸이로 몇 번이고 몇 번이고, 우물물을 길러 와서는 만영감과 자기의 옷・이불・버선 등을 깨끗이 빨아 마당, 감나무, 바위위, 담장 등에다 말리었다. 따가운 6월의 태양이 남자의 옷과 여자 치마가 정답게 널려 있는 곳을 강하게 내려 비치었다.

이로부터 약 일주일간이 만영감에게는 일생일대의 행복한 기간이었으리라. 슬프게도 이 기간이 만영감에게는 마지막 행복한 시기이기도 했다.

만영감에게는 양자가 있었다. 용영감에게도 만영감에게도 조카에게 해당되는, 세 살 적부터 15살 때까지 만영감이 키워낸, 삼길이라 부르는 자로서 그는 올해 나이 19살이다. 만영감에게는 이번 여자가 온 뒤로는 삼길과 만영감 사이가 나빠져 생가인 만영감의 또 다른 형집으로 가버렸다. 그 후로도 사실상 양자관계는 끊어진 모양으로, 삼길은 한 번도 만영감 집에 온 적도 없고, 또 만영감을 만나도 아버지라 부른 일조차 없었다. 그런데 만영감이 재산을 여자와 공동명의로 하는 일을 형인 용영감과 상의한 사실로 해서, 이 문제가 친족간의 문제로 번져나갔다. 만영감이 유일한 재산을 여자와 공동명의로 하는 일이 여자를 붙들어 놓게 하고, 여자를 기쁘게는 했지만 그 열기가 식어지자, 그 일이 분하기도 하고, 불안하기도 하여 형인 용영감에게 의논하러 갔던 모양이었다. 그런데, 용영감은 즉석에서 아우의 불찰을 꾸짖었고, 이에 멈추지 않고 조카들에게 말해버렸던 것이다.

"삼길아, 큰일났어. 네 몫이 될 재산이 그 여자 손에 들어갔다."
라고, 말했다. 삼길의 형인 천길, 복길, 그들의 어머니, 또 그들의 숙모이자 동시에 용영감과 만영감의 누이에 해당되는 산밑 숙모라 불리는, 무당 좋아하는 여자가 모여서, 합의하여 만영감의 잘못된 계획을 막으려 한 것이다.

"그런 여자에게 재산을 물려줄 정도라면 흥, 양자 따윈 하지 않아요. 아버지가 죽어도, 흥, 상주노릇 따위는 안 할걸."
하고, 삼길이 큰소리로 떠드는 소리가 나 있는 데까지 들렸다. 삼길은 읍내 보통학교에 3년간 다녔고, 이 마을에서는 도회지풍의 신청년의 하나이며, 경찰을 무서워하는 이외는 두려워할 것 없는 계급에 속하는 남자이다.

친족들의 협의 결과, 최씨 가문의 재산을 전혀 관계없는 타인인 그 여자에게 주는 일은 수치라는 것이었다. 만영감의 형인 용영감이 집안 사람들 앞에서 그렇게 선언한 것이다.

용영감에 의하면, 최씨 가문은 이 땅에서 14, 5대까지 살았으며, 이 땅에서는 썩 이름 있는 명문이라는 것이다. 그로부터 2, 3일 지난 어느 밤중 만영감의 사랑하는 그 여자는, 얄궂게도 만영감과 한이불 속에서 자다가 집을 빠져나가 자취를 감추어버린 것이다. 어떤 노름꾼의 증언에 의하면, 아직 첫닭이 울기 전에, 양복 입은 남자가 만영감 집 담장 밑에서 서성거리고 있었다 한다.

이리하여, 만영감은 미쳐버린 것이었다.

"갔는가, 갔는가, 갔―는―가."

라고, 외치며 마을을 헤매던 만영감은 발광 제 3일째부터는 식칼을 손에 들고, 형과 조카들을 죽이겠다고 찾아 헤매었고, 또 노인이나 어린이거나 조카며느리거나, 여자만 보면 달려가 붙들려고 하였다.

그것이, 남자들이 없는 대낮이어서 마을은 큰 소동이 일고, 여자들은 놀러나간 아이들을 부른다, 대문 있는 이웃집에 뛰어들어가 피난을 한다, 온통 말세가 닥친 듯 하였다.

나는 구장에게 어떤 조처를 취하도록 언덕길을 내려갔다. 만영감은 식칼을 쥐고 무엇을 쫓는 모양 어슬렁어슬렁 자기 밭 속을 헤매다가는 가끔 입버릇인

"갔는가."

라는, 대사를 되풀이하고 있었다.

개울가 바위 위에는 구장과 2, 3인의 일없는 한가한 사람들이 역시

만영감에 대해 얘기하고 있는 모양이었다. 거기에 나도 가서 상의한 결과, 하루빨리 용영감과 그 조카들을 불러, 미친사람을 감금할 것을 결의하였다.

개울에서 놀고 있는 어린이들에게 머지않은 곳에 있는 채석장에 가서 용영감을 불러오게 하고 우리들은 거기서 용영감이 오기를 기다렸다.

십수 분쯤 되어, 용영감이 좁은 이마에, 낮은 코에, 주름잡힌 얼굴에 피로와 당혹한 빛을 띠고 개울을 건너 왔다. 3명의 조카 중 맏이인 천길과 끝인 삼길이 함께 어리둥절한 얼굴로 숙부를 따라왔다.

구장은, 만영감을 그대로 방임해 두면 인명에 위해를 가해 올 우려가 있다는 점, 특히 부인들에게 폭행을 가해 오기 쉽다는 점, 끝으로 만일 무슨 일이 일어나면 그것은 친족의 책임이라는 점 등, 일종의 관헌적(官憲的) 권위로써 설명하고 즉각 그를 병원에 입원시키든가 그렇지 않으면 폭행이 일어나지 않게 보호하도록 명했다. 구장은 배운 것은 없으나, 오래 구장 노릇을 했기에 면사무소나 주재소에 자주 출입했거니와, 그 말하는 품도 관리 냄새를 풍기고 있었으며, 또 입심도 꽤 있었다.

"예, 예."

라고, 감격성 있는 용영감은 곧바로 굵은 몽둥이와 튼튼한 밧줄을 구해 오라고 조카들에게 명령하고는,

"참으로 면목 없구먼요. 우리 최가 일문의 얼굴에 흙칠을 한 못된 놈!"

하고 분개하면서 언덕길을 올라갔다. 우리들도 뒤를 따라 올라갔다.

밭 가운데 어슬렁거리던 만영감은 형인 용영감을 보자마자

"이놈, 여자를 내놓아라. 여자를 돌려주어."

식칼을 번뜩이면서 달려왔다. 그 기세는 대단했다.

우리들은 깜짝 놀라 멈추었다. 그러나 채석장 거친 바닥에서 싸움깨나 하는 맹장으로, 목숨 아까워하지 않는 것으로도 이름난 용영감은 과연 늙어서도 아직 대단했다. 아우의 달려듦에, 미간이 찌푸러지는가 하더니,

"이놈!"

하는, 소리와 함께 나는 새처럼 달려들어 어느틈에 만영감의 손에서 식칼을 뺏고 말았다.

이에, 천길과 삼길이 몽둥이와 밧줄로써 달려들었으나 만영감의 모습이 하도 처절하여 겁에 질려 가까이 가지 못한다.

"묶어, 우물거려, 어서 묶어, 어서."

하고, 용영감은 눈을 부릅뜨고 고함을 질렀다.

두 조카들은 상관 명령을 무서워하는 신병모양 붙잡혀 엎어진, 미친 숙부에게 달려들어, 서투른 솜씨로 밧줄길이 대로 수족이 움직이지 못하도록 묶었다. 손을 뒤로 묶는 것이 좋을 텐데, 라고 나는 생각했다. 그리하여 그 미이라 모양으로 묶인 광인을 용영감이 끌고 가서 커다란 감나무에다 또 하나의 새끼줄로 함께 묶어버렸다.

일이 끝나자 용영감은 잠시 만영감을 응시하다가, 참을 수 없는 분노의 발작을 일으켜, 꽉 쥔 주먹을 흔들어 보이며 만영감을 때릴 자세를 취했으나, 때리지는 못하고,

"바보 같은 놈, 그 나이에 한 명의 갈보 때문에 미쳐 버리다니. 할

수 없는 놈이야. 이, 나도 10명이나 20명의 계집들이 도망쳤지만, 그
런 것은 조금도 창피할 것 없어.”
라고, 말하면서 아우의 얼굴에 침을 택 뱉었다.

그러나, 다음 순간, 용영감은 갑자기 풀이 죽은 소리로

“참으로 할 수 없는 녀석이야. 우리 최가 혈통에는 너 같은 얼빠
진 녀석은 없었다. 아버지도 할아버지도 훌륭한 분이었고 호랑이라
불릴 정도였어. 나 역시 깡패임엔 틀림없으나, 너와는 달라, 이 창피
한 놈.”
하고, 말하면서 이마의 땀을 닦고, 그의 시커먼 큰 손으로 눈물을 씻
었다.

용영감은 치밀어오르는 분노를 누르기 위해 몇 번이고, 후—후—
한숨을 쉬면서 구장과 나를 돌아보며,

“이놈, 만이 녀석은 말없고, 늘 성난 상판이지만 근본은 정직하고
인정도 의리도 알아차리는 녀석입니다요. 술도 먹지 않고 담배도 피
우지 않으며, 소같이 일 잘하며, 자기 손으로 그 재산도 모았으며, 저
새끼들(천길과 삼길을 가리키며)이 어려서 부모와 사별하여 걸식하는 것
을 이 녀석이 데려다 길렀습죠. 우리 4형제 중, 성질이 나와 맞는 것
은 이 녀석뿐입죠. 이녀석을 제가 업어서 키웠으니까요. 지금은 피와
뼈를 함께 나눈 이라고는 이녀석뿐입죠. 그런 녀석이, 이런 짓을 하
다니, 저는 참으로 맥이 풀리는군요. 계집미치광이는 예부터 낫지 않
는다고 하는 것이어서 지금 그 상태로 별 도리가 없겠지만 거저, 낫
지 않을 바에는 하루라도 빨리 죽어버리는 편이 나아. 에잇, 이놈, 어
서 죽어, 꼴보기 싫어!”

손바닥으로 아우의 뺨을 치고는 그대로 엉하고 울어버리는 것이었다.

용영감은 슬픔을 참느라 이를 악물며,

"네놈 죽으면 나도 살 생각없어, 계집이 있나, 자식이 있나, 70살이 오늘내일인데 더 살아 무슨 바람이 있나. 조카놈들도 한결같이 깡패 같은 놈들이지. 그 여자와의 3년간 점잖게 있어서, 아우녀석은 그래도 행복하다고 했는데. 그것만을 즐거움으로 삼았었는데. 그년이 잘도 만녀석을 혼나게 해주었구나. 좋다! 빌어먹을! 지옥 밑바닥까지 가서라도 그년을 찾아내어 갈가리 찢을 테니, 두고 보라고. 갈보 같은 년. 참 우리들은 팔자 험한 놈들이지. 이제 죽어 염라대왕 앞에 가면 가만 안 있겠어. 사람을 세상에 내보낸다면 왜 우리같이 팔자 험하게 만들어 보냈는가, 왜 좀 좋게 만들어주지 않았는가."
하며, 흐느끼는 것이었다. 용영감은 염라대왕이 사람을 만들었다고 생각하고 있는 모양이다.

그로부터 며칠 지나지 않아, 만영감의 의식은 물론 회복되지 않았다. 어느 밤 만영감 집에서 뚱땅뚱땅 하는 장고소리가 들렸다. 만영감 누이의 주장에 따라, 무당을 불러 굿을 하는 모양이었다. 만영감에 붙어 있는 악귀를 쫒는다는 것이다. 무당 말에 의하면, 남쪽에서 나무로 만든 물건이 이 집에 들어올 때 그와 함께 젊은 여자의 원귀가 와서 그 원귀가 만영감의 병으로 되었다는 것이다. 그래서 그 목제의 물건을 태워 없애지 않으면 원귀는 나가지 않는다는 것이다.

"그보라구, 저 장롱과 경대거든, 저게 모두 고물이거든, 저 물건을 사용하던 여자의 원귀거든. 계집의 집념이란 얼마나 깊은데 그래."

라고, 여자들은 말했다. 그러나 그 근사한 장롱을 불태우는 일에 대해서는 삼길이가 완강히 반대했다는 것이다.

그 장롱과 경대는 말할 것도 없이 만영감이 여자를 기쁘게 하기 위해 연 6할이라는 고리채로써, 서울 시내 고물 장롱집에서 사온 것이다.

굿이 있은 다음 날, 나는 만영감 집에 가 보았다. 아무도 없고 만영감만이 손발이 묶인 채 굴뚝과 판자 틈의 기둥에 묶여 있는 것이었다. 내가 목례를 하자 그도 마음속으로 머리를 숙이는 것 같았다. 그의 앞에는 종이봉지에 앙꼬빵이 약간 내밀어져 보이고, 먹다 남은 더러운 우물물이 보였다. 한쪽 손발이 자유로워서 먹고 마시고는 할 수 있는 모양이었다.

손과 발을 묶은 끈이 살갗 깊이 박혀 뼈가 보이는 듯했다. 그 흰 부분은 골막(骨膜)일 터이다. 끈을 끊으려고 무진 애쓴 증거이리라. 손목을 꽉 묶었기에 손이나 손톱이 푸르게 남색 피멍이 들어 퉁퉁 부어 있었다. 그러나 만영감의 얼굴에는 비참한 빛은 티끌만큼도 없고 지극히 평화로워 자는 듯하였으나, 그의 눈만은 멍하니 빛나고 있다. 그는 이미 그 여자 일조차 잊고 있는지도 모른다. 예의, 그[갔는가]라든가 '여자를 내놓아라.'라는 외침조차도 하지 않고 있는 것이니까.

내 눈은 안방으로 갔다. 거기에는 문제의 장롱과 왜식 경대가 쓸쓸히 빛나고 있다. 아마도 만영감이 그 여자에게 약속한 것과 같이 흑단으로 장식된 장롱에는 사슴·새우·매화·소나무 등 이른바 '수복강령(壽福降靈)'이라든가 '부귀다남(富貴多男)' 등 만영감에게는 전혀 인연도 없는, 축복할 만한 글귀가 뚜렷이 나타나 있다. 또 나에게 부탁하여, 달아놓은 전등도 심심하게 어두침침한 천장에 매달려 있다. 흡사 이들 물건들이 처음 의도된 뜻을 잃은 모양으로.

아무도, 이 무해무익한 존재물을 의식하지 않았다. 처음에는 조카들에 의해 앙갚음으로 몇 번 도와주기 위해 나선 용영감도 늘 옆에 붙어서 만영감 시중을 들었지만, 그것도 이젠 싫증이 난 모양이었다. 그는 아우의 병에 대한 걱정을 구실로 삼아 아침부터 밤까지 술집에서 술을 마시고 밤중에는 혼자 욕설을 퍼부으며 비틀거리며 부엌도 없는 그네의 단칸방으로 돌아와 자버리는 모양이었다. 만영감은 밤이나 낮이나 혼자였다. 아침에 나갈 때 용영감은 만영감을 한번 보고는, 두서너 마디 야단치고는, 더러운 옷 같은 것을 갈아주던가 물을 주는 정도였다.

나는 사람의 도리상 이대로 있어서는 안 될 것 같았다. 어느 날 아침 일찍 삼길이를 불러 아들의 도리를 다하라고 간곡히 말했다.

"삼길군, 양아버지는 오래 살지 않아. 옆에서 늘 지키고, 맛있는 것이라도 권하는 것이 좋지 않아? 그러면 군에게도 참으로 복이 돌아와."

라고, 반시간이나 가까이 설교를 했다.

그런데, 내 충고가 끝나자마자 삼길은,

"선생님, 아버지가 죽으면 그 재산은 전부 제것으로 되지요?"

라고, 따지는 것이었다. 재산에 혈안이 된 그에게는 내 충고가 귀에 들어가지 않는 모양이었다.

"그야 그렇지. 군이 후계자 아닌가."

하고, 나는 여세를 몰아,

“그러나, 군이 아버지의 마음에 들지 않으면 아버지는 그 재산을 타인에게 주어버릴지도 몰라.”
라고 말해주었다.

이 말은 그의 주의를 끈 모양이었다. 그의 미간이 움직이고 눈이 빛났다. 그러나 그것은 내가 겨냥한 쪽과는 달랐다. 그는,

“대체 도장을 어디다 감추었을까.”
라고 중얼거리며 내게 인사도 없이 가버리는 것이었다.

그 이튿날 새벽녘이다. 만영감 집에서 용영감의 호통치는 소리와 여자들의 떠드는 소리가 들려서 ‘정말로 만영감 숨이 넘어가는가’고 생각하며 그 집으로 급히 가 보았다. 내가 갔을 때에는 용영감이 마악 삼길을 때릴 자세로,

“음, 도장은 분명, 이 내가 맡아 갖고 있다. 너 같은 불효막심한 놈에게는 땡전 한푼 남겨주지 않을 참이다. 저 숙부는, 너를 세 살 적부터 키웠어. 혼자서 네놈을 키웠어. 그런데, 네놈은, 저 숙부가 병들어도 단 한 번도 오지 않았어. 이 극악무도한 놈. 그런 놈이 이제 와가지고는 도장을 내놓으라고, 이 짐승 같은 놈.”
하고, 외치고 있는 참이었다.

“무슨 말씀을 그리 하세요. 법률에 분명히 씌어 있어요. 아비가 죽으면 재산은 아들의 것이라고. 아무리 도장을 감추어도 이 집과 땅은 모조리 내 것이오. 이의가 있으면 주재소에 가는 것이 좋소.”
라고, 내뱉으며 삼길은 휙 나가 버렸다.

용영감은 이를 악물며 무릎을 떨고 있다.

삼길이 가버린 후, 삼길 모(母)는 거침없이 만영감 옆에 다가가서,

"아주버님, 아주버님이 죽으면 당신의 재산 모두는 삼길이 차지지요. 용아주버님 것도 산밑 누이의 것도 아니고 삼길이의 것이지요. 숨을 끊기 전에 한마디만 해주소."
하고, 벙어리에 무슨 말을 하는 것모양 큰소리로 떠들었다.

만영감은 이해할 수 없다는 듯, 눈을 커다랗게 뜨는 것 같았다. 그러나 열흘이나 꽉 다문 그 입술은 열려지지 않았다. 그는 흡사 삼매경에 접어든 고승모양 오직 허공을 응시하며 묵묵히 있을 뿐이었다.

삼길 모는 실망하여 물러났다.

얼마 안 되어, 만영감은 오른쪽 손을 들려고 했으나 힘없이 내리며 가냘프게 그러나 마당에 있는 나에게도 들리는 목소리로

"물을 주어, 물."
하고 말했다. 그의 혀는 굳어져 있었다. 임종의 마당에 일어나는 고열에 잔혹하게 목이 말랐던 모양이다.

"어이, 어서 물을 길어와, 임종의 물을 마실 모양이다."
하고 용영감은 삼길 모와 어울려 있는 누이를 노려보았다.

누이가 허둥지둥 두레박을 들고 우물로 달려갔다. 용영감의 그 여자가 조석으로 물을 긷던 그 우물이었다.

"자, 오빠, 물, 물, 물."
하고, 누이가 우물에서 길어 온 물을 가져왔을 때에는 벌써 만영감의 숨은 끊어져 있었다. 움직이지 않는 저 희고 큰 눈망울만이 그 전등빛을 받아 흐릿하게 비쳤다. 힘없이 무릎 위에 드리운 검고 마디 굵은 양손이 유독 크게 보였다. 54년간 일한 저 손, 그것은 무엇을 얻었을까.

용영감은 어엉 울면서 아우를 묶은 끈을 풀고, 이제 시체로 된 만영감을 안방으로 옮겨 눕혔다. 그 다음 그의 커다랗고 뼈굵은 손으로 시체의 눈을 감기며,

"쓰라린 한평생이었구나. 저 세상에 가서는 좋은 데로 가거라."
라고, 중얼거리는 것이었다.

누이도 울고, 천길도 복길도, 그리고 그들의 모두가 울었다.

만영감의 죽음은 설혹 잠시 동안이라 할지라도, 그들 마음속의 욕심이나 미움에서 벗어나게 한 것이리라.

아침이 만영감의 창에 비쳤다. 꾀꼬리와 뻐꾸기가 요란하게 울고 있다.

뒤에 불려온 삼길이도 눈이 빨개질 정도로 울었다.

장례비, 굿비용, 49일제 비용 등등 도합 백여 원의 비용은 심부름꾼을 시켜 예의 그 고리대금집에 가서 빌어왔는데, 이번은 상속인인 최삼길의 명의로 되었다. 이 차금증서가 자기의 상속권이 법적으로 확인되는 것이라고 여겼는지 삼길은 불평도 않고, 오히려 자진하여, 증서에 도작을 찍고, 나아가,

"이것에 대한 책임은 내가 지는 것이니까."
라고, 차용주에게 당당히 선전까지 했으며, 또 삼길의 말을 들은 용영감도 그것을 당연한 것으로 여기는 모양이었다.

밤이 되자, 마을 사람들은 만영감 집에 모여, 마당에 자리를 펴고 밤새기를 했다. 삼길은 호기 있게 소주랑 막걸리랑을 사와서는 밤새기하는 사람들을 대접했으며, 어디서 어느 틈에 마셨는지 그 자신도 얼굴이 빨개져 아무데서나 헉헉 침을 뱉었다. 과연 용영감도 산밑

누이도, 술을 마시지 않고 시체 옆에서 촛불심지를 자르기도 하고, 향을 피우기도 하면서 졸음 오는 눈을 껌벅이고 있었다.

밝아오는 아침 일찍, 그러나 아직 뻐꾸기가 울기 전쯤이었다.

"당신, 만영감 상여 나가요."

라는, 아내의 음성에 깨어, 벌떡 일어나 내다보니, 개울가에 새빨갛게, 주단을 깐 듯한 상여가 관이 오기를 기다리고 있고, 장례식 옷차림을 한 상여꾼들이 지루하게 길가에서 담배를 피우고 있다. 마을 사람들에 의해, 언덕을 내려오는 만영감의 영구는 아무런 의식도 없이(횡사자는 의식에 의거하여 조상될 자격이 없다.) 상여에 실려. "—어이 어이" 하는 앞소리도 띄엄띄엄 화장장으로 향했다. 삼길이 상복을 입고, 대나무 지팡이를 짚고, 허리를 굽히며 상여 뒤를 따르며, 신통히도 상주 노릇을 했음은 말할 것도 없다.

용영감의 피로한 모습이나 마을 사람들의 호기심 어린 얼굴도 몇몇 있었다. 사망진단서다, 매장허가다, 화장장 수속이다 등등 사소한 잡일에 쉴틈없던 이(李) 구장의 피로한 얼굴에는 땀이 흘러내렸다. 횡사자의 부정(不淨)한 상여가 지나간다고 해서, 아낙네들은 구경거리를 보러 나온 아이들 손을 이끌거나 머리를 때리거나 하여 집으로 불러들이고 대문을 닫았다. 그러나 50여 년간의, 만영감의 한평생에 있어서, 이날만큼 마을 사람들에 의해 그의 존재가 인식된 적은 없었다.

만영감의 유해는 재가 되어 형인 용영감 손에 의해 관음복 봉우리에서 바람에 날려졌다.

"이로써 만사 좋아지소서, 자식 없는 사람이 무덤 있어 뭐하랴. 그러나 내가 죽으면 재를 날려 줄 자도 없구나. 만이녀석, 그래도 내보다는 복이 있는 심이여."

장례가 끝나자, 용영감이 아우의 짐을 정리하면서, 누구에게 말하는지 이렇게 중얼거리는 소리가 들렸다.

만영감이 죽은 지 벌써 일 년이 지났다. 나는 그의 제삿날을 기억하지는 못한다. 이를 기억하는 것은 아마도 호적부밖에 없으리라. 용영감마저 술에 취해, 만영감에 대해서는 알지 못하게 되었으며, 살아 있을 적에조차도 몽롱한 존재였던 만영감을 지금은 아무도 생각하고 있지 않을 것이다.

다만, 삼길만이 저 어두침침하고 불길한 집에서, 술집에서 사권 여자를 아내로 삼아 부부싸움을 하기도 하고, 여자가 도망가는 소동도 피우면서 만영감의 유산과 운명을 인수하여 살고 있는 모양이었다. 만영감이 가져와 옮겨심어준 우리집 뜰의 사철나무는 뿌리를 박아 왕성히 새싹이 돋았다.

"쓰라린 한평생이구나. 저 세상에 가서는 좋은 데로 가거라."
라고, 하던 용영감의 기도를 나도 만영감을 위해 기도했다.

▼ 李光洙, 「萬영감의 죽음」, 『改造』, 1936. 8. / 김윤식 옮김

해설 김윤식

이 작품의 공간적 배경은 자하문 밖 세검정임. 고아였던 이광수가 자력으로 집을 지어 산 곳이 바로 이 곳이었음. 만영감의 삶과 죽음을 통해 인생의 깊이를 보여준 역작의 하나로 평가됨.

그로부터 수일 후였다. ○○사의 운허당대사(耘虛堂大師)가
제자 두 사람을 데리고, 나를 찾아 절로 왔다. 나는 대사를 관음굴에 안내했다.
아마도 황혼녘이어서 노승은, 사홉 정도 들이의,
거지들이 잘 들고 다니는 철사로 맨 양철깡통에 물을 길어오는 참이었다.
"이분입니다."라고, 내가 노인을 가리키자,
운허대사는 합장하여 이마가 땅에 닿을 정도로 절을 하면서,
"○○사의 용하(龍夏)라고 합니다."라고 이름을 밝혔다.
"아, 그렇습니까. 이건 이건 훌륭한 선지사께서." 노인은 답례를 할 참이었던 것
같았으나 그 이상 허리가 굽혀지지 않아, 몇 번이고 머리를 숙이는 것이었다.
"물깡통을 제가 운반하게 해주소서."라고, 운허가 노인의 손에서 깡통을 받으려 하자,
"아니, 아니, 이건 내 힘으로 들 수 있을 만한 무게입지요."라고,
말하며 노인은 그것을 허락하지 않았다.
"스님, 저희 절에 와 계시면 어떻겠습니까. 꼭 오시길 바랍니다."
"아니, 아니오. 나는 보시는 바와 같이, 이 몸으로는 중으로서 근행도 할 수 없고,
또 자기가 자기 몸을 닦을 수도 없기에, 도량내(道場內)에 머무는 것은 죄스러운
일이지요. 다만 절의 종소리 들리는 곳에 있으면 그것만으로 족하다고 생각하오."
운허가 몇 번 정중히 권해도 노승은 언젠가 ○○사에 와줄 것에 응하지 않았다.

藝

山寺の人々【1】

李　光洙

楠目橙黄子氏
追悼俳句大會

日劇ダンシング・チーム
東洋バレー『プリンス・イゴール』

新映
画評

女性の民
諷刺喜劇風に

日活作品

「山寺사람들」이 실린 『京城日報』(1940. 5. 17.)

山寺사람들

••• 李 光 洙

내가 회복기에 있는 아들과 원고용지와 함께, 동소문 밖 절에 정양하러 간 것은 3월 초닷새 봄이라고는 하나, 이름뿐이고, 산 그늘 쪽에는 녹다 남은 얼음도 있었고, 절에 간 후에도 두 번이나 상당히 많은 눈이 내렸던 것이다. 바로 만금에 값하는 눈이라 불린 눈도 이 중이 하나였다

우리 부자가 머문 집은 어떤 중의 주택으로, 작은 방이었다. 중의 주택이라 하면 뭔가 잘 쓰지 않는 말이다. 출가한 중에게 가정이라든가 주택이 있을 턱이 없다. 예부터 초막이라 해서 늙었다든가 병이 든 경우, 절에서의 고행생활을 감당할 수 없는 승려들에게 허락된 특별한 집이 있었지만 지금에는 늙은것이나 젊은것이나 처자를 거느리고 금실 좋은 가정을 이루고 있는 처지이다. 가정이기에 탐욕의 고기도, 질투의 떡도 굽지 않을 수 없게 되어 있다. 다만 세속의 조선 가정과 다른 점이 있다면 마루에 불단을 설해놓은 것(그것조차 없는 모던한 것도 있거니와), 법의와 가사가 걸려 있는 것이다(이것만은 영업상 필요한 장비여서 모두 갖추고 있는 모양이다).

우리의 주인은 아직 젊은, 한패 중에서는 제법 위세를 떨치는 중

이었다. 아침에 일어나 법의를 걸치고, 절 사무실에 출두하여 한 시간 가량 무슨 사무를 보는 모양이었다. 그러나 그의 처는 물론, 그 자신도 특히 시주하는 집에서 설법이라도 요청해 오지 않는 한, 예불하는 것을 본 적이 없다. 이 절에는 50여 명의 승려들이 있지만 아침저녁 자기 임무를 수행하는 사람은 네 사람뿐이고, 나머지 45, 6인은 우리들 일반사람과 다름없는 가정생활을 하고 있다. 아침저녁 근행(勤行)하고 있는 네 사람이란, 절로부터 월급을 받고 있는 시중드는 노전(爐殿)들이다. 금당인 아미타불께 한 사람, 명부전에 한 사람, 나한전에 한 사람으로 배당되어 있다.

아침 4시경이 되면 똑똑 하고 목탁[木魚] 소리에 따라, 송(頌)이나 진언을 창하는 소리가 들려오지만 이것은 금당의 시중드는 중이 역시 마누라의 이불 속에서 기어 나와 금당에로 나가는 참인 것이다. 목어 소리가 멎으면 종소리가 울리고, 그로부터 본당과 명부전에서 요령소리, 북소리, 진언이나 염불소리가 들렸다. 한동안 경내는 떠들썩해진다. 절의 큰 종을 치는 자는 은돌이라는 이름의 어린 중이다. 이 중은 매우 소탈하고 쓸모가 있어, 범패든 승무든, 뭐든지 할 수 있는 매우 중요한 인물이다.

그 다음에는 본당에서 건암(建庵)이라 부르는 늙은 스님의 목탁소리가 들려오기 마련이다. 나는 어떤 땐 혼자서, 또 어떤 땐 아들과 함께, 여기저기 돌아다니며 아침저녁의 근행을 보지만 이 건암이 가장 열심이고, 속기를 떨쳐버린 듯이 보였다. 그는 벌써 70을 넘은 노승이고, 장님이지만 그 용모라든가, 위엄이라든가, 목소리에 있어서도,

"나무아미타불"

하고 창하는 목소리라든가, 또 한 시간의 염불을 마칠 무렵, 양손을 머리 위에 높이 추켜올려 허공에 원을 그리며, 오체투지(五體投地)의 예를 하면서,

"나무대자대비서방교주무량수여래불"

하고 외치는 소리 하며, 옆에서 보아도 어쩐지 믿음이 움직여지는 것이었다. 이 노승은 저녁에도 한두 시간 염불을 하는 것이어서 잠잠하던 경내에서 그의 목탁과 염불을 듣노라면 묘하게도 마음이 맑아옴을 느끼게 된다.

섭섭한 일은, 이 중도 십수 년 전부터 처를 거느렸던 모양이었다. 그가 살고 있는 초암을 엿보았는데, 마당도 마루도 별로 깨끗하지 않았다. 노승이라 하면 명부전의 경하(景何) 스님도 일흔을 넘어선 사람이지만 보기에 썩 기운이 있어 보이는 노인이고, 어린 중들과 자주 얼려 놀기도 농담도 하는 것이었다.

내가 이 절에 온 지 얼마 안 된 어떤 날, 여남은 명의 어린 중들이 절 마당에서 돈치기놀이를 하며 떠들썩한 것을 본 나는, 놀이는 좋아하면서도,

"자네들은 염불은 저리 가라고, 돈치기 따위나 하고 있군."

라고 했다.

그러자 긴 지팡이에 턱을 괴고 서서 구경하고 있던 성질 고약하게 생긴 한 노승이

"돈치기도 선(禪)이거든. 계집질도 삼매경에 들어가면 선이구."

라고 말하는 것이었다. 나는 순간, 이마에 몽둥이로 한대 맞은 꼴이

되었거니, 그 노승이 뒤에 알고 보니 경하스님이었다. 이 노승은 입버릇과 같이 도무지 득업이 얻어지지 않아 곤란하다. 이제 살아서 진리를 얻는 일은 끝난 판이라고 말하고 있다. 벌써 일흔 둘이어서 그렇게 말하는지도 모르나, 항시 얼굴이 붉은 것을 보면 아마도 술을 끊지 못하기 때문인지도 모른다.

"어째, 아랫배가 아픈걸." 하고, 쓸데없는 푸념을 투덜대기도 하지만 결코 얼굴을 찡그리는 법이 없다. 언제나 명랑하고 건강하다. '명부시왕전일일무수배(冥府十王前日日無數拜)'여서, 명부전의 시중을 들고 있기에, 염라대왕족이 조금도 무섭지 않은가 보다고 말하면 그는 썩 유쾌한 듯이 웃었다.

어쩌면, 젊었을 적에 염불을 해두면 그 공덕의 정기예금으로 후반생은 다소 부실한 짓을 해도 극락왕생은 틀림없다고 생각하는 모양이었다. 그래서 그런지, 어쨌든 어떤 이들은 만년엔 대개 마누라를 얻든가 술과 고기를 먹든가 했다. 자기가 그렇게 할 뿐 아니라, 술집을 차려 살고 있는 한술 더 뜨는 작자들도 없지 않았다. '음주식육무방반야(飮酒食肉無妨般若)'라는 한 구절만은 모두 알고 있는 것이다. 이런 일은 별로 명예로운 것이 아니어서 이름만은 밝히지 않지만, 어떤 노승은 50살을 지날 때까지는 계행청정(戒行淸淨)으로 이름을 떨쳤지만 돈 많은 과부를 얻고 나서는 지금은 상당한 부자가 되어 있다. '욕심쟁이 중'이라고, 얘기라도 나오면 이 빠진 입을 오물거리며 잘 떠드는 건강한 노인이다.

그런데 내가 어느 아침 산보를 나가자, 독성각(獨聖閣) 앞에서 자꾸 합장예배하는 자가 있었다. 하도 이상하여 가까이 가서 보니, 이거

어떻게 된 일인가, 예의 그 욕심쟁이 중이 착실하게 법의에 위의를 갖추어 예배를 하고 있는 게 아닌가. 그렇다면 이 늙은 스님은 뜻밖에도 나후나존자(羅睺羅尊者)와 같은 밀행가(密行家)였던가. 인간세계의 중생을 위해 일부러 탐욕의 모습을 드러내고 있는 이른바 내밀비보살행외현시성문(內密秘菩薩行外現是聲聞)이 아닐 것인가. 그러기에 그이 얼굴을 엿보지 않을 수 없었다.

그러나, 무엇보다도 숙조암(菽照庵)의 염불행자야말로 절에서는 제일가는 선지식(善知識)이라고 나는 마음속으로 느끼고 있다. 나는 이 스님의 성도 이름도 알지 못한다. 염불 외고 있는 것을 본 것이 두 번, 담 밖에서 들은 것이 몇 번, 얼굴을 대하며 얘기해 본 것이 단 한 번뿐이지만, 무언지 모르게 번민에서 벗어난 행자 같은 느낌을 주는 것이었다. 나이는 63살, 집도 처자도 없이, 출가 40년, 염불만을 하고 살아온 사람이다. 검게 물들인 옷에 붉은 가사를 걸치고, 목탁을 두드리면서 염불하고 있는 것은 실로 징숙 그것 모양이어서 한 점의 티끌도 없는 신성함이었다. 건암의 염불에는 열성이 깃들여 있지만 이 스님의 염불은 그런 경지를 훨씬 넘어선 고담한 경지였다. 섭섭하게도 보통의 모습으로, 사람들과 만날 때의 위의가 건암보다는 훨씬 떨어지는 것처럼 여겨진다.

이 절의 중들에 관해 쓸 때에는 나는 이서방과 박서방을 빠뜨려서는 안 된다. 이서방은 중이 아니다. 경내의 소제를 한다든가 가정을 갖고 있는 중들의 심부름을 하기도 하는 40살 내외의 남자로서, 인간적인 지위로 말하면 이 절에서는 가장 하위이다. 그렇지만 이 사람은 아무래도 보통사람이라고는 생각되지 않는다. 아침부터 저녁까지 실로 참으로 열심히 일하고 있다. 나는 이 절에 50일 동안이나 머물 렀지만 지금껏 이서방이 어디서든지 일하고 있지 않은 모습을 일찍 이 본 적이 없다. 이른바 묵묵히 일하는 쪽이어서 누가 시켜서 일함 도 아니고 누구에게 보고하기 위해 일하는 것도 아니었다. 언제까지 나 청소하기도 흙을 파기도 하는 것이었다.

"이서방, 수고하는군."

내가 지나치면서 정답게 말하면 그는 수줍어하면서 한번 웃고는 합장을 한다.

"그대는 염불을 외는가."

라고, 물으면, 그는

"아니요. 염불 같은 거 알 수가 있어야지요."

라고 대답한다.

"일하면서, 아무 말 없이 언제나 무엇을 생각하오?"

"아니오. 생각하는 거 아무것도 없어요."

그럼에도 그는 언제 보아도, 즐거운 듯이 벙긋 웃고 있다. 세상에 떨어져서부터 지금껏 불평불만을 해본 적이 일찍이 없었던 그런 얼 굴이다.

"스님, 이 절에서 제일 먼저 성불할 사람은 이서방일 걸요."

라고, 나는 주지스님에게 말해 보니까, 그는 다소 불만인 듯했다. 만 약 저 경하스님에게 그런 말을 했더라면,

"그렇지. 그래. 물론이지."

라고, 갈갈 웃으며 수긍했으리라고 생각된다. 그러나 이 절에서 이서 방을 나쁘게 여기는 사람은 아무도 없다. 그렇다고 해서 물론 존경

하는 사람도 없다. 단지 참으로 부려먹기 쉬운 반면 같은 사람 정도
로 여기고 있는지도 모른다. 이서방은 좌선도 하지 않고, 염불도 외
지 않는다. 또 자기 말대로 생각하는 것도 없다. 다만, 묵묵히, 아침
부터 저녁까지 무엇인가 일을 하고 있다. 중의 마누라 빨래까지도
부탁받으면 그것을 가지고 온다. 그렇다고 해서 그가 어떤 보수를
받는 것도 아니다.

"이서방 밥 먹지."

라고 말하면,

"예, 고맙습니다."

라고 대답하고는, 봉당이든 부엌이든 아무 데나 쉽게 앉아버린다. 먹
고 나면, 다시 가서 일을 계속한다.

그야말로 모든 현상계를 잊은, 임제(臨濟)의 이른바 무사시귀인(無事
是貴人)의 경지에 있는지도 모른다. '수연소구업, 임운착의상(隨緣消舊業,
任運着衣裳)'의 경애에 있는지도 모른다. 석어도 모든 욕망을 떠난 사
람은 이서방 같으리라는 생각이 드는 것이다.

박서방이라는 사람은 이서방과는 약간 타입을 달리하는 남자이다.
그는 50살 고개를 넘어선 모양이다. 헝겊을 붙여서 만든 조선복의 바
지에 낡은 양복저고리를 걸치고, 제법 스마트한 로이드안경을 쓰고,
터키모자 같은 것을 머리에 쓰고 있다. 그 모자는 낡은 학생모자의
차양이 떨어져나간 것임을 알 수 있다. 그는 아침부터 저녁까지 마
른 나뭇가지를 줍고 있다.

"그것을 주워서 어쩌자는 것인가."

"장판방에 때지요. 그러면 온돌이 아주 따뜻해지거든요."

"그렇게 많이 때야 하오?"

"때다가 남으면 팔거든요."

"그 돈으로는 무엇을 하오?"

"문종이를 사기도 하고—돈이 있으면 뭔가 쓸 일도 생기지요."

박서방은 돈을 버는 것까지는 알고 있으나 그 쓰는 방법은 생각해 본 적이 없는 모양이었다. 그도 그럴 것이, 마루방에 불을 때게 하면, 먹는 것은 걱정 없으며, 중들의 낡은 옷이나 누더기를 얻어 입으면 옷을 살 필요도 없다.

"박서방은 마누라가 없소?"

"그런 것 없소."

"마누라를 싫어하오?"

"한번 마누라를 얻어, 아기까지 낳았으나, 임술년에 죽어버렸구먼요."

"또 마누라를 얻을 생각은 없소?"

"귀찮아서 그만두어버렸소."

제법 정연한 답변을 하는 것이다.

"박씨는 중이 아닌가요?"

"한때는 중이 되어 10여 년간 염불도 외웠지요. 그러나 그것도 귀찮아서 그만두어버렸소."

이것은 대단한 것이라고 생각되었다.

왜냐하면, 박씨는 결코 게으른 사람이 아니다. 그도 부지런함에는 이서방과 좋은 짝이 된다. 실로 잘 돌아다니고, 마른 나뭇가지를 잘도 모아온다. 물론, 단 하나도 나무에서 꺾지는 않는다. 다만 떨어진 것을 주울 뿐이다.

박서방 때문에 생각해 낸 것이지만 나는 아이를 데리고 자주 정릉 소나무숲을 걷곤 했다. 대도시의 가까운 곳이라고는 여겨지지 않을 만큼 깊숙한 곳이다. 소나무의 나이는 아직 어리지만 계곡도 숲모양도 상당한 것이다. 또한 진달래꽃의 명소이어서 도처에 진달래가 있다. 계곡 물소리도 작은 새소리도 들린다.

이 정릉 소나무 숲에 반드시 만나는 한 노인이 있다. 그는 적어도 80살을 넘었음에 틀림없을 것 같다. 이 노인은 매일 낫을 가지고 정릉 소나무 숲에 살며시 들어와서는 마른 나뭇가지를 줍는 것처럼 보이면서, 여러 가지 관목을 벤다. 아직 잎이 나오지 않아서 생나무라도 마른가지처럼 보이는 것이리라. 셋 중 하나를 베는 것이지만 그것이 매일이고 보면 결국은 하나도 남지 않고 다 베어버리는 꼴이 된다.

그런데 어느 날 나는 이 노인이 실로 잔인한 짓을 하고 있는 것에 부딪쳤다. 그것은 낫 끝으로 하나하나, 지면에 나온 소나무 뿌리를 자르고 있는 것이었다.

"영감님, 그런 짓을 하면 소나무가 말라죽지 않습니까."

나도 지지 않고 대들었다.

"흙 위로 나온 것만을 잘라내니까 소나무가 말라죽는 일은 없소."

라고, 이 노인은 나를 흘깃 보면서 큰소리를 치고는, 일층 활발히 소나무 뿌리를 자르는 일에 열중하는 것이었다.

"여보 여보, 흙 위에 나온 뿌리를 베어버리면 흙 속에 남은 뿌리도 소용없지 않소."

나도 지지 않고 대들었다. 이 잔인한 노인, 내 얼굴에서 심상치 않은 빛을 보았는지, 이미 잘라낸 것만을 마른 나뭇가지 속에 싸서는 한데 묶어, 그것을 손에 들고는 비틀거리며 물러가는 것이었다. 두 번이나 내가 서 있는 쪽을 되돌아보며 무엇인가 중얼거렸으나 무슨 말인지 알 수 없었다. 아마도 욕설이었으리라.

내 아이가 노인에 의해 잘린 소나무 뿌리의 단면을 들여다보면서,

"아버지, 잘린 데서 이슬 같은 것이 나와요."

라고, 성을 내었다.

"피야. 아파서 피를 흘리고 있는 게야."

나는, 50년생인 듯한 정정한 소나무를 우러러보았다. 소나무는 아무 말 없으나 금년 중 아마도 가지의 반쯤이 말라버릴 것으로 생각되었다. 그것도 내일부터 그 노인이 다시는 소나무 가지 자르는 공작을 진행하지 않는다는 조건일 적에 그러하다.

"어이, 너는 저 노인이 왜 저렇게 가난하다고 생각하나? 80년이나 세상을 살아가면서 왜 살아있는 소나무 뿌리를 베지 않으면 생활이 안 될 정도로 가난한지 그 까닭을 알고 있는가."

나는 돌아오는 길에 12살 된 내 아이에게 물었다.

아이는 내 얼굴을 쳐다보았다.

"응, 요컨대 자기 소원이 이루어진 것이지요."

"소원이 이루어졌다?"

"그렇다. 그 사람은 80년 이래 가난해지는 수행을 해 와서, 그것이 이제 거의 열매를 맺은 것이거든."

가난해지는 수행(修行)이라 말할 것 같으면 이 절 가까운 마을 사람

들은 참으로 가난의 수행에 여념이 없다. 바꾸어 말하면 복된 인연을 만드는 일은 아주 전폐한 것처럼 생각되는 것이다.

정릉 속의 산길을 걸어 보면 손이 닿을만한 곳에 있는 가지, 한 사람의 힘으로 꺾을 수 있는 가지로, 잘리지 않은 것은 하나도 없다. 그것은 땔거리가 없었기 때문이리라. 실제 이 근처 빈민굴 주민은 그만큼 생활에 곤란을 겪고 있음에 틀림없다. 여자도 아이들도 어두컴컴할 때 산속에 들어가 마른 나뭇가지를 주워, 머리에 이기도 등에 지기도 하여 오는 것을 하루에도 몇 십 명 본다. 이들은 땔거리를 얻기에 열중하여 그 준비를 미리 하느라 나뭇가지를 꺾는 일이 습관으로 되어 있다. 생나무는 꺾어서 금방 집으로 가져올 수는 없으나, 꺾어두면, 언젠가 그것이 마른가지로 되는 것이다. 그것이 마침내 자기 손에 들어올 것이 아닌지는 확실하지 않지만 만일을 위해 생나무 가지를 꺾어놓는다. 때때로 어른 힘이 아니면 도저히 움직이지 않을 소나무를 뿌리까지 파서, 버려놓은 섯노 보았다. 이것은 밤중에 몰래 와서 적당히 잘라 가져갈 것이라 생각되지만 사흘이고 나흘이고 그대로 있는 것을 보면, 그것을 넘어뜨린 사나이가 병이라도 앓든가, 아니면 너무나 큰 죄를 지어서 공포를 느끼고 있기 때문인가. 원컨대 그 사나이가 크게 회개하여 가난의 길을 버리고 복을 닦는 바른 길에 눈뜨기를 빌지 않을 수 없었다.

이런 사람들이 음료수에도 궁해서, 해뜨기 전부터 석유깡통을 들고 물을 찾아다니기도 하고, 남의 우물물을 훔치다가 들켜 주인에게 야단맞는 광경을 보면, 불쌍한 마음과 함께 그들이 일평생 심어온 가난의 씨앗을 거두고 있다고 하는 인과(因果)의 느낌을 금하기 어렵다.

중요한 것은 나만이고, 내 물건뿐이다. 다른 사람의 것이라면 거들 떠보지도 않든가, 취할 수 있으면 취하는 것이 좋다는, 그릇된 생각을 가난의 길이라 한다. 이것은 과연, 이 절 근처 사람들만에 국한된 것일까. 이들을 참으로 돕는 길은 먹는 것, 입는 것과 동시에 복을 닦는 길을 보여주는 것이라고 여겨진다. 복을 닦는 길이란 악을 그치고 선을 행하는 길이다. 인과의 이치를 알게 하는 것이다. 오늘날의 조선민중만큼 일반적으로 말해 종교적 관념도, 정감도 결여된 민중은 드물 것이다. 신도, 부처도, 인과의 생각도 아주 없고, 오직 바라는 것은 명리(名利)여서, 법률과 자연의 힘만을 두려워할 따름이다.

신을 잊고, 혼을 잊고서는 참된 도덕이나 예의는 바랄 수 없지 않는가. 뜻밖에 얘기가 설교같이 되고 말았다. 절의 명물 중 제일가는 관음굴의 노인에 대한 것을 적어, 이 글을 맺고자 한다. 절 입구의 천하대장군의 동북쪽 언덕 중복의 바위 벽에 낡은 가마니를 씌운 것이 있다. '것'이라 한 것은 그것이 집이라는 이름으로 말해질 수 없기 때문이다. 이것이 관음굴이다. 관음굴이란 여기에 살고 있는 당년 83살의 노승이 자칭한 것이어서 다른 사람은 아무도 이것을 관음굴이라고 풍류적인 이름으로 부르지는 않는다. 거지굴이라든가, 허리 굽은 영감의 오두막이라 부르는 것이 보통이다.

이 노승이 주지승이었다는 것을 아는 사람은 드문 것 같다. 그는 그를 놀리러 온 젊은이들을 붙들고는 열심히 불법을 설하고 있다. 오늘의 세상에 노승의 설법을 끝까지 듣고 즐거워할 별난 자가 있을 턱이 없어, 반쯤 농담으로 듣다가 도중에 한마디 인사도 없이 슬그머니 가버리는 것이지만, 그는 뒤에서 오는 자들에게, 아직도 앞에 왔던 사람에게 하던 불법을 계속 하고 있는 것이다.

"너희들은 지금 타오르고 있는 화택(火宅) 속에 있는 거야. 오욕에 열중하고 있는 동안 무상살귀(無常殺鬼)는 너희들을 불꽃의 혓바닥으로 태워버리는 거야. 나무아미타불 6자 염불을 외는 것이 좋아."
라고, 입이 시도록 설법하고 있다.

이 노인은 60년 전엔 군인으로서, 가회동에 훌륭한 집에서 살았다 한다. 생각하는 바가 있어, 35살에 출가하여, 중이 된 지 48년을 헤아리거니와 이규완(李圭完) 씨가 함경남도 지사로 있을 적에, 함주(咸州) 귀주사(歸州寺) 주지를 역임한 경력도 있다고 한다. 지금부터 8년 전 경성전기회사의 전차(노인은 반드시 이렇게 말한다.)에 뒤에서부터 허리를 받혀, 허리가 굽어졌다는 것이다.

한때 이 노인, 모습을 감추어서, 어찐 일인가 하고 근처 사람들에게 물어보니까, 누구 한 사람 그의 행방을 아는 자가 없었다. 그리하여 예의 그 관음굴의 가마니 집은 누구에 의해 벗기고, 기둥이라 할 수 있는 통나무도 없어진 모양은 눈물나게 하는 폐허의 광경이었다.

그런데 어느 날 내가 아이를 데리고 그 앞을 지나니까 관음굴에 새로운 이엉이 덮여져 있는 게 아닌가. 그 예의 노승이 공사장에서 주워온 것인 듯한 대팻밥이라든가 나무토막을 두 아름 정도 새끼로 묶어 한손에 늘어지게 들고 지팡이에 의지하여 거의 땅에 닿을 듯한 굽은 허리를 하고, 와 있는 것이 아닌가.

"스님, 오랜만이군요. 어디 갔다 오셨습니까."

나는 참으로 기뻤다.

"어, 양로원에 끌려갔었소."

노승은 작은 눈을 반짝이며 이렇게 말했다.

"양로원? 그건 잘했군요. 양로원에 계시면 좋을 걸. 왜 이런 곳에 되돌아왔습니까."

"싫어요. 거기에 있으면 먹는 것은 걱정 없어도―모두 잘해주지. 그러나, 아무것도 쓸모없는 것이 사람들 신세나 져서 편하게 있는 것이, 심히 마음 즐겁지 않았어요. 역시 관음굴에서 걸식하는 쪽이 나에게는 즐겁다고 여겨져서요. 그래, 도망쳐 왔소이다."

그는 아주 만족스러운 얼굴이었다.

어느 날 내가 관음굴에 그를 찾아가자,

"여기는 좋은 곳이거든, 겨울에는 햇볕이 잘 들어 따뜻하것다. 여름에는 또 시원하것다, 밤에는 달이 잘 비치지. 관음보살의 도량(道場)이야."

라고, 관음굴 예찬을 한바탕 하는 것이었다. 방이라 말할 수 있는 곳은 반 평이 될까 말까. 노인이 허리를 구부린 채로 누우면 되는 넓이밖에 없다. 시체를 담는 관이라 생각하면 틀림없다.

"식사는 어떻게 하십니까?"

"늘 시장하기에 늘 맛이 있지. 시장할 적에 먹는 것이 전부 피가 되거든. 병 같은 것은 들지 않아. 똥이 될 것도 없지, 허허."

나도 따라 웃고 말았다.

그로부터 수일 후였다. ○○사의 운허당대사(耘虛堂大師)가 제자 두 사람을 데리고, 나를 찾아 절로 왔다. 나는 대사를 관음굴에 안내했다. 아마도 황혼녘이어서 노승은, 사홉 정도 들이의, 거지들이 잘 들고 다니는 철사로 맨 양철깡통에 물을 길어오는 참이었다.

"이분입니다."

라고, 내가 노인을 가리키자, 운허대사는 합장하여 이마가 땅에 닿을
정도로 절을 하면서,

"○○사의 용하(龍夏)라고 합니다."

라고 이름을 밝혔다.

"아, 그렇습니까. 이건 이건 훌륭한 선지사께서."

노인은 답례를 할 참이었던 것 같았으나 그 이상 허리가 굽혀지지
않아, 몇 번이고 머리를 숙이는 것이었다.

"물깡통을 제가 운반하게 해주소서."

라고, 운허가 노인의 손에서 깡통을 받으려 하자,

"아니, 아니, 이건 내 힘으로 들 수 있을 만한 무게입지요."

라고, 말하며 노인은 그것을 허락하지 않았다.

"스님, 저희 절에 와 계시면 어떻겠습니까. 꼭 오시길 바랍니다."

"아니, 아니오. 나는 보시는 바와 같이, 이 몸으로는 중으로서 근
행도 할 수 없고, 또 자기가 자기 몸을 닦을 수도 없기에, 도량내(道場
內)에 머무는 것은 죄스러운 일이지요. 다만 절의 종소리 들리는 곳
에 있으면 그것만으로 족하다고 생각하오."

운허가 몇 번 정중히 권해도 노승은 언젠가 ○○사에 와줄 것에
응하지 않았다.

"스님, 다시 한번 사바세계에 되돌아오시길 바랍니다."

라고 운허가 말씀 올리자, 노인은 잠깐 생각하는 듯하다가,

"어떻게 될지 아직 모르겠소."

라고, 답하고, 관음굴 쪽을 향해 비틀비틀 걸어가는 것이었다.

정릉의 바위틈의 진달래는 지금이 한창이다. 지긋이 귀를 기울이고 있자니, 꾀꼬리와 무당새(오색 종다리라고도 부르는)의 맑고 맑은 소리가 들려온다.

李光洙, 「山寺사람들」, 『京城日報』, 1940. 5. 17.~19. / 김윤식 옮김

이 글은 재수록될 때 소설로 인식되었음(朝鮮文人協會編, 『朝鮮國民文學集』, 東都書籍株式會社, 東京, 1943. 4.).

해설 김윤식

이 글은 창작이기보다는 실명이 등장하고 있는 일종의 체험기에 가까움. 발표 당시 소설이란 표시가 없음. 여기 나오는 절은 흥천사(興天寺). 독성각, 적조암 등의 위치와 그 설명에 따라 역자가 현지 답사한 바 있음(『문학사상』, 100호, 1981. 2.). 여기에 등장하는 운허대사는 이광수의 삼종제이자 봉선사 주지, 이학수를 가리킴. 그의 법명이 '용하'였음. 이학수와 이광수의 관계는 『이광수와 그의 시대』(김윤식) 참조.

無佛翁의
추억

위의 두 사람, 이 같은 세속을 떠난 노인은 정자에서 술잔을 돌리
며 부슬비 내리는 옛 절이나 옛 그대로의 풍미를 간직한 곳을 보면서
일본과 조선이 벌써 예로부터 하나였던 것 같은 기분으로 말하였다.
나는 그 기분 속에 녹아들 수가 있었다. 서로 이러한 감정 속에 있다
면 얼마나 두 민족은 행복할 것인가를 생각해보았다.

▲「無佛翁의 추억」이 실린 『京城日報』(1939. 3. 11.)

▼『한국문학』(1987. 6.)에 번역·소개된 「無佛翁의 추억」

無佛翁의 추억

李　光　洙
김　윤　식 옮김

　無佛 阿部充家(1862—1936 아베 요시이에—역주)씨는 한일합방 후 초대 京城日報社 사장이었다. 寺內 총독이 당시 조선 속의 여러 신문을 모두 없애고 京城日報, 每日申報만을 남기고, 그 경영을 德富蘇峰(1863—1957—역주)옹에 맡겼는데 蘇峰옹은, 당시 자신이 사장으로서 경영하고 있던 國民新聞의 부사장으로 소년시대부터 벗이며 國民新聞은 말할 것도 없고 民友社에 이르기까지 소봉옹의 사업 있는 곳엔 그림자 모양 따라다니는 이른바 막후인물인 무불 阿部充家씨를 京城日報 및 매일신보 사장에 앉히고 자신은 감독이란 이름으로 가끔 서울에 와서 창의문 밖의 鴎巢亭에 머물곤 했다.

　내가 처음 무불옹을 만난 것은 大正5(1916)년 초가을이라 생각된다. 그무렵 나는 학교 선생노릇(오산학교—역주)을 그만두고 시베리아유랑에서 돌아와 다시 早稻田대학에 적을 두고 있을 적인데 여름방학을 마치고 동경으로 가는 도중, 서울에 들렀는데 어느날 아침 일찍 沈友燮군(작가 沈熏의 만형, 호는 天風, 매일신보 기자이자 작가. 소설 「무정」에 나오는 신문기자 신우선의 모델—역주)에 이끌려 옹을 旭町에 있는 집으로 찾아갔던 것이다. 심 군은 당시 매일신보의 민완기자로 李相協씨와 더불어 문명을 드날리고 있었다. 심 군은 「阿部라 부르는 사람은

조선인을 능히 이해하며 조선청년을 만나 말하기를 좋아한다네. 군을 이미 阿部씨에게 말해두었다네. 오늘 군을 데려가기로 약속을 했다.」라고 말하는 것이었다.

　옹이 살고 있는 집은 참으로 초라한 것이어서 경성일보 사장집이라 생각할 수 없는 정도였으나 내게는 무엇인가 그런 것이 마음에 든 것 같이 생각되었다. 무엇인가의 인연이었던 것이 아닐까. 때는 아침 6시.

　잠시 양옥풍의 응접실에서 기다리고 있자니 일본옷 보습의 옹이 웃음을 띠고 나타났다. 약간 비대하다고 할 수 있으며 몸대가 크고 눈알이 부리부리한 사람이었다. 後에 안 일이지만, 옹의 가문은 검도사범 집안이어서 옹 역시 그 길에는 상당한 수련을 쌓았고, 또한 釋宗演師에게서 禪의 수업도 받은 탓에 그 눈빛이나 몸자세엔 의젓함이 있었다. 당시 옹은 50고개를 한두 해 넘긴 시절이었다.

　그날 내가 무슨 말을 했는지 생각나지 않는다. 된장국과 단무지와 김으로써 아침 대접을 받았으며, 매우 쌉쓰름한 이질풀을 달인 물을 먹은 기억이 있다. 이질풀은 위장약으로 가장 좋은 것이라는 말을 기억한다.

　이것이 인연이 되어 나는 동경에서 돌아올 적엔 꼭 옹을 찾고 된장국이나 스끼야끼 대접을 받았다. 옹을 만나면 나는 마음이 놓이고 기뻤다. 시국담이라든가 내선(일본과 조선—역주)융화라든가. 그러한 말을 옹의 입에서 들은 기억은 없다. 항시 마치 친한 벗모양 또는 어릴 적부터 사귄 듯한 이웃 아저씨 같은 다정함이 있었다. 옹도 나의 어느 곳이 마음에 들었는지 자주 귀애하여 주는 것이었다.

　옹을 처음 만난 그 다음해인 大正6(1917)년의 여름방학을 이용해서 정치를 시작한 5년의 턴정시찰로 조선행각을 해볼 의향이 없는가 라는, 당시 매일신보 감사인 中村健太郎씨의 편지가 동경에 있는 나에게 왔다. 그때 나는 매일신보에 연재한 내 소설 「무정」을 끝내고 「개척자」라는 두번째 소설과 「동경잡신」이라는 기행문, 수필 등을 연재하고 있었다. (「개척자」는 아직 연재되기 전임. 「개척자」는 1917년 11월 10일에서 이듬해 1월 23일까지이고, 「오도답파기」는 1917년 9월에 연재됨—역주) 이리하여 나는 이른바 五道踏破 여행의 길에 올랐는데, 조선인 기자로서는 처음 있는 일인만큼 신문사나 총독부에서도 각지방 관헌에 통첩하여 이르는 곳마다 신료 송구한 정도의 환영을 받았다.

無佛翁의 추억

···李光洙

無佛 阿部充家(1862~1936 아베 요시이에-역주) 씨는 한일합방 후 초대 京城日報社 사장이었다. 寺內 총독이 당시 조선 속의 여러 신문을 모두 없애고 京城日報, 每日申報만을 남기고, 그 경영을 德富蘇峰(1863~1957-역주) 옹에 맡겼는데 蘇峰 옹은, 당시 자신이 사장으로 경영하고 있던 國民新聞의 부사장으로 소년시대부터 벗이며 國民新聞은 말할 것도 없고 民友社에 이르기까지 소봉 옹의 사업 있는 곳엔 그림자모양 따라다니는 이른바 막후인물인 무불 阿部充家 씨를 京城日報 및 매일신보 사장에 앉히고 자신은 감독이란 이름으로 가끔 서울에 와서 창의문 밖의 鵲巢居에 머물곤 했다.

내가 처음 무불 옹을 만난 것은 大正5(1916)년 초가을이라 생각된다. 그 무렵 나는 학교 선생 노릇(오산학교-역주)을 그만두고 시베리아 유랑에서 돌아와 다시 早稻田대학에 적을 두고 있을 적인데 여름방학을 마치고 동경으로 가는 도중, 서울에 들렀는데 어느 날 아침 일찍 沈友燮 군(작가 沈熏의 맏형, 호는 天風, 매일신보 기자이자 작가. 소설 <무정>에 나오는 신문기자 신우선의 모델-역주)에 이끌려 옹을 旭町에 있는 집으로 찾아갔던 것이다. 심 군은 당시 매일신보의 민완기자로 李相

協 씨와 더불어 문명을 드날리고 있었다. 심 군은 "阿部라 부르는 사람은 조선인을 능히 이해하며 조선청년은 만나 말하기를 좋아한다네. 군을 이미 阿部 씨에게 말해두었다네. 오늘 군을 데려가기로 약속을 했다."고 말하는 것이었다.

옹이 살고 있는 집은 참으로 초라한 것이어서 경성일보 사장집이라 생각할 수 없는 정도였으나 내게는 무엇인가 그런 것이 마음에 든 것 같이 생각되었다. 무엇인가의 인연이었던 것이 아닐까. 때는 아침 6시.

잠시 양옥풍의 응접실에서 기다리고 있자니 일본 옷 모습의 옹이 웃음을 띠고 나타났다. 약간 비대하다고 할 수 있으며 콧대가 크고 눈알이 부리부리한 사람이었다. 후에 안 일이지만, 옹의 가문은 검도 사범 집안이어서 옹 역시 그 길에는 상당한 수련을 쌓았고, 또한 擇宗演師에게서 禪 수업도 받은 탓에 그 눈빛이나 몸자세엔 의젓함이 있었다. 당시 옹은 50고개를 한두 해 넘긴 시절이었다.

그날 내가 무슨 말을 했는지 생각나지 않는다. 된장국과 단무지와 김으로써 아침 대접을 받았으며, 매우 씁쓰름한 이질풀을 달인 물을 먹은 기억이 있다. 이질풀은 위장약으로 가장 좋은 것이라는 말을 기억한다.

이것이 인연이 되어 나는 동경에서 돌아올 적엔 꼭 옹을 찾고 된장국이나 스끼야끼 대접을 받았다. 옹을 만나면 나는 마음이 놓이고 기뻤다. 시국담이라든가 내선(일본과 조선—역주) 융화라든가, 그러한 말을 옹의 입에서 들은 기억은 없다. 항시 마치 친한 벗처럼 또는 어릴 적부터 사귄 듯한 이웃 아저씨 같은 다정함이 있었다. 옹도 나의 어느 곳이 마음에 들었는지 자주 귀애하여 주는 것이었다.

옹을 처음 만난 그 다음해인 大正6(1917)년의 여름방학을 이용해서 정치를 시작한 5년의 민정시찰로 조선행각을 해 볼 의향이 없는가라는, 당시 매일신보 감사인 中村健太郎 씨의 편지가 동경에 있는 나에게 왔다. 그때 나는 매일신보에 연재한 내 소설 <무정>을 끝내고 <개척자>라는 두 번째 소설과 <동경잡신>이라는 기행문, 수필 등을 연재하고 있었다(<개척자>는 아직 연재되기 전임. <개척자>는 1917년 11월 10일에서 이듬해 1월 23일까지이고, <오도답파기>는 1917년 9월에 연재됨-역주). 이리하여 나는 이른바 五道踏破 여행의 길에 올랐는데, 조선인 기자로서는 처음 있는 일인 만큼 신문사나 총독부에서도 각 지방 관헌에 통첩하여 이르는 곳마다 송구할 정도의 환영을 받았다.

내가 경성일보 편집국장 松尾 씨로부터 경성일보 쪽에도 기행문을 실어딜라는 부탁을 받아 전주 근처에서부터 일본어와 우리말 양쪽의 기행문을 썼다(『경성일보』는 일본말 신문임-역주). 松尾 씨의 부탁은 조선인 손으로 씌어진 내 기행문이 진기한 것으로 보이었기 때문이었겠지만, 나의 候文體(일본의 고풍한 문체-역주)의 기행문을 初號 3단의 큰 제목을 달아 2면의 윗단 머리기사로 다루어주었다. 이것이 德富蘇峰 선생의 눈에 띄었던 것이다.

내가 옹의 소개로 蘇峰 선생을 처음 뵈온 것은 이 여행 때였다. 내가 충남, 전라남북을 지나 부산에 닿자 소봉 선생이 조선에 왔다고 하여 무불 옹에 이끌려 역 호텔 다락에서 소봉 선생으로부터 아침식사 초대를 받아 약 1시간 얘기를 하였다. 옹은 소봉 선생에게 나를 여러 가지로 추장했으며, 소봉 선생은 "목포에서 다도해를 거쳐 여수에 이르는 글은 좋았어요. 목포 부윤에 말한 것 등은 가르침이더군. 국민 신문에 오지 않겠는가.” 등등 송구할 정도로 칭찬을 받았다.

그로부터 20 수년 소봉 선생은 변함없이 염려와 편달을 해주고 있거니와 이는 말할 것도 없이 무불 옹의 추장에 말미암은 것이다.

나의 그 여행 뒤에 곧 무불 옹은 경성일보 사장직을 버리고 동경의 국민신문 부사장으로 되돌아갔다. 옹이 서울을 떠날 때의 남대문 역의 송별하는 사람들은 조선인의 경우 여러 계층을 망라한 것이었다고 들었거니와 당시의 상황을 나는 직접 보지는 못하였지만 과연 그러했으리라 짐작된다. 옹이 다시 서울에 와서 잠시 있다가 떠날 때는 나도 환송하는 축에 끼었거니와 그때에도 환송인이 많았는데 관리, 실업계 인사, 신문인은 말할 것도 없고 조선귀족, 이른바 친일파, 민족주의자, 학생, 부인 등 실로 각 계급 각종의 사람들이었다.

이것은 실로 옹의 조선에 있어서의 생활을 상징하는 것이다. 누구나 만나고, 말하고, 사람을 보살핌에 차별을 두지 않는 생활의 반영이다. 나는 일본 내의 사정은 잘 모르나 조선인 중, 무엇인가 옹의 도움을 입은 사람은 옹의 말년인 최근 20여 년 간에 있어 수백 명은 넘고 아마도 천 명을 넘을지 모른다. 옹의 교제범위는 정치범, 신문인, 실업가, 학생 등 이른바 지식계급으로서 한 번 옹을 만난 조선인은 거리를 두지 않고 친우로 생각하는 것 같다. 그들 중엔 옹의 힘을 이용하여 어떤 이기적 욕망을 채우고자 한 자도 있었으리라. 그러나 그 대다수는 옹을 통해 일본민족의 온정에 접하고, 두 민족은 참으로 친우가 되고 동포가 될 수 있음을 느끼는 그러한 사귐이었으리라. 설사 이용하기 위해 옹에 접근한 자도 탐욕의 덩어리만이 아니라 인정의 감수성을 지닌 자라면 결국 꾸밈없는 모든 것, 차별을 넘어선 우정에 감동되지 않을 수 없었으리라 생각된다.

나는 옹에 대해 구하는 것 없고 옹 역시 나에 대해 바라는 것 없는, 그러한 사귐이었거니와, 옹은 참으로 나를 사랑해주었으며 20년이 하루같이 변함없는 사이였다.

경성일보를 그만두고는, 혹은 일년에 한 번 또는 일년 정도는 조선에 와 있었다. 齊藤 총독 시대에는 계속 그러한 것 같았다.

제등 총독은 옹과 친한 사이여서 적어도 한 번이나 두 번은 제등 총독이 옹을 오도록 종용한 것으로 추측된다. 그럴 만한 이유가 있는 것이다. 옹의 조선인 지식계급이나 청년층에 대한 넓은 교제와 풍부한 지식이 아마도 제등 총독에겐 참고가 되었겠지만, 제등 총독이 '阿部 군은 순진한 호인'이라 말한 점으로 미루어보면, 인간적으로 존경받았음을 알 수 있다. 순진하다고 하는 말은 제등 총독이 제일 높이 평가할 때 쓰는 말이라고 나는 생각한다. 제등 총독 자신도 될 수 있는 한 많은 조선인을 만나고 조선인의 진심에 닿고자 노력한 사람이거니와, 또한 조선인으로부터도 친밀감을 가진 사람이다. 이점에서 무불 옹과 서로 막상막하 상통하는 것처럼 보인다. 이리하여 이 두 사람은 하나는 총독으로, 하나는 한갓 狼人(상전 없는 사무라이―역주)으로서 그 지위나 책임은 다르나 새로운 동포인 조선인과 진심과 진심으로 접촉함에 있어 혼연 융합하여 한 국민으로서 초석을 놓기 위해 노력했으며, 그 성의에 있어서는, 서로 일치하는 것이라 하지 않을 수 없다고 생각한다.

내가 제등 총독을 처음 만난 것은 大正10(1921)년 무렵이다(1921년 9

월 30일 밤—역주). 그때는 무불 옹의 소개로서가 아니라 당시 경기도 경찰부장 白上裕吉 씨의 안내로 倭城臺에 있는 관저에서였다. 白上 씨는 나를 안내한 뒤 곧 돌아갔고 나와 총독 두 사람만이 응접실에서 대담했다. 제등 총독은 나 같은 한 서생을 흡사 옛 친구 같이 대해주면서 자기가 조선에 와서 한 일의 제일 중요한 것은 조선의 산을 푸르게 하는 일이라고 말하기도 하고, 조선인이 총독부 당국이나 일본인에 대한 마음의 태도가 일층 정직하고 순진했으면 좋겠다는 말을 했음을 나는 기억하고 있다. 그때에도 제등 총독은 무불 옹으로부터 내 말을 들었다고 하면서 '阿部 군은 참으로 조선인을 사랑하고 있다.'고 했다.

나는 지금도 제등 총독과 阿部充家 옹은 지위는 다르나 조선인에 대한 마음가짐에는 공통된 곳이 있다고 생각한다. 이것은 나뿐만 아니라 다른 조선인들도 그렇게 생각하는 것 같다. 나는 두서너 번 '제등 씨나 阿部 씨 같은 사람이 10명만 있어도 조선 민심은 어느 정도 변하리라.'라는 말을 들은 적이 있다. 오늘날 사정은 변했지만 저 大正8(1919. 3·1 운동 때를 지칭—역주)년 직후의 조선인의 마음에는 참으로 위험함이 있어 관리든 아니든 일본인에 대한 미움과 두려움이 깊이 뿌리를 내렸던 것이다. 조선인의 우울하고 멋대로 하는 성미가 이 두 사람의 적나라한 참마음에 접하고는 기쁨으로 뿌리를 내리지 않을 수 없었다. '이봐, 일본인이 모두 저 두 사람처럼이라면.' 하고 생각하는 조선인은 수없이 많았다고 여겨진다. 그러나 불행히도 두 사람에 접해 풀린 따뜻해진 마음은 많은 경우 다시 얼어붙었던 것이다.

그것은 昭和4(1929)년 무렵이 아니었을까. 역시 제등 총독이 다시 총독으로 임명되어 왔을 때(해군대장 제등실은 1919. 8.~1927. 12.과 1929. 8.~1936. 8.까지. 두 차례에 걸쳐 조선총독을 역임함으로써 조선총독 중 제일 오래 있었다—역주)는 겨울철이라 생각되거니와 무불 옹이 다시 조선에 왔었다. 그때도 제등 총독으로부터 '오지 않겠는가.' 정도의 초청이 있었던 것 같다. 당시 조선의 사상계는 적화사상이랄까 매우 불온하였으며 저 학생사건(광주학생사건—역주)이 일어난 조금 전이었다고 생각되거니와 제등 총독 쪽에서 보면 제 2의 大正8(1919. 3·1을 칭함—역주)년의 조짐으로 느껴졌는지도 모른다. 그 때문에 조선의 지식층을 타진해보기 위해 옹을 불렀는지 모른다. 당시 나는 병으로 누워 있을 때인데, 옹은 동소문의 무불암에 머물렀다. 거기서 시내에 오고가기 위해서는 내 집 앞을 지나는 길인 탓인지 옹은 때때로 예고도 없이 내 병상을 찾아왔고, 조선인의 답답함, 당국의 속 좁음 등을 한탄하곤 했다. 이 무렵 옹은 70살을 넘었고, 관절염이나 고혈압에 부자유한 상태여서 병자인 내가 보아도 안됐고 야위어 보였다. 아무래도 이젠 오래 살 것 같지 않아 보였다.

어느 날이었다. 밤 11시경, 옹은 외투를 겹으로 껴입고 외출 모자를 쓰고 마치 시베리아의 러시아인 모양으로 하고 내 집으로 와서는, 아무 말 없이 내 앞에 털썩 주저앉는 것이었다. 안색이 나쁘고 눈빛조차 둔해보였다. 웬일이냐고 묻자,

"나는 내일 돌아간다. 다시는 조선에 오지 않는다."

라고 내뱉는 것이었다. 아직도 분한 마음이 남아 있어 목소리조차 떨리고 있었다.

"애숭이들 나를 사상운동가로 착각하고 있어."

그 애송이가 누군지 나는 상상할 수가 있었다. 분개한 이유도 나는 바로 짐작이 갔다. 당국으로부터 불령한 무리로 점 찍힌 조선인들과도 교유하여 총독에게 무엇인가 진언하는 것이 있으리라 생각하고 있는 터에 그것을 좋지 않게 여기는 새파랗게 젊은 모 고관이 있다는 것을 나는 들은 적이 있다. 아마도 그와의 충돌이 아니었던가 추측되었다.

옹은 확실히 사상운동가였으리라. 그러나 자기를 위해서는 아무것도 구하는 바 없는 운동가였다. 옹은 귀족을 위해, 상인을 위해, 죄수를 위해, 고학생을 위해, 과부를 위해 쉬임없이 운동을 했거니와 '고맙다.'는 한마디 보수조차도 바라지 않았다. 하물며 재물에 있어서는 말해 무얼 하랴. 이는 나도 목도한 터이거니와 어떤 우편국 소장을 하고 있는 일본인이

"여비에 보태 쓰십시오."

라고 하면서 금일봉을 옹 앞에 내놓았다.

"얼마냐?"

"2천 원입니다."

"그래 군도 부자가 된 모양이군. 그러나 나는 여비가 있어. 식산은행에서 얻어서 아직 남아 있는 걸."

라고 말하고 그 돈을 즉석에서 물리쳤다. 그 사람은 수년 전 옹의 도움으로 오늘의 생활바탕을 쌓았던 모양이다. 조금조금 애써 저축한 돈을 예의로 바친 것이다. 그 남자가 돈이 든 봉투를 도로 넣지도 못하고 당혹한 모양을 보자 옹은 갑자기 생각난 듯이

"어이, 자네, 그 돈으로 한 가지 곤란한 사람을 도와주지 않겠는가."

“마음먹고 준비한 것인데 선생님, 받아주시지 않겠습니까.”

“아냐 나는 받지 않겠네. 책을 차압당해 곤란한 사람이 있다네. 조선인 학자라네. 책을 차압한 자는 푼돈이나 있는 작자야. 깐깐한 자이지. 빚이 꼭 2천 원이네. 자네, 한번 그 학자를 도와주지 않겠나?”

“잘 알겠습니다.”

“고맙네, 그 ○라는 부자는 성가셔. 통쾌하군. 자네, 그 돈을 직접 그 부자에게 전해주면 어떻겠나, 하하하.”

라고 옹은 유쾌히 웃었다.

옹은 보수를 바라 운동하는 운동가는 아니었다. 또한 부탁을 받고 운동하는 운동가도 아니었다. 마음만 내키면 몸과 마음을 다해 도와주었다. 누가 보아도 마음 내킨 모양이었다.

옹이 의식적으로 조선인과 진심으로 사귐으로써 내선융화에 도움이 되었는지 어쨌는지는 알기 어려우나 아마도 어떤 사람이 평했듯 취미삼아 그렇게 했는지는 모르긴 하나, 그 결과에 있어서는 많은 조선인의 마음의 얼음덩이를 녹여 일본 및 일본인 사랑하기를 심은 것은 의심의 여지가 없다. 이 한 가지 점에 있어서는 아마도 어느 누구보다 옹의 오른쪽에 나설 자가 없으리라.

다시 조선에 안 오겠다고 하고 동경으로 돌아간 옹은 3, 4년 만에 “금강산을 보러 왔네.”라고 하면서 다시 한번 표연히 조선에 왔다. 熊本에서 쓰러진 뒤 걸음걸이도 부자유한 정도였으나 “뭐, 괜찮아.”라고 하면서 참말로 금강산 구경에 가는 것이었다. 금강산에서는 장안사의 장처암에 한 달 가량 머물렀고 건강도 상당히 회복되어 “참으로 조선은 좋은 곳이야. 조선서 죽어 조선 흙이 되고 싶군.” 하고 기뼈하였고, 그러면서 또한 고개에서 굴러 건강을 해치기도 하였다. 이 번이야말로 조선이 마지막이야, 라고 씁쓸히 웃으며 조선을 떠났는데 마침 내가 볼일이 있어 동경까지 받들 수가 있었다. 西原借款으로 유명한 西原 씨도 우연히 下關까지 함께였다. 나는 친구의 누이와 함께여서 우리 일행은 3인이었다. 경도에 내려 구경도 하였다. 경도는 수십 년 이래 옹이나 소봉 선생이 정해놓고 드는 여관이 있었다. 三條大僑의 기름집이라 불리는 작은 숙소가 그 곳. 그 주인이 한갓 상점지배인에 지나지 않지만 대학교수조차 혀를 내두를 정도로 경도 학자여서 나는 놀라지 않을 수 없었다. 게다가 옹의 친구인 경도저축은행의 谷村 씨 역시 대학자여서 고대의 일본과 조선 사이의 교통상에 관해서 잘 알고 있었다. 여러 가지 조선의 지리와 풍속을 들으니 다시 나는 황송하게 여겨졌다.

"일본과 조선은 예로부터 하나로 될 수밖에 없지. 하나로 되는 것이 서로 형편이 좋지 않을까."

등의 말도 하는 것이었다.

"그렇게 하기 위해서는 일본인이 건방진 생각을 버리지 않으면 안 될 걸. 개개인이 그 마음으로써 묶여져야 비로소 하나가 되는 것인데, 관리들이 위세를 부려서야 되겠어."

옹은 이렇게 말하면서 조선에서 지닌 분개함을 이마에 나타내었다.

"지금 일본인 중 최소 1천 8백만 명은 고구려나 백제인이나 신라인의 후손이니까."

"경도 시내도 옛 신라의 서울과 건물에서 풍속까지 닮았다더군요."

"지금 경도엔 조선식 절 건물이 남아 있어요."

"平野神社는 桓武 천황님의 어머니가 태어난 나라인 백제에서 갖고 온 三분의 신을 제사지내고 있지요."

"奈良시대에는 아직 두 나라의 관계가 밀접해서 형제와 같았던 만큼 민족적 대립이나 감정은 없었지."

"그렇지. 聖德 태자님의 法華經 선생님이 고구려의 중이 아니던가."

"그래, 慧慈라 하는 분이지. 백제의 慈聰이란 중도 그렇고."

위의 두 사람, 이 같은 세속을 떠난 노인은 정자에서 술잔을 돌리며 부슬비 내리는 옛 절이나 옛 그대로의 풍미를 간직한 곳을 보면서 일본과 조선이 벌써 예로부터 하나였던 것 같은 기분으로 말하였다. 나는 그 기분 속에 녹아들 수가 있었다. 서로 이러한 감정 속에 있다면 얼마나 두 민족은 행복할 것인가를 생각해보았다.

내가 지금부터 햇수로 5년 전인 消和10(1935)년의 겨울, 동경에 갔던 때에는 무불 옹은 거의 인사불성으로 누워 있었다. 麻布 三軒屋町의 실로 간소한 옹의 집 남향 다다미 8첩 방에는 베로 된 이불에 싸여 산소 흡입으로 겨우 숨쉬고 있었다. 그 옆에 나는 단좌하여 얼음주머니 밑에 보이는 창백한 얼굴을 응시하는 일 외에는 아무것도 할 수 없었다.

옆에 있는 부인은

"이미 말문을 막았어요. 그러나 가끔 눈을 뜨긴 해요."

라고 말하면서

"여보, 李씨가 찾아왔어요. 조선에서 李씨가."

라고 옹의 귓가에 입을 대고 불러도 못 듣는 것 같았다. 잠시 옹은 눈을 뜨고 내 얼굴을 보며 미소해 보였다가 이내 눈을 감는 것이었다. 이것이 내가 옹을 본 마지막이었다.

정월 초하루였는지 초이틀이었는지 내가 두 번째 갔을 때에는 옹은 벌써 유골이 되어 있었다. 그 옆에는 부인 혼자서 있는 것이었다. 쇠로 만든 조선의 불상이 앞마당에 단좌하여 있었다.

"설날이라 여러 사람에게 알리는 것이 어떤지 망설이다가 오늘 알릴까 했습니다."
라고 부인은 말하였다.

나는 이미 다비에 부쳐져 한줌 재로 변한 옹의 영전에 합장했다. 무엇인가 넋 빠진 듯 쓸쓸히 생각되었으나 그것이 옹이 취한 본의였는지도 모른다. 할 일을 하고 조용히 가는 것, 그것으로 좋은 것이 아니겠는가.

장의날에 그 집에 갔더니 영전에는 소봉 선생부처가 보낸 생화와 내가 보낸 생화가 꽃의 종류까지 같은 것으로, 다만 두 개가 좌우에 벌려져 있었다. 이 또한 기연이 아닐 것인가. 얼마나 간소하고, 얼마나 서글픈 광경인가. 그러나 그것으로 족한 것이 아니겠는가.

그렇지만 芝公園·增上寺 장의장에는 훌륭한 사람들의 얼굴도 보이며 동경이나 서울의 고관 명사들의 화환도 수십 개가 있어 인연 있어 함께 삶을 보낸 옹에 대한 사회의 인식의 정도도 엿볼 수 있었다. 옹의 일이 하늘에까지 들려 서훈을 받는 일에까지 이른 것은 식장에서였다. 식장에 모인 조객은 백사오십 명 정도였으며 그날 덕부 소봉 옹은 열성을 다한 긴 조사를 읽었다. 그중 일절은 東京日日新聞에 「阿部無佛翁」이라는 제목 아래 실려, 옹의 그러한 멸사봉공의 생애를 향한 향기로운 봉헌물이 되었다. 옹의 장서나 주로 불상으로

되어 있는 골동품들은 옹의 생전, 이미 팔아서 그 돈으로 임종까지
의 생활비에 보태었다. 중병 중에는 손에 돈이 있으면 고학생이나,
곤란한 사람(대개가 조선인)에 주어버리기 때문에 中央朝鮮協會의 中島
司가 그 돈을 받아두었다가 다달이 필요한 액수만을 옹의 손에가 아
니라 부인손에 넘겨주곤 했다. 그 돈조차 부인으로부터 얻어서 고학
생 등에 넘겨주어 월말엔 집안 생계비가 궁한 적도 자주 있는 정도
였다.

옹이 간 후 나는 소봉 선생을 방문했다. 무불 옹은 생전 내가 동
경에 가면 "소봉 선생을 뵈었는가."라고 묻고 "꼭 소봉 선생에 갔다
오게."라고 권하였다. 내가 소봉 선생을 찾는 일을 자주 꺼렸기 때문
이다.

東京日日新聞의 사빈실에서 소봉 선생을 만나자

"阿部 씨는 죽었다. 아까운 일이다. 훌륭한 한 사람이었다."

라고 말하며 서글퍼했다. 소봉 옹은 무불 옹보다 한 살 아래라고 들
었다. 머리는 하얗고, 원기는 있는 편이나 역시 노쇠해 보였다. 다만
음성과 기분만이 젊었다.

그날 선생의 자동차를 타고 함께 民友社(소봉이 1887년에 세운 출판사
-역주)까지 갔다. 도중 선생은 돌연 창밖을 가리키며 "저것이 國民新
聞이야. 國民新聞이 내 손에서 떠날 때 나는 울었어(國民新聞은 1890년에
창간되어 1929년에 그의 손을 떠났다. 그후 그는 大阪每日과 東京日日에 사빈이
된 것-역주). 해군 중좌였던 아들이 죽었을 때처럼 슬펐다. 國民新聞까
지 죽자 나에겐 아들이 없어진 셈이지."

라고 소리를 내어 웃기는 해도 슬픔이 깔려 있었다. 나는 돌연 위안

의 말에 궁해

"일본 속의 청년들이 모두 선생님의 아이들이 아니겠습니까."

라고 하자 선생은 내 어깨를 안으며

"그대도 내 자식이 되어주게나. 조선에 있어 내 자식이 되어주게. 일본과 조선은 하나가 되지 않으면 안 돼, 크게는. 되어주게나."

라고 '주게나'를 몇 번이나 사용하여 실로 절절하게 말하는 것이었다.

民友社의 선생의 서재에서 무불 옹의 조선에 있어서의 활동, 조선 인사의 무불 옹에 대한 감사의 정 등을 말하자 선생은 몇 번이나 가만히 들어주었다.

내가 돌아가고자 하자 선생은 의자에서 일부러 일어나 내 손을 잡고

"잘 해주게나. 감옥에 가는 짓은 하지 말게나. 정치는 일시적이나 정신은 만대인 것이야. 정신을 전하는 것이 문장이야. 그대는 일생을 문장에 걸게나. 문장보국말이야. 역사를 쓰게나. 조선의 처지에서 본 동양사를 쓰게나. 나에게는 벌써 남은 해가 없어. 이 국민사를 쓰기 전에 죽을까 걱정이야. 감옥에 가지 않도록 하는 일이 좋아요. 나 역시 정치에 뛰어들면 대신이 될지 몰라. 그러나 나는 문장보국의 원을 세워 일생을 통해왔어."

라고 말하며 내 손을 쥐고 흔들었다. 양쪽 이마에까지 드리운 은발의 숱이 리드미컬하게 흔들릴 때까지 손을 쥐고 흔드는 것이었다. 나는 눈시울이 뜨거워 옴을 느끼며 민우사를 나왔다.

이것은 그보다 먼저의 일이다. 내가 신문사의 용무로 내가 있는 신문사의 간부와 동경회관에서 재경 명사들을 초청하여 하루저녁 잔치의 자리를 만들었을 때 선생은 우연히 강연여행 중이어서 참석할

수 없음이 유감이라는 장문의 편지를 보내주고, 전보통신의 光永 사장으로 하여금 대독케 한 적이 있다. 그 편지는 모두 나를 칭찬하는 말로 채워져 있었다. 내가, 선생과 蘆花 선생과의 형제간이 하는 일을 도맡아 한다는 것(蘆花는 德富蘆花, 1868~1927, 「不如歸」, 「회상기」, 「흑조」등의 유명한 소설과 「자연과 자각」, 「신춘」 등 수필을 남긴 작가—역주)이라든가 중국에 양계초 있고, 조선에 某가 있어 함께 동양을 위한다든가 등등 애당초 나 같은 사람에게는 당치 않은 말들이었지만, 그 두터운 정의에 감읍하지 않을 수 없었다.

그 후, 나는 신문사를 나와 北漢山 밑에 살고 있을 때(자하문 밖 홍지동 산장을 가리킴—인용자) 선생은 간절한 위문의 편지와 <天生我才必有用>이라는 액자를 보내어 나를 격려해주었다. 이러한 일들은 직접 무불 옹에 관한 것은 아니지만 내 마음에는 무불과 소봉과는 언제나 한꺼번에 떠올라 마침내 붓이 이곳까지 굴러왔을 따름이다.

무불 옹이 죽은 뒤 벌써 4주년, 내 생애에 잊지 못할 선배의 한 사람, 阿部無佛 居士의 회고를 중지하지 못하고 이렇게 썼다.

☎ 李光洙, 「無佛翁의 추억」, 『京城日報』, 1939. 3. 11.~17. / 김윤식 옮김

이광수와 阿部充家의 관계

14세 적부터 일본 유학을 한 이광수의 경우 그가 사귄 일본인은 매우 많았겠으나 그중 그에게 영향을 끼친 인물을 든다면 明治學院 중학의 동급생 山崎俊夫가 머리에 온다. 그를 통해 이광수는 톨스토이와 문학에 관심을 가질 수 있었다. 뿐만 아니라 천애고아인 그에게 일본 가정의 따뜻함을 보여준 것도 山崎였다. 早稻田 대학의 동창생으로는 후애 改造社에 근무한 鈴木一意와 조선에 와 있던 山本高春이 있고, 선생으로는 吉田鉉二郎(영문학)이 있다. 한편 改造社 사장 山本實彦과도 교유가 있었고, 京城日報 사장을 지낸 副島道正(백작), 도지사를 지낸 관리 土師盛貞이 있다. 문인으로는 改造社 사장 소개로 사귄 久米正雄, 佐藤春夫, 里見弴 등을 들 것이다. 그러나 이러한 사람들과의 사귐은 일시적이거니와 어느 특정한 목적이거나 시기에 한정된 것이라 보아질 수 있어 다음 두 사람의 사귐과는 여러 면에서 구분된다.

여기에 소개된 阿部充家와 德富蘇峰은 이광수가 한 사람의 지식인으로 일제 강점기 전기간을 거쳐 부딪쳐온 삶의 방식과 불가분의 관계에 있었던 만큼, 이광수의 사상과 행적을 밝힘엔 빠뜨릴 수 없는 자료이다.

　두루 아는 바와 같이 德富蘇峰(1863~1957)은 「不如歸」로 유명한 작가 德富蘆花의 형이며 「民友社」의 사장이자 「國民新聞」을 창간하여 민중 편에 선 언론객이었다. 그가 급진주의적 평민주의를 청산하고 철저한 국수주의자로 변신한 것은 러일전쟁(1905) 이후이다. 귀족원 의원을 지낸 그는 유명한 『황국일본의 큰길』, 『근세일본국민사』 등의 저자이기도 하다. 종전 뒤에 전범으로 추방된 것은 이로써 추측될 수 있다. 이러한 일본 언론계의 거물을 춘원에게 소개해준 매개 인물이 바로 무불 옹 阿部充家(1862~1936)이다. 『국민신문』의 부사장이며 蘇峰의 오른팔이었던 무불은 京城日報와 每日申報 사장을 역임한 일뿐인데도 어째서 이광수에게 그리고 기타 한국인에게 중요한 인물이었을까. 이 수수께끼는 이광수 자신이 쓴 윗글 「無佛翁의 추억」에서 자세히 알아볼 수 있다. 그것은 무불이 맺고 있던 齊藤實 총독과의 특별한 관계에서 말미암았다. 역대 조선 총독 중, 齊藤만큼 오래 그 자리에 있었던 인물은 없다. 예비역 해군 대장인 그를 현역복귀시켜 조선총독에 임명한 것은 1919년 8월 10일이었다. 문관총독이 아니고 여전히 무관총독(다만 헌병 경찰제도만 수정)으로 군림한 齊藤은 어떤 이유에서인지 1919년 8월에서 1927년 12월, 그리고 1929년 8월에서 1936년 8월까지 두 차례에 걸쳐 무려 15년 동안 총독 직을 맡은 인물이다. 그쪽에서 보면 첫 단계가 3·1운동 직후의 어려운 정국에 해당되며, 둘째 단계는 광주학생운동을 비롯, 크게 세력을 떨치기 시작한 사회주의사상에 직면한 점에서 어려운 정국이라 할 것이다. 말하자면 齊藤총독은 그 나름의 통치능력이 인정을 받은 셈이다. 그는 전 내무대신 水野鍊太郎을 정무총감에 기용하였다. 내무성의 인재들을 이끌어 들여 이른바 문화정책을 편 것으로 말해지고 있다. 이 총독의 고문 중의 하나가 무불이었다.

이광수와 무불의 관계는 이 자료에서 비로소 자세하게 드러나 있다. 물론 이광수는 자기가 제등 총독을 만난 것은 무불을 통해서가 아니고 경기도 경찰부장 白上裕吉을 통해서라고 말하고 있지만(이 점은 同友會 재판 판결문에서도 확인된다. 국사편찬위원회편 「한국독립운동사(5)」, p.443) 총독은 무불을 통해 이광수를 제법 자세히 알고 있었을 뿐 아니라 이광수가 제출한 수양동맹회 규약문을 총독에 건네준 것도 바로 무불이었다. 제등 총독이 이광수를 만난 것은 1921년 9월 30일 밤(제등 일기에 의거)이었으며, 이광수를 소개하는 편지를 무불이 제등 총독에 보낸 것은 1921년 6월 26일이었다. 그 후에는 무불은 제등에게 이광수에 관한 견해를 올렸음은 새삼 말할 것도 없다. 그중의 한 대목을 보이면 이러하다.

소생의 생각으로는 崔의 잡지가 발행되면 내지(內地)의 건전한 출판물을 적당히 쉽게 조선어로 번역해서 작은 책자로써 알맞게 값싸게 팔아 출판업을 일으키게 해서 그것으로써 조선사상계의 악화를 구하고 또 秦學文·이광수들의 생활비의 출처로 삼게 하도록 매번 말씀드립니다. 강희자전의 故智를 따르는 일거양득의 방책인가 싶습니다(1922년 6월 1일자 편지).

3·1운동에 연루되어 감옥에서 가출옥(1921. 10. 18.)한 최남선이 종합시사지 『東明』을 창간한 것은 1922년 9월이다. 무불이 여기에도 관

여되어 있음은 주목된다. 무불은 이 잡지에 진학문과 이광수를 취직시키게끔 압력을 넣고 있었음이 거의 확실하다. 상해에서 귀국한 이광수는 일자리가 없어 여기저기 돈벌이로 뛰어다녔다. <천도교 宗學院에서 89원 내지 100원, 『개벽』에서 30원, 만일 『東明』이 나오면(확실히 나온다오) 거기서 십원 내지 100원은 될 터이니……>(「사랑하는 영숙에게」, 1922. 3. 17일자 춘원의 편지)라는 대목을 보면 춘원은 『東明』에 취직될 수 있다고 믿었음에 틀림없다. 그것은 육당과 그의 관계로 보아도 그러하지만 그보다 무불이 손을 쓰고 있었음이 이로써 판명된다. 그러나 육당은 그렇게 하지 않았다. 사장에 육당, 주간 진학문을 비롯, 현진건, 이유근, 염상섭 등의 진용으로 『東明』이 나오고 말았는데, 후에 이광수는 <육당은 편집을 맡기겠다 언약했으나 세상의 내게 대한 비난이 육당의 용기를 꺾은 듯하여 마침내 내게는 아무 말노 없이 『東明』이 나왔다. 나는 이에 대하여 좀 분개하였으나……>(「다난한 반생의 도전」 전집(8), p.454)라고 적고 있다.

이러한 점으로 미루어 보면 제등이 총독 노릇을 하는 중요하고도 긴 시기에 그를 돕고 있는 사상계 분야의 막후인물이자 실력자인 무불의 존재는 특이하고도 큰 것이었다. 이광수가 무불과 이토록 밀착되었다는 것은 이광수의 언론계의 비중과 그의 사상동향 및 동우회의 관련성을 살핌에 빠뜨릴 수 없는 대목이 아닐 수 없다. 이광수가 그토록 자신 있게 소신껏 밀고나갈 수 있는 것도 무불의 존재와 결코 무관한 것은 아니다. 동우회 사건이 터진 것은 1937년 6월 7일이다. 6개월간 병감에 수감된 이광수가 1심에서 7년, 2심에서 5년, 3심에서 무죄로 되었는데 그 기간이 4년 5개월(3심은 1941년 11월 17일)에 걸쳤다. 동우회가 기소될 때 이미 무불이 죽은 지 1년 되었고, 제등 총독이 그만둔 지도 1년 뒤였다. 宇垣一成이 총독으로 왔고, 바야흐로 中日戰爭이 시작되는 무렵이었다. 도산의 죽음, 무불의 죽음, 제등 총독의 후퇴, 둘째 아들 봉근의 죽음 등등이 겹쳐 춘원이 법화경 행자가 되고자 한 것, 사상운동의 무의미함을 토로한 「육장기」의 세계는 이러한 사건들과 연결시켜 살펴질 성질의 것이다.

이광수는 무불과 소봉에 관해서 다른 곳에서도 언급한 일이 있다. 「나의 교우록」(「モダン日本」, 조선판, 1940. 8.)이 그것. 이 글엔 無佛에 관해서는 대략 「無佛翁의 추억」 속에 모두 들어 있는 그대로이나 蘇峰에 관해서는 「無佛翁의 추억」에서 말해놓은 후에 일어난 일 즉, 좀더 자세한 부분도 포함되어 있다. 그 한 구절을 보이면 이러하다.

마침 내가 이 글을 쓰고 있는 지금(5월 28일)은 京城의 선생의 옛집 작소거(鵲巢居, 阿部가 머물던 곳, 이는 蘇峰의 집이기도 했음—역주)의 시비 제막식이 있습니다. 선생의 시는—
<淸風溪上白雲泊. 洞裏蝸廬傍水斜. 老樹萬門門擁石. 鵲巢高處是吾家.>라는 것입니다. 실제의 경치도 이 시의 것과 같지만 오늘 京城의 蘇峰會 사람들에 의해 변변찮은 기념모임이 있는 것입니다.

수년 전 내가 어떤 사업에 차질을 일으켰을 때(동우회사건을 기리킴인 듯—역주) 蘇峰 선생은 자신의 괴로웠던 경험을 편지로 써 보내주시고, 「天生我才必有用」이란 액자도 내려주시었습니다. 이번 내가 香山光郎(카야마미츠로우—춘원 자신의 독법임—역주)라고 창씨개명했음과 국민으로서의 태도 표명의 들으시고 <「日鮮本是同根族 忘小我殉大義 欣快曷勝>이라는 액자를 내려주시었습니다(이광수 「나의 교우록」, 「モダン日本」 제11권 9호, p.138).

이런 점으로 미루어 보건대 이광수가 닮고자 한 이상적 인물이 蘇峰임을 알 수 있다. 이른바 文章報國이 그것이다. 蘇峰은 당대를 울린 문장가이긴 하지만 정치에도 깊이 관여하였으며 대단한 논객이었을 뿐 아니라 또한 저널리스트였다. 그가 얼마나 조선인을 야만시하고 악명 높은 헌병경찰제도의 찬양자인가는 1912년 초여름의 방한기록인 「조선의 인상」 속에서 자세히 볼 수 있다. 요컨대 정객이자 「일본국민사」의 저서를 낸 국수주의자이며 저널리스트이자 논객인 蘇峰이 이광수에 있어 매력적이었음은 의심의 여지가 없다. 이에 비할 때 阿部充家는 단지 매개적 인물에 지나지 않았다. 아직도 同友會 재판에 계류 중인만큼 일본 언론계의 거물 蘇峰의 귀여움을 받는다는 사실의 표명이 이광수에겐 필요했는지도 모를 일이긴 하다. 만일 그렇다면 이광수에겐 阿部가 일층 인간적인 관계였을 것이다. 이광수가 192/년 가을 황해도 연등사에서 중병을 앓고 정양하고 있을 때 거기까지 찾아와 위로해줄 정도의 사람은 阿部充家였다. 두 사람의 인간스런 관계는 이로써 어느 정도 엿볼 수 있을 것이다.

―김윤식, 『韓國文學』, 1987. 6.

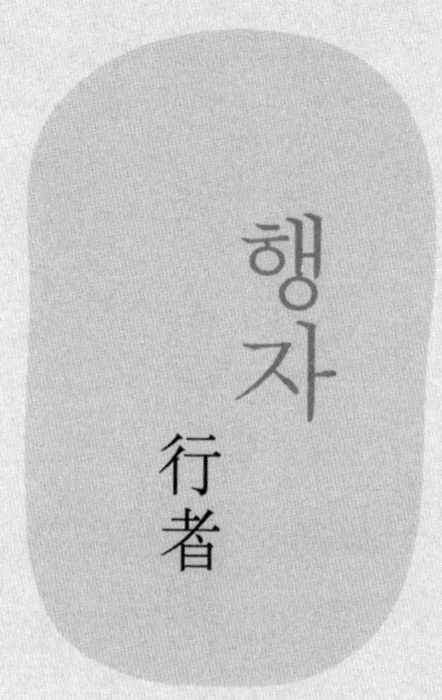

　사상보국연맹은 아시리라 생각됩니다. 민족주의자 및 공산주의자들
로서 형기가 아직 남은 자나 기소 유예된 자들에게 일본정신을 주입
시키는 곳입니다. 3~4천 명쯤 된다고 하오.

　나는 아직 이 단체의 회원으로 된 것은 아니오. 시방 상고중이어서
아직 운명이 결정되어 있지 않기 때문이오. 다행히 무죄로 되면 대화
숙에 들어가지 않아도 되겠으나, 불행히도 유죄로 되는 날엔 나쁜 짓
을 하다 잡혀 처벌받은 시기가 와서 나라에 봉사할 수 없는 형편. 대
화숙의 장애물이 될 수밖에요.

　그렇다면 어째서 나는 지금부터 대화숙 일실에 와 있는가, 그것은
단지 숙 당국의 호의에서입니다. 아직 숙에는 숙생이 한 사람도 없기
에 빈 방을 내 명상과 저술을 위해 빌려 준 것에 지나지 않소

行者

香山光郎
（李光洙）

一

小林先生。

すみません。折角の御好意に背いて来て、誠に申譯ありませぬ。實はあなたから、「君の自叙傳を書け」と勸められた時には恐縮しましたが、おことばに甘へて、「それでは書きませう」と、返事はしたものゝ、躊り一遍の御世辭ぢやあるまいか、借か貴方が知つて禮儀に叶ふだらうと思つて居りました。二度も御慫慂を受けて私ははつとしました。が生粋の日本人であるのに氣がついたのです。日本人は嘘だからといつて、私は長たらしく、物の數にもならない自分の、自叙傳を書くわけにはまゐりませぬ。しかし、あなたから數はつた、「信銘を守れ」といふ日本精神を擧び、これに悲懐ならんがために、私の生涯の一片を切離して、自叙傳の代償にさしていただきます。

二

私は今京城大和塾の一室で、これを書いて居ります。大和塾といふのは、朝鮮人に日本精神の調練を授けるために出來た、法務局關係の機關で、思想報國聯盟を改構したものです。思想報國聯盟は御存じのことゝ思ひますが、民族主義者や共產主義者たちで、刑餘のものや、起訴猶豫になつたものども共に日本精神を注込むところです。三四千人あるさうです。私はまだ、この會員になつたわけではありませぬ。今上告中で、まだ運命は決まつてゐないんですから。幸ひ無罪になれば、大和塾に人らんですむでせうし、不幸にして有罪になつたといふに、それけ塾當局の罪なる好意からです。まだ塾には、熟生は一人もありませぬので、空いてゐる室を私の瞑想と著述のために貸して下さつたに過ぎないのです。

大和塾は、御水知の京城課から十數町行つた山腹に立つてゐる、煉瓦造の建物で、アメリカ人宣教師經營の、女子神學校の跡です。宣教師團が、ルーズベルト大統領の馬鹿げた政策のために、本國へ引上げたのと、神社參拜問題のために、當分開放の見込みが立たぬといふので、大和塾で借用したわけです。やつぱり、日本精神に對抗し兼ねての、西洋精神の敗退といふべきでせう。

大和塾は中々瀟洒な建物です。瀟洒はよく、構内も廣くて、闊だの、ブラタナースだの、ニセアカシヤだの、朝鮮連翹、ライラツクといつたやうな植込などもありまして、昨晩の雪を枝もたわゝに戴せて、灰色の霜に包まれて居ります。私の窒は、元應接間だつたのでせうか、ピアノが一臺置いてあり、それから私の彩蹟と机と本弱の椅子が二脚、ラヂエーター、フアイヤプレースといつた調度です。窓からは、朝

三

修行と申しましたが、それは日本精神の修行です。唯日本精神の修行とお聞きになつたゝけでは、先から日本人であるあなたには、ちよつと合點が行かぬかも知れませぬ。しかし、朝鮮民人であつた朝鮮人が、日本人になるには大なる修行が必要であることを痛感しました。單に法的の日本國民であるばかりでなく、魂の底から、日本人になり切るには、並大抵の修行ではありませぬ。

それで、このことを痛感した朝鮮人たちが日本精神講習會をやらうといふので、昨日から、城大の敎授方をお呼びして講義を聽いてゐます。これらの人は決して所謂轉向者ばかりではありませぬ。

昨日はM敎授から、閺微新編といふ御講義を拜聽致しました。M敎授はとても熱心な、率直な方で、あらゆる困難と不便とを忍んで、本當の日本人になるのが、本當の御奉公でもあると叱咤されました。

、日本語ならざることばを使ひ、日本の風俗習慣ならざる風

「行者」가 실린 일본 문학지 『문학계』(1941. 3.)

행자(行者)

●●● 香山光郎(李光洙)

一

小林선생.

미안하오.

모처럼의 호의를 저버렸기에 진심으로 할 말 없소. 실은, 그대로부터 '당신의 자서전을 써보시라.'는 권유를 받았을 땐 황송했으니 그 말씀에 이끌려 '그래볼까요.'라고 대답은 했지요. 이는 단지 인사치레로 한 말은 아니었지만 쓰지 않는 편이 오히려 예법에 맞는다고 여겨왔소. 그런데 두 번이나 독촉을 받자 아차 했지요. 그대가 진짜 일본인이라는 사실, 일본인은 거짓말을 하지 않는다, 설령 술자리의 일시적 헛소리에도 반드시 책임을 진다는 사실에 정신이 들었기 때문이오. 사죄하오. 동시에 일본정신의 일단을 가르쳐준 점에 감사드립니다.

그렇다고 해서 나는 길기만 하고 보잘것없는 자서전을 쓸 처지는 아닙니다. 그러나 그대가 가르쳐 준 <신의를 지켜라>라고 하는 일본

정신을 배워 이것에 충실하기 위해 내 생애의 한 단편을 끊어내어
자서전 대신으로 하고자 합니다.

二

나는 시방 경성(서울-역주) 대화숙(大和塾, 1937년에 설립 그 후 1944년 1
월에 재단법인으로 정비된 전향자 및 친일교육 및 사상보호 단체 황도학회주도의
수양관. 회장은 조선인 辛島純이다-역주)의 한 방에서 이 글을 쓰고 있소.
대화숙이란 조선인에게 일본정신을 훈련시키기 위해 만들어진 법무
국 관계 기관으로 사상보국연맹을 개칭한 것이오.

사상보국연맹은 아시리라 생각됩니다. 민족주의자 및 공산주의자
들로서 형기가 아직 남은 자나 기소 유예된 자들에게 일본정신을 주
입시키는 곳입니다. 3~4천 명쯤 된다고 하오.

나는 아직 이 단체의 회원으로 된 것은 아니오. 시방 상고중이어
서 아직 운명이 결정되어 있지 않기 때문이오(동우회사건으로 1937년 6
월에 검거되고 1940년 8월 21일 5년 징역을 언도받았고 1941년 11월 17일 무죄판
결-역주). 다행히 무죄로 되면 대화숙에 들어가지 않아도 되겠으나,
불행히도 유죄로 되는 날엔 나쁜 짓을 하다 잡혀 처벌받은 시기가
와서 나라에 봉사할 수 없는 형편. 대화숙의 장애물이 될 수밖에요.

그렇다면 어째서 나는 지금부터 대화숙 일실에 와 있는가, 그것은
단지 숙 당국의 호의에서입니다. 아직 숙에는 숙생이 한 사람도 없
기에 빈 방을 내 명상과 저술을 위해 빌려 준 것에 지나지 않소.

대화숙은 아시는 바 경성 역에서 십 수 거리 떨어진 산중턱에 세

워진 벽돌 건물이요. 미국 선교사 경영의 여자신학교 자리요. 선교사단이 루즈벨트 대통령의 어리석은 정책으로 말미암아 본국으로 간 것과 신사참배 문제로, 당분간 개방할 가능성이 서지 않은 상태인지라 대화숙이 빌린 것이죠. 역시 일본 정신에 대항을 겸한 서양정신의 패퇴라 하겠소.

대화숙은 아주 조촐한 건물이오. 조망이 좋고 구내는 넓으며 벚꽃이라든가 플라타너스라든가 아카시아라든가 조선 개나리, 라일락 같은 나무도 심어져 있어 지난 새벽에 내린 눈이 가지에 실려 회색의 우박 속에 싸여 있소.

내 방은 원래 응접실이었던 모양. 피아노 한 대가 놓여 있소. 내 침대와 책상 나무 의자가 두 개, 라디에터, 벽난로 등등. 창에서는 조선신궁(남산에 세워진 일본신도의 절—역주)이 마주 보이며 경성 시가도 보이오. 그 속에서 나는 실로 조용히 신묘하게 수행하고 있소.

三

수행이라 했거니와 이는 일본정신의 수행이오.

오로지 일본정신의 수행이라 한 것만으로는 원래 일본인인 그대에겐 조금은 이상하게 들릴지 모르겠소. 그러나 구한국이었던 조선인이 일본인으로 되기 위해서는 커다란 수행이 필요함을 통감했소. 단지 법적으로 일본 신민일 뿐 아니라 혼의 밑바닥에서 일본인으로 되기 위해서는 예사로운 수행이 아니오.

그렇기에 이 점을 통감한 조선인들이 일본정신 강습회를 하고자 하여 어제부터 성대(경성제대-역주)의 교수들을 초청, 강의를 듣고 있소. 이 청중들은 결코 소위 전향자들만이 아니오(황도학회 제1회 강습회. 1941. 1. 18.~2. 15.에 참가한 것-역주).

어제는 M(松本重彦-역주)교수로부터 국체신론(國體新論)을 배청했소. M교수는 매우 열심이고, 또 솔직한 분. "어떤 곤란과 불편을 견디며 진짜 일본인으로 되겠는가. 참으로 나라위해 봉사하려는가"라고 큰 소리로 꾸짖고 야단쳤소.

"일본말 같지 않은 말을 쓰고, 일본의 풍속 습관 같지 않은 풍속 습관으로 사는 것은 비국민이다. 그러나 조선인은 싫어하는 기색 없이 비국민으로 살아가고 있다. 만일 이렇게 알고 비일본적 생활을 계속한다면 아마도 반드시 경멸당할 것이다. 일본국민 전체로부터 경멸당할 날이 오리라."고 엄하게 경고하더군요. 일본정신을 자기의 정신으로 하고, 일본어로 생활하고, 일본의 풍속, 습관, 예의, 의식에 의거하여 살아가기야말로 비로소 참된 일본인이 된다는 것을 일깨웠소.

그렇다면 일본정신의 특색이란 무엇인가.

(一) 일본은 임금(君)을 근본으로 하는 나라라는 것. 곧 천조대신(天照大神, 일본을 건국한 초대 인물-역주)이 난 다음 인민이 낳아졌다는 것. 일본의 임금은 정복에 의한 것도 아니며 추대에 의한 것도 아니라는 것.

(二) 일본은 국가 곧 가정이라는 것.

(三) 임금과 신하는 부자관계이며 주종관계가 아니라는 것. 이런 점을 가르쳐 주었소.

모두 고마운 말씀이나 특히 고마운 것은 "일본에는 민족적 차별이란 없다. 신라나 고구려에서 귀화한 조선인은 양자로 일본인으로 되고 말았다. 혈통은 따질 것이 아니다. 대만인도 조선인도 일본인이다. 이로부터 떠나고자 하는 것은 구한국인이다…… 일본은 일민족 일국가이다. 결코 일본민족 속에는 차별이란 것이 없다. 천황 밑에 있어서는 일본인은 일체 평등하다.”라고 한 대목이오.

우리들은, 혈통으로 말하면 반드시는 전부 일본적이라 할 수 없소. 일본 내의 현재 인구 중 약 일천 팔백만 명은 조선계 핏줄이라 추정되고 있소. 현재의 조선인의 몇 분의 일도 일본계의 피가 섞여 있겠지요. 신라의 표공(瓢公)이 동쪽에서 바다를 건너왔다고 조선의 고대사에 적혀 있소. 만주의 집안 현에 있는 고구려 광개토왕(일명 호태왕)의 비에도 <百殘新羅倭滿　城中>이란 구절(광개토왕이 왜와 싸운 것을 내세워 고대 일본의 통일국가에 대한 인식을 강조하고 이로써 한일합방의 역사성을 합리화하고자 한 식민사관용 학설도 일본학계가 이용한 것. 이에 대한 논쟁은 현재도 계속 중. 성중에는 신라 백제 왜가 많았다는 뜻―역주)이 있음을 미루어 보아 백제나 신라에도 일본인이 많이 살고 있었음을 알 수 있소. 그로부터 훨씬 후대인 문록(文祿)의 전쟁(임진란―역주) 전후 8년, 수륙 수십만의 장병이 왔던 바, 이들의 사실을 염두에 둔다면 오늘의 조선인의 혈관에도 상당한 일본민족의 피가 섞여 흐르고 있지 않겠소.

그러나 혈통의 것이란 문제가 아님을 교수는 말씀했지요. 정신만이 일본정신으로 된다면 조선민족은 양자적(養子的)으로 일인으로 된다고 말씀했소.

四

"우리들은 우루루 몰려가자. 자발적으로 모든 조선적인 것을 확 던져버리고 일본인이 되자"라고 외치는 사람들이 있소. 젊은 세대의 내 친구들은 점점 이런 식으로 생각하는 자들이 많아지고 있소.

내가 모르는 방면에는 더욱 많이 이런 사람들이 있겠지요. 그러나 내가 알고 있는 사람에 국한해 볼지라도 결코 비관할 소수라고 생각되지 않소. 어째서? 불씨가 있으면 타들어가게 마련이니까.

이러한 사람들의 이름을 밝혀도 좋겠으나 이는 멈추고 싶소. 그들은 이름 따위를 파는 자들이 아닌 까닭이오. 또한 별로 유명한 사람들도 아니니까. 다만 한 가지만 말해보고 싶소. 그것은 이들이 모두 고등교육을 받은 우수한 청년으로 또 신념을 위해서는 생명도 버릴 수 있는 본심의 열혈아라는 것입니다. 그들이 일본인으로 되는 수행을 하고 있다고 한다면 몹시 특출한 청년으로서 관(官)이나 민(民)에서도 칭송받고 성원되리라 여긴다면 이는 큰 오해요.

조선인은 허풍쟁이라고, 조선의 관계(官界)에서는 값어치가 정해져 있지 않은가. 실제로 합병 이래 많은 지식인은 당국자에 대해서 중대한 거짓말을 들이대었기에 그렇게 값어치가 정해진 것도 당연한 일. 차라리 몸에서 나온 창(鏽, 금속이 녹슨 것-역주)이라고나 할까. 선배들의 들이댄 거짓말의 과오가 이들 젊은 지사들에 응보되어 온 형국.

그러나 이러한 젊은 지사들은 그런 것에 힘이 빠지지 않겠지요. 오히려 그들의 진로가 장미 향기 나는 꽃밭이 아니라 가시덤불의 길임을 반기고 있지요.

그들의 이런 일본인 되기 수행운동은 결코 정치적인 또는 무엇을 위한 목표가 있은 다음에 하는 것이 아니오. 그들은 첫째로, 일본의 거대함과 아름다움과 그리하여 고마움을 인식함이오. 둘째로 조선인을 일본인에까지 이끌어 올리는 것 외에는 조선인의 살아갈 길이 없다는 사실을 간파한 것이오. 셋째는 조선인이 일본인으로 될 수 있다고 믿게끔 되었음이오. 그들은 거기서 자신은 우선 일본인으로 되는 수행을 하기에 결심한 터이오.

본래 일본인인 그대에겐 우리들이 지금부터 배우고자 하는 일본정신의 어떠함을 설명할 필요는 없겠지요.

五

이들 젊은 사람들의 한 분은 이런 것을 말하고 있소. "내지인(內地
—일본 본토인—역주)의 어린아이조차도 우리들 조선인의 선생이다. 그것은 이 어린이조차도 우리들보다 한층 일본인이기 때문이다."라고

여기에 그치지 않고 이런 말까지 하오. "우리들은 구한국인이자 우리들의 선조로부터 이어온 이런저런 것을 잊자. 그리하여 일본인으로서 거듭나자."라고.

또 이런 말도 하고 있소. "이미 일본적인 이름과 성을 쓰게 된 이상(창씨개명, 1940. 2. 11.—역주) 원래의 조선적인 성명은 잊자."

이런 것을 말한 이는 우에다(上田)라는 이이거니와 그는 내게 구성명을 말해주지 않더군요. 그와 사귄지 반년 된 바로 어제의 일. 내가 전화를 받았을 때 그가 '류이곤'임을 알았소. 그의 친구가 전화를 걸

어 그를 찾았기 때문이오. 나는 이 '류이곤'이 어떤 한자일까, 지금도 풀지 못하오. 나는 그에게 그것을 물어 바로 알고자 하는 그런 버릇 없는 아니, 잔혹한 짓을 하고 싶지 않기에 혹은 우연히 내게 그것을 가르쳐주지 않는 한 나는 그것을 알기가 불가능하오.

六

이러한 사람들은 아주 별난 경우가 아니면 결코 조선말을 사용치 않소. 조선 옷도 안 입소. 가문의 무늬가 박혀 있는 일본 옷을 주문한 모양이오. 미세한 부분에 걸쳐 철저히 일본인으로 되기 위해 애쓰고 있소.

그런데 어느 정도가 되어야 마쓰모토(松本) 교수(앞에 나온 M교수－역주)가 말한 완전한 일본인이 될 수 있을까.

주관적으로는 '우리는 일본인이다. 천황폐하를 위해 살고 또 죽는 것이다'라는 감정을 이루었을 때는 나는 일본인으로 된 것입니다. 이 천만의 조선인이 가지런히 이러한 기분이 되었다면 이른바 내선일체(內鮮一體. 일본과 조선이 하나로 됨. 당시의 유행어－역주)가 완성되겠지요. 그들은 지금 이런 수행을 하고 있소. 이것이야말로 진심으로 필사적으로 버둥거리며 밤낮 이런 수행을 하고 있소.

그러나 이것은 주관적인 문제요. 객관적으로 보면 사정이 다르오. 그들을 일본인이라 인정하는 일은 썩 어려운 점도 있다고 생각되기에.

그렇지만 이런 것을 이들 젊은이는 슬프게 여기긴 해도 그 때문에 용기를 잃는 일은 없소. 안일이나 생명은 이미 내던진 판이니까. 그들은 조소나 박해 속에 꿋꿋이 나아가리라. 그들은 천황의 권위를 믿고 있기에.

그렇소. 천황의 권위요. 그들이 따르고자 하는 데는 단지 천황의 권위에 있소. 그들이 '일본인에로 일본인에로'라고 열중하여 나아갈 때 그들의 기쁨은 천황의 따뜻한 빛을 몸에 느낌이오.

그들은 자기를 일본인으로 완성하고 이천 삼백만의 <미완성의 일본인>으로 남아 있는 조선동포를 인도하지 않으면 안 되게 되어 있소. 자기 한 사람이 앞질러 일본인으로 될 수는 없소. 조선인 전체가 한 사람 빠짐없이 일본인으로 될 때까지 그때 비로소 그들은 완전한 일본인이 되는 것이오.

조선인을 황국신민으로 하는 것은 황모(皇謨, 천황의 지혜, 꾀-역주)요.

오늘 아침 신문에 미나미(南次郎 조선총독-역주) 총독도 내선일체는 황모라고 말하고 있소. 또 M교수도 말했소. 천황의 말씀 하나는 절대 변하지 않는다고. 그러기에 조선인이 일본인으로 되는 것에 관해 이러쿵저러쿵 지금 새삼 문제 삼을 것이 아니요. 어떤 일이 있더라도 하나로 되지 않으면 안 되는 것이오. 그러고 보면, 어떻게 하든 이것은 이루어지지 않으면 안 되오. 칠생보국(七生保國, 이 세상에 다시 태어날 수 있는 극한을 이르는 불교용어가 七生이며, 그만큼 나라에 보답한다는 것-역주)이랄까 백생(百生) 칠생(七生)이라도 생사에 걸쳐 이 대사업은 이루어지지 않으면 안 되오.

여기에서 이 젊은이들은 이 사업을 위해 기쁘게 생명을 던지고자 하고 있소.

七

　조선인이 일본인으로 되고자 함에는—진짜 일본인으로 되기 위해서는 먼저 종래의 조선적인 마음을 뿌리부터 버리지 않으면 안 되오. 우리들은 요즘 다이시아의 노래(大祓詞), (일본의 고대의 법률로 전국적으로 대부분 죄인을 사면하는 것. 은사의 일종—역주)를 배웠소. '바람이 하늘의 모든 구름을 불어재끼듯 아침 안개 저녁 안개를 불어 없애는 것과 같이', 모든 종래의 조선적인 기운을 없애지 않으면 안 되오. 그리하여 최후로 남은 민족의식의 잔재일랑 '큰 물가에 있는 큰 배의 고물과 이물의 끝을 풀어 큰 바다에 밀어내는 것과 같이', 밀어내지 않으면 안 되오. 그리하여 '저쪽에 있는 무성한 나무를 드는 낫으로 예리하게 베어 깨끗이 청소하듯 남은 죄를 없애 맑게 씻는 일'을 소원하여 저 큰 바다에 씻어 흘리듯 조선적인 잔재와 습기일랑 '어마어마한 괴물을 삼키는 보다 큰 괴물'인 그 신에게 삼켜지게 하지 않으면 안 되오. 이리하여 조선의 '세계에는 오늘부터 처음으로 죄라는 죄는 씻어지다'에까지 사면되어 맑아지기 않으면 안 되오.

　그리하여 동심과 같은 본바탕 그대로 되어 몸도 마음도

　천황을 받들고 모시지 않으면 안 되오. 그리하여 이천 삼백만과 그 자손들이 말끔히 일본인으로 되어 버리지 않으면 안 되오. 그리하여 대동아공영권(大東亞共榮圈, 일본의 아시아 침략의 합리화를 위해 내세운 구호—역주)이나 팔굉일우(八紘一宇, 세계가 일본을 중심한 한 지붕 아래 있다는 천황제의 합리화 구호—역주)의 큰 이상의 실현을 받드는 데 도움이 되게끔 된다면 진심으로 더할 나위 없지 않겠소.

그러기에 조선인이 일본인으로 됨이란 아무런 비탄도 할 바는 아니오. 조선인의 처지에서도 더할 나위 없이 성심으로 할 일이오. 진짜 일본인으로 된다면 더할 나위 없다는 식으로 모두 여기고 있다오.

이 일에 관해서 그대에게 상담할 것이 있소. 상담이기보다는 바라는 것이지요. 그대가 조선인에게 한마디 해줄 수 없겠소. '어이, 조선의 형제들, 함께 하자꾸나'라고. 그리하여 손을 내밀어 주지 않겠소.

태평양의 파도가 거칠어질 모양이지요. 눈앞에 닥칠 것 같소. 적어도 우리들로서는 그것에 마음의 준비를 하지 않으면 안 되겠소.

그대는, 조선 사람들에게 이렇게 호소해 줄 수 없겠소. 우선, 우리들이 한마음 한몸이 되어 일본에 방해되는 적성 국가들을 깨 부셔야 않겠는가. 그러기 위해서는, 그대들의 피도 요망되며 돈도 요망되며 손과 두뇌도 요망되며 나아가 그대의 심장도 요망된다, 라고. 우리, 천황의 이름으로 함께 일본 깃발의 그늘에서 싸워 이기지 않으면 안 된다, 라고. 이렇게 호소해 주소. 어려운 이론도, 주파을 놓지 않으면 안 될 조건도, 필요 없소. 단지 정이지요. 눈물이지요.

나는 이틀간 계불(禊祓, 재액을 털어버림―역주)의 강습을 받았소. 조선에서는 오로지 신(神)의 길로 국민총훈련을 한다는 것으로, 사범학교나 중등학교 대표자들 80명쯤 모여 계불의 강습을 했소. 나는 문인의 자격으로 참가했거니와 회원 중에는 조선인 4, 5명도 있었는데 누가 조선인인지 알 수 없었소.

땀과 사랑으로 물든 머리끈도 시원시원하게,

'내선일체, 유한단련(流汗鍛鍊, 땀 흘려 단련함―역주), 동포상애(同胞相愛)'라고, 아랫배에 힘을 주며 제목을 외칠 땐 눈두덩이 뜨거웠소. 기

원을 할 땐,

'천황 폐하 만세만세만만무궁세' '출정장병 만세만세만만무궁세'
그 다음엔, '내선일체 동포상애 만세만세만만무궁세'
라고 신 앞에 일제히 목소리 높여 반복할 땐 나는 울고 싶어 울고
싶어 방도가 없었소.

내지의 7천 몇 백만 동포가 '내선일체동포상애만세만세만만무궁
세'라고 일 년간만 염원해 주신다면 8백만의 신들이 총출동을 하지
않으리오. 그러면 일억의 동포가 바로 그것이 일심일체로 되는 것이
아니겠소.

八

어젯밤에도 눈이 내렸고 그저께 밤에도 눈이 내렸소. 또 그 전날
엔 하루 종일 눈이 내렸소.

지금은 한 점 구름 없이 잘도 개었으니, 춥소. 휘휘 하는 바람소리
도 들려오오. 펜을 쥔 손이 얼어 도리가 없소.

어제는 아침 5시에 집을 나섰소. 계불 제이일째이니까. 오가는 길
은 눈으로 새하얗고 가로수는 안개얼음으로 구슬 같았소, 하늘에는
그믐달이 커다란 활 모양 걸려 있었소.

어제는 낮 일찍 조선신궁 앞에 계불강습회원 일동 참배 서원을 맹
세하고 해산, 오후 4시부터 일본정신강습회. 일본서기(日本書紀, 일본의
정사를 쓴 책-역주)의 강의를 들었소. 앞에서 말한 M교수의 강의였소.
교수는 에도시대(江戸時代, 1600년에서 1867년간-역주)의 국학자(國學者, 일

본학을 공부하는 학자—역주)의 풍모를 갖추고 있었다고나 할까요. 훌륭한 수염이 나 있고 갑호도 을호도 아닌 묘한 국민복을 입고 있었소. 듣건대 그 옷은 양복집 쪽의 실수로 모양이 바뀐 것이라 하오. 만일 이 사실을 박사께서 안다면 양복집이 어떤 경을 칠지 뻔한 일. 아무도 이 사실을 일러바치지 않는다 하오.

'일본서기는 일본의 참모습을 있는 그대로 기록한 것이므로 이본정신이 밝혀져 있다.'

'일본서기란 말 그대로 읽어야 하는 것. 일종의 견해로써 읽지 말 것.'

'밑바닥까지 배울 것. 어디까지나 배워라.'

'자기 마음에 스며들 때까지 배우라.'

이런 문구가 내 필기장에 적혀 있소.

'일본서기와 만엽집(萬葉集, 일본고대시가집—역주)마저 있다면 일본정신이 풀린다.'

'일본인은 분명하다. 일본서기는 이를 증명하고 있다. 나는 음험한 인간이 제일 싫다.'

라고도 말하고 있었소. 나는 선생의 솔직함에 경의를 표했소. 나는 선생(과 같은 사람)을 좋아하오.

조선인이 허풍쟁이라든가 음험하다고 말해지는 것은 슬픈 일이지만 그런 식으로 사람들 눈에 비쳤다면 그것은 몸이라는 쇠붙이에서 나온 녹과 같은 것. 자기를 반성할 뿐. 그렇게 본 사람들을 원망할 처지는 아니지요.

그러므로 크게 수행을 하고자 하오. 총독부에서는 국민총훈련이라 말하고 있거니와 우리들 자신도 수련도량에 있는 셈으로 수련하고 있소. 모든 음험한 사고방식을 다이시아주대신(大祓戶大神, 대사면을 주관하는 신—역주)에 맡겨버림으로써 맑고 밝고 곧은 마음으로 되기까지 수행을 쌓읍시다. 우리들의 탁 터놓은 믿음직함. 그 위엔 정과 사랑이 넘치는 명랑한 일본인으로 되는 것을 즐거움으로 보아주시오.

어지간히 길어졌소. 읽느라 괴로웠겠소. 내 과거의 일이란 이런 서투른 글쓰기 방식으로 족하다고 말씀하신다면 또 쓰리다.

香山光郎(李光洙), 「行者」, 『文學界』, 1941. 3. / 김윤식 옮김

코바야시 히데오와 「행자」

　「행자」는 『문학계』(1941. 3.)에 발표된 것으로, 평론가이며 월간 순문예지 편집인 및 창간동인인 코바야시 히데오(小林秀雄)에게 보낸 편지형식의 글이다. 기행문 「삼경인상기」(『문학계』, 1943. 1.)도 이 잡지에 실린 바 있어 모종의 인연이 있어 보인다. 「삼경인상기」에 따르면 이광수와 고바야시는 이미 그때 구면이었다.

　코바야시와 이광수가 서울에서 만난 것은 제1회 대동아작가대회(1942. 11.)에 참가하기 일 년 전인 1941년이었다. 다시 만난 것은 제1회 대동아작가대회 때 동경에서였다. 그때 코바야시 일행과 이광수가 하야시 후사오(林房雄) 집에서 밤새 통음한 것으로 되어 있다. 두 사람의 관계의 어떠함에 대해서는 알기 어려운데 다만 현재로서는 이 「행자」 한 편이 그간의 사정을 엿보게 한다. 자서전을 써보라는 권유를 받고 쓴 「행자」란 대체 무엇인가. 이 물음에 대해 다음 네 가지 점만을 역자는 지적해 두고 싶다.

　첫째, 대화숙의 초창기 모습. 이 기관은 사상보호관찰법에 근거한 것이 아니라 민간인 단체로 재단법인이라는 점. 전향자, 사상관계 전과자 등을 감시 보호하는 기관이 사상보호관찰소라면 대화숙의 성격

(숙장도 조선인)은 이와 구별된다. 그 초기 모습은 어디까지나 일본정
신을 배우고 수양하는 곳으로 되어 있다는 점.

둘째, 이 무렵의 이광수가 놓인 사회적 지위. 동우회 사건(1937. 6.~
1941. 11.)의 주범으로 기소되어 5년 언도까지 받고 상고중인 이광수이
고 보면 최종판결이 어떻게 날지 한치 앞도 알 수 없는 형편으로 볼
수도 있다. 「행자」는 최종판결이 나기 근 일 년 전에 쓴 것이다. 이
광수가 조선문인협회 회장(1939. 10.)으로 뽑혔으나 담당 판사로부터
재판에 영향을 끼친다하여 사임한 바 있다. 유죄냐 무죄냐의 갈림길
에서 그는 창씨개명(1940. 2. 11.)도 제일 먼저 요란히 했고, 맹렬한 기
세로 일본인 되기로 나아갔다. 그 절박한 사정을 「행자」에서도 어느
수준에서 엿볼 수 있다.

셋째, 이것이 중요하거니와, 제목이 「행자」라는 점. 행자란 무엇인
가. 글자 그대로 하면 '가는 사람'이겠으나, 고대 제사에서 쓰는 용어
로 하면 '장례 때 상제를 모시고 따라가던 사내종'이며, 불교식으로
하면 세속인으로 절에 들어가 불도를 닦는 사람을 가리킴이다. 요컨
대 행자란 수행자(修行者)의 준말인 셈이다. 이 글의 제목을 「행자」라
한 것은, 물론 글의 내용 그대로 대화숙에서 일본인이 되기 위해 이
광수 자신이 수행 공부하는 과정과 그 심사를 드러내기 위해서였다.
그러나 과연 거기에 멈춰, 단순히 일본인이 되기 위한 행자였을까.
이런 물음을 던지는 것은 이광수 쪽에도 있고 코바야시 쪽에도 있을
터이다. 비평가 코바야시에게 보내는 이광수의 심정고백치고는 누가
보아도 초점이 맞지 않는다. 코바야시의 처지에서 보면, 식민지 작가
이광수가 종주국 비평가에게 스스로의 몸에 똥물을 끼얹음으로써 모

112

욕을 준 것이었을 터이다. 명민한 코바야시가 이를 알아차리지 못했을 이치가 없다. 그러기에 코바야시는 눈 딱 감고 그대로 발표해 버렸을 터이다. 콧대 높은 『중앙공론』지처럼 이광수의 원고를 반납하지 않았던 까닭이 이 부근에 있지 않았을까(김소운, 「삼오당 잡필」 참조).

이광수 쪽에 있는 것은 무엇인가. 불교에서 말하는 수행자를 가리킴이 아니었을까. 일본불교의 중심경전인 「법화경」(法華經)의 행자, 그것을 가리킴이 아니었을까. 일연(日蓮)이 말하는 <법화경의 행자>에로 향하고 있지 않았을까. 「삼경인상기」와 「원효대사」(1942)를 검토해 보면 이 사정이 한눈에 들어온다.

넷째, 필명을 두 가지로 사용한 점. 「삼경인상기」에서는 李光洙로 「원효대사」에서는 「무정」(1917)에서처럼 春園으로 썼다. 창씨개명으로 쓴 무수한 글과는 질적으로 다른 까닭도 여기에서 왔다. 그런데 「행자」에서는 香山光郎으로 쓰고 괄호 속에 李光洙를 넣었다. 편집자의 배려인지 이광수 자신의 뜻인지 헤아리기 어렵기는 하나, 본명의 글쓰기 범주에 들기엔 「행자」가 너무 얕고, 창씨개명의 글쓰기 범주에 들기엔 「행자」는 너무 거세다.

삼경인상기 三京印象記

나는 가와카미 씨에게 이끌려 호텔 술집으로 갔다. 구메 마사오 씨가 동경에서 갖고 온 산토리 한 병이 남아 있었던 모양으로 위스키 소다로 해서 마셨다. 썩 맛이 좋았다.

"마셔 마셔"라는 가와카미 씨의 권유로 대여섯 잔을 거푸 마셨다. 가와카미 씨는 내가 취하기를 바란 모양이다. 하야시 후사오 씨의 수완이다. 카야마란 자식, 한번 속내를 드러내 보라는 투였다. 혹은 가와카미 씨도 나도 나라 시대에 아라이케 기슭에서 함께 마시다 대취한 구연이 있었는지도 모른다. 내가 혜자이거나 담징의 수행원이 되어 왔는지도 모를 일이다. 행기와 동반해서 왔는지도 모른다. 훌쩍훌쩍 울고 있는 산새 소리를 미카사야마에서 들었는지도 모른다. 그리하여 나는 나라가 한없이 그립다. 가와카미 씨도 동경에서 일부러 와서 나와 나라라는 수도의 초승달에 가슴이 뛰었던 것이리라.

좋다. 마시자. 속내뿐 아니라 마음속 진흙을 토해도 좋다. 나에게는 중생에 대해 감출 어떤·일도 없다. 취해서 보여줄 추함이 있다면 그것이 나의 참된 모습이리라. 나에게 진심을 구하는 벗에게 내 있는 그대로를 안 보이고 어쩔 것인가.

三京印象記

李光洙

今度の大東亞文學者大會に加はつて、私はいくつもの貴い感激と經驗を得ることが出來た。私は、それをもつとも簡單な形で書いて見たいと思ふ。

東京見學メモ

東京は私の第二の故郷だ。明治三十九年の夏、十四歳の少年の私は、初めて新橋驛に降りて東京の土を踏んだ。それから中學と早稻田大學文科とを東京でやつたし、その後私の家族が三年間東京に住んで居つたのである。生れは朝鮮だが、敎育は東京で受けたわけだ。

しかし、今度の東京人は、恰かも初めて東京を見るかのやうに、私にはフレッシュであつた。それは東京そのものの性格が變つたせゐでもあり、私自身の心境が變つたせゐでもあらう。東京は今や、日本だけの都ではなく、アジア大共榮圈の都だ。東京の政治力、文化力はアジア全域に瀰漫してゐる。東京の政治力、文化力はアジア諸民族の政治と文化の源泉であり、原動力であることを誰が否まう。私はこの東京を初めて見たのだ。

十一月一日の夕暮、私は滿、華の文學者代表たちの一行に加はつて、東京驛に到著、直ちに二重橋前で、宮城を遙拜し奉つた。折しも秋晴れての夕間、それこそ静閒といふ名にふさはしい黃昏であつた。

「微臣香山光郎、謹んで聖壽の萬歳を壽ぎまつる」

と勒躬した刹那、私は胸の詰まる感激に浸つた。私は大君を戴く身のありがたさを沁み沁み感ずることが出來た。私には實に尊い一刹那であつた。

翌くる二日の朝は、靖國神社に參拜して、明治神宮の國民鍊成大會に臨んだ。台場への途中、私達はすばらしい富士を仰ぐことが出來た。軍中では雨や曇で、たうとう富士の姿を見ずに終つた。

富士山の見えぬ旅の秋の雨

「三京印象記」가 실린 『文學界』(1943. 1.)

大會の印象

濱田隼雄

藤村氏は會が初まつてしばらくして、立ち上ると金屏風の前を足音もなく出てゆかれた。そして式が終りに近づく頃再び出てとられた。開會式の最後は　琥珀萬歳だつた。藤村氏は名僧のやうに静かな足どりでマイクの前に進んだ。

「それでは萬歳をいたしませう」

低い聲であつた。が、會衆の唱和は生々と强かつた。そして私は、高くあがつた藤村氏の兩腕、袖から出た兩肘が、國旗の白地の前に、フラッシュに白く輝くのを美しくみた。

聞けば藤村氏は病軀を押して出席されたといふ。

開會式で

壇上の左側に並んだ代表の顔はみな晴れがましかつた。温厚で落ちついた北支の長老錢稻孫氏さへいさゝか上氣したやうな頰をしてゐた。

その第二列の一番奥に私は白く美しい顔をみた。さり氣なく腰かけてゐる島崎藤村氏である。

私は初めてみる藤村氏に胸が熱くなつた。

私は初めてみる氏の透き通つた紳々しい頰にみた。白晳、この言葉を私は初めて名刀の持つ冴えた白い光りでめつた。それは静かで、しかも名刀の持つ冴えた白い光りでめつた。そ

文學が人になりきつた美しさ文學が老いてこの美しさに達すれば……

하마다 하야오의 「대회의 인상」이 실린 『文藝臺灣』(1942. 12.)

삼경인상기(三京印象記)

••• 李 光 洙

이번 대동아 문학자대회에 참가하여 나는 몇 가지 귀한 감격과 체험을 할 수 있었다.
나는 그것을 가장 간단한 모양으로 써 보고자 한다.

동경 견학 메모

동경은 내겐 제2의 고향이다. 메이지(明治) 39년(1906년-역주) 여름 14살의 소년인 나는 처음으로 신바시(新橋) 역에 내려 동경의 흙을 밟았다. 그로부터 중학과 와세다(早稻田) 대학 문과를 동경에서 했고, 그 뒤 내 가족이 3년간 동경에서 살았던 것이다. 난 곳은 조선이나 교육은 동경에서 받았다.

그러나 이번 동경 가기는 흡사 처음으로 동경을 보는 것처럼 내겐 신선했다. 그것은 동경 그것의 성격이 변했기 때문이기도 하고 내 자신의 심경이 변했기 때문이기도 하리라. 동경은 시방 일본뿐 아니라 아시아 대동아 공영권의 수도다. 천황의 권위는 대동아 전역에 빛을 입히고 있다. 동경의 정치력, 문화력은 아시아 민족들의 정치와 문화의 원천이며 원동력임을 그 누가 부정하랴. 나는 이런 동경을 비로소 본 것이다.

(1942년-역주) 11월 1일 저녁 무렵 나는 만주, 중국의 문학자 대표들과 일행이 되어 동경역에 도착, 곧바로 니쥬바시(二重橋, 천황이 있는 황궁 입구의 다리-역주) 앞에서 궁성을 요배했다. 때마침 가을비가 갠 저녁 어스름, 이야말로 맑음과 어둠이란 이름에 근사한 황혼이었다.

"보잘것없는 신하 카야마 미쓰로(香山光郎, 이광수의 창씨개명-역주) 삼가 성수(聖壽)의 만세(萬歲)를 빕니다."

라고 국궁(鞠躬)하는 순간, 나는 가슴에 차오르는 감격에 젖었다. 나는 천황을 모시는 고마움을 절절히 느낄 수 있었다. 내게는 실로 존귀한 한 찰나였다.

이튿날 2일 아침은 야스쿠니(靖國) 신사(일본에서 국립묘지격인 절-역주)에 참배했고 메이지(明治) 신궁(메이지 천황을 모신 신사-역주)의 국민연성대회(國民鍊成大會)에 나아갔다. 회장으로 가는 도중에 우리들은 멋진 후지산(富士山)을 우러러 볼 수 있었다. 차중에서는 비와 구름 때문에 후지산의 모습을 못 보고 말았다.

'후지산이 보이지 않는 나그네 길의 가을 비여'라고 마음 든든히 생각되는 것이었다. 그런데 이처럼 멋진 후지산이 아닌가. 가슴까지 새로 내린 눈으로 덮인 아침 햇살이 비치는 후지산을 본 것이었다.

이 날은 폐하 두 분이 직접 나오셨기에 나는 성스러운 경기를 받들어 본 것이었다.

모두 기립, 기미가요(일본의 국가[國歌]-역주) 소리가 정적 속에 흘렀다. 최고의 경례. 지존을 우러러 보는 민초들의 감격. "모든 것을 폐하에게 바칩니다."

라는 혼들의 무언의 맹세. 나는 그것을 분명히 들을 수 있고, 또 내 가슴으로 느낄 수 있었다. 일억일심(一億一心)이란 이런 것이라 여겨졌다.

뒤에서 자리를 같이한 한 외국인이 이것은 일본에서만 있는 것이라 했다.

3일은 메이지 신궁 참배. 글자 그대로 물결처럼 밀려드는 참배자의 무리였다. 중국 대표들의 눈썹에는 이상한 감동이 나타나는 것처럼 보였다. 여학생들의 고풍스런 제복이 우아했다.

그날 제국극장(帝國劇場)에서 열린 대동아 문학자 제1회 대회의 개회식은 나로서는 처음 보는 호화판이었다.

"무력으로서의 군대는 우리가 맡을 테니까 그대들은 사상전의 장병이 되어 주시오."
라고 히라이데(平出) 해군 보도부 과장이 말할 때는 눈이 뜨거워졌다.

동아정신(東亞情神)이란 것도 있었을 터이다. 동아문화란 것도 있었을 터이다. 그런네 서양정신의 페인트로 덧칠되어졌던 것이다. 그리하여 당당한 법왕자(法王子)의 몸이면서 똥통 청소의 천역(賤役)에 만족했던 동아 민족들이었다. 황군(皇軍, 일본군—역주)이 피로써 씻어낸 동아에 진정 정명의 대동아 문화를 수립하고자 함이 이번 대회의 취지로 파악되었다.

"대동아 문화는 망하지 않는다"라는 오쿠무라(奧村) 정보국 차장의 말은 말할 것도 없다. 그것이 망할 턱이 있을까.

대동아 문화 부흥을 위한 대회를 유럽식의 화려하고도 아름다운 제국 극장에서 한 것은 아이러니도 아무것도 아니다. 철근 콘크리트나 피아노나 기타 따위도 대동아 정신 속에 융합되게 한 것이 대동아 정신인 것이다.

제국극장의 마티네(matinée, 낮 흥행장, 주간 공연장. 여기서는 응접실-역주)에 초대되었다. 덕택에 아키타 우자쿠(秋田雨雀) 씨를 만났다. 내 작품『사랑』을 읽은 모양인지 김사량(金史良) 군을 통해 나를 만나고 싶다는 뜻을 전해와서 로비에서 만났다. 서서 얘기를 나누며 부단히 발을 움직이고 있었다. 참으로 몸집이 작고 예민한 분이어서 자연 참새를 연상케 할 수 있을 법하다고 느껴졌다.

기쿠치 간(菊池寬, 대동아 문학자대회 의장-역주)로부터 저녁 식사에 불려갔다. 기쿠키 간씨를 지난해 경성에서 처음 만났으나 거의 말할 기회가 없었다. 뚱뚱하고 키가 작고 머리카락이 아무렇게나 엉켜 있고 얼굴은 울퉁불퉁하며 깊고 작은 눈을 늘 반짝거렸다. 무뚝뚝하고 어려운 듯한 얼굴이지만 꾸밈이 없고 사려 깊은 인물로 보였다. 똑똑 떨어지게 말을 하였는데 토막친 막대기 같고 묵화의 한 점 한 획 모양 쓸 데 없는 것이 없는 함축 있는 말이었다.

기쿠치 씨가 집에서 가져온 술을 반쯤 마시고 이번엔 쓰키지(築地, 극장가-역주)의 어떤 곳으로 옮겼다. 거기로 중국 대표단들을 불렀다는 것이다. 술의 나머지 절반은 그들을 위한 것이었다.

"그대도 동경에서 소설을 파는 모양이지. 그렇다면 동경의 문인들과 만나두는 편이 좋아. 얼굴을 모르면 좀채로 비평도 써주지 않는다네."

나를 동경의 문인들과 어울리게 하려는 노파심임을 알고 따라 갔다.

가타오카 뎃페(片岡鐵兵), 가와카미 데쓰타로(河上徹太郎, 대동아 문학자대회의 실질적 조직자-역주), 요코미쓰 리이치(橫光利一), 요시카와 에이지(吉川英治), 후나하시 세이치(舟橋聖一), 하야시 후사오(林房雄) 부처 등등이 모여 있었다. 어느 누구도 유진오 씨와 나에겐 초대면이었다. 가타오카 뎃페 씨는 칼라일(영국 산문가—역주)과 같은 얼굴이고, 가와카미 씨는 귀공자풍, 요코미쓰 씨는 뭔가 수긍하기 어려운 관찰자, 후나하시 씨는 실업가 젊은 주인, 요시카와 씨는 명상가로 빈틈없어 보이는 느낌이었다. 하야시 후사오 씨는 화복(和服, 일본 옷—역주)의 소매를 흔들며 왕성한 기염가로 보였다. 터줏대감인 기쿠치 선생은 눈을 반짝거리며 담배만 피우고 있는데, 하루 2백 개피를 태운다고 했다.

열시 가까이 되어서야 드디어 周化人, 丁丁(丁雨林—역주), 柳雨生, 許錫慶(이상 중국대표—역주) 제씨가 보였다. 周化人은 汪주석의 심복으로 선전부 차장의 신분인 만큼 배도 약간 나왔고, 잘 마실 줄도 잘 웃을 줄도 아는 위인. 윗도리를 벗어 넉넉함까지 보이면서도 마음의 투구의 끈을 조일 줄도 아는 중용을 지키는 자로 보였다. 丁丁은 기교없는 아이같은 사람이었으나 許錫慶은 살살 웃으며 좀채 마음속을 열지 않는다. 27세로 대학교수 신분인 柳雨生은 재사(才士)다. 보는 것이 날카롭고 배우기 열심인 사람이었다. '영리한 사람'으로 보이는 것은 딱한 일이었다.

6일이다. 문학자 대회도 잘 마무리되었다. 보국회 당국도 예상 이상이라 기뻐하고 있었다. 일본을 중심으로 대동아 민족들이 하나가 되어 대동아 정신의 문화를 세우고자 맹세할 수 있었던 것이다. 게다가 항구적 기관 설치안이나 기타 많은 제안이 중국 측 대표에 의해 제기된 것은 얼마나 다행스런 일이랴. 소박하고 떠듬떠듬하며 진지한 錢稻孫(중국대표—역주)이나 가장 정치가적인 周化人 씨 등이 거듭거듭 "미흡하나마 일본을 중심으로 대동아 문화의 부흥을 위해 전력을 다하도록 붓을 들어 자국의 동포에게 들려주겠다"고 선언하는 말을 들은 것은 중대한 성과로 생각한다.

대회를 여기까지 이끈 것이 천황의 권위임은 구메 마사오(久米正雄, 위원장—역주) 씨가 말한 바대로나 대동아를 위해서는 참으로 경하할 일이다. 대동아 전쟁이 우리의 승리로 끝나 아시아 10억이 하나가 되어 그 풍부한 자연적·인적 자원을 이용하여 새로운 세계, 새로운 문화를 수립하는 새벽, 그 세계, 그 문화는 일찍이 없었던 것임에 틀림없다. 게다가 그 기조를 이루는 것은 황도(皇道)인 것이다. 지구가 일찍이 몽상도 하지 않았던 영광을 우리들은 이미 한발 한발 건설해 가고 있는 것이다. 산 보람 있는 천황의 시대에 때마침 태어나 황민(皇民)이 된 우리, 뒤돌아봄 없이 천황의 방패로 나설 수 있게 된 것은 얼마나 다행스러운가. 문학자도 사상전의 장병인 것이다.!

6일 일행은 가스미가우라(霞浦, 해군 항공대가 있는 곳—역주), 쓰치우라(土浦, 소년 항공대 훈련소가 있는 곳—역주)를 견학했다. 진짜 천황을 위한 방패의 훈련 모습을 보았던 것이다.

"시방 미국은 전력을 다해 싸우고 있다. 우리들은 소수로써 많은 적을 대적해 내지 않으면 안 된다."

이것은 사령관의 인사말의 일절이다.

훈련기는 셀 수 없이 날아 다녔다. 바다의 독수리들의 필살필승의 맹훈련이다.

순국한 독수리들의 충령을 제사지내는 가스미가우라 신사에 참배한 후 비행장에 인도되었다. 미국이 일본의 ○기(機)(제로기, 구형 전투기—역주)라 하여 두려워하는 신형 전투기의 전투 모양을 구경했다. 얼마나 엄청난 속력이며, 자유자재한 조종술이었던가. 수천 미터 상공에서 막바로 거꾸로 떨어지는가 하면 어느새 날쌘 기체가 치솟아 번개같이 머리위로 저공비행하는 순간 숨이 막혔다.

"놀랍군."

기쿠치 씨는 아이같이 경탄했다. 중국, 만주 대표들도 숨을 죽이고 말이 없다. 병학교를 갓 나온 소위들이 항공 훈련을 받는 실황을 견학했다. 그중 도쿠카와(德川) 소위라 부르는 자는 장군 집안의 자식이라 한다. 평민의 아들과 전혀 차별이 없는 모양이었다.

쓰치우라에서는 독수리들이 전원 집합하는 상황을 보았고, 체조라는 것도 보았다. 구름과 안개처럼 장내로 몰려오더니 잠시 사이에 정렬이 끝났다. 셀래야 셀 수 없는 숫자다. 놀랄만한 다수다. 그런데 구름과 안개처럼 순식간에 모여 정렬하는 모양은 그 정신과 훈련의 어떠함을 보이는 것이다.

체조라는 것이 또한 놀라웠다, 보통 우리들이 체조라 부르는 것처럼 시작되다가 점점 곡예처럼 바뀌면서 저런 저런 하고 눈을 번쩍 뜨이게 할 정도의 것이 된다. 그것을 50분 동안 이어가는 것이었다. 보통사람이라면 10분이나 15분이면 지쳐 버릴 것이다.

"신체를 유연하게 합니다. 이러한 식으로 단련해 두지 않으면 낙하산으로 내려올 경우 허리심이 빠져 일어나지 못합니다."

장교는 이렇게 설명해 주었다.

'유연!' 그런 유연이야말로 심신 수행의 극점이다. 경직되어서는 안 된다. 마음은 자기를 떼어냄으로써 유연해진다. 이것을 자재(自在)를 얻었다고 한다. 자기가 없으면 두려움이 없다. 무외(無畏)인 것이다. 무외의 마음, 유연한 신체, 이것이야말로 천황의 방패가 되기 위한 요건이리라.

"저쪽 오른쪽 몇 줄은 이미 훈련을 마쳤습니다. 내일이라도 전선에 나갈 수 있습니다. 이른바 바다의 독수리입니다. 사기가 넘칩니다."

장교의 설명에 눈시울이 뜨거워졌다. 나라는 이렇게 해서 지켜지는 것이다. 저 젊은이들에게 공손히 절하고 싶은 기분이 된다. 이미 솔로몬 해전에서 싸우고 있는 것도 하와이를 습격한 그 용사들도 모두 여기서 이렇게 키워진 사람들이다.

감격으로 가슴이 벅찼다. 도네가와(利根川)의 갈대와 작은 배, 석양을 감상하며 우에노(上野) 역으로 돌아온 것은 해질 녘이었다.

역에서 나는 어떠했던가. 일행과 헤어졌다. 6시까지는 알라스카에 서 있을 아사히(朝日) 신문 좌담회에 가지 않으면 안 된다.

도중에 어쩔 바 모르고 있는데 기쿠치 간 선생을 만났다. 히로코지(廣小路, 우에노 역 근처의 지명 – 역주)에서 택시를 태워 긴자(銀座)의 알라스카까지 보내주셨다.

아사히 신문 좌담회가 끝나자 하야시 후사오 씨는 만주의 古丁 씨와 나를 자동차에 태워 납치해갔다. 고바야시 히데오(小林秀雄) 씨를 만나게 한다는 것이었다.

그런데 메구로(目黑, 동경 시내의 지명 – 역주)의 찻집 주인 신(秦)씨의 거실에서 하니와(埴輪)인지 뭔지 정체를 모를 토기라든가 도자기가 나란히 놓여 있는 한 방에 요세나베를 앞에 놓고 고바야시 히데오, 아오야마 지로(青山二郎) 외 두세 명의, 일견 세속을 떠난 얼굴들이 술을 주거니 받거니 마시고 있는 참이었다. 고바야시 씨만은 작년 서울에서 만난 바가 있다.

古丁 씨도 나도 하야시 후사오 씨에 의해 그 자리에 소개되어 막 바로 술잔의 총공격을 받았다. 古丁 씨는 젊기도 하고 몸도 장건해 술도 잘 마시는 모양이나 나는 그렇지 못했다.

"꼭 취해 주게. 취한 이광수를 보여 주게."

하야시 씨의 이 말뜻은 나로서는 잘 알 수 있었다.

그렇다면, 하는 심정으로 나는 권하는 족족 마셨다. 그래서 취기가 도는 상태에서 떠들어 마침내 하야시 씨의 주문대로 앞뒤를 알지 못할 정도가 되고 말았다.

눈을 떠보니 나는 어떤 방에 자고 있었고, 하야시 씨 부인의 간호를 받고 있었다.

다시 한번 더 눈을 뜨니, 옆에 古丁 씨가 깊이 잠들어 있었다. 목욕탕 속에 잠겨 있자니 하야시 씨도 고바야시 씨도 古丁씨도 아오야마 씨도 붉은 눈을 하고 들어왔다. 고바야시 씨도 그리했지만, 아오야마 지로 씨는 그대로 허수아비가 되고자 하는 듯 속기 없는 얼굴이었다. 조식 후 툇마루에서 가을 햇볕을 받으며 시간의 흐름을 잊은 듯한 몇 시간을 보낼 수 있었던 것이 즐거웠다.

진객과 푸른 뜰에서의 가을,

왠지 내가 주인이 된 듯했다.

하야시 후사오 씨 부처에 이끌려 가마쿠라(鎌倉)에 갔다.

조묘지(淨明寺) 골자기의 하야시 씨 댁은 경치가 좋다. 흡사 은둔살이 같다. 저렇게 쾌활한 하야시 씨에게는 어울리지 않는 느낌이었다.

졸졸 흐르는 계곡물 소리도 있고 문 앞에는 국화가 어지러이 피어 있었다. 문 앞이라 할 만한 그러한 문은 없었다. 뜰의 잔디가 주변의 산에 바로 이어져 있다.

국화 심어 문을 만들지 않는 후사오인가,
라고 말하고 싶어졌다. 어처구니없이 열어둔 것이다.

서재엔 멋진 흑화(黑畵)로 그린 도미 두 폭이 걸려 있어 주인의 자작인가 했는데, 과연 주인이 낚은 놈의 탁본인 모양이었다. 당시의 주인의 우쭐대는 모양을 상상해 봤다.

경치와 산수와 감(柿)과 우정을 대접받으며 세 시간 동안이나 뜰에서 담소하고 동경으로 되돌아왔다. 눈에 덮인 오사라기 지로(大佛次郎) 씨 댁을 방문하고 싶었으나 6시의 좌담회 때문에 그러지 못함은 유감이자 실례이기도 했다. 오사라기 씨는 지난해 서울에서 만났을 뿐이지만, 저서와 편지도 받은 바 있다.

마침내 동경을 떠나는 내일, 8일의 일정은 분텐(文展, 문부성 미술전람회의 약칭―역주), 박물관, 도니치(東日)에서의 오찬과 노(能, 일본의 전통적 가면극―역주)의 견학이다.

근사한 도니치의 대식당에서 근사한 셀러리를 대접받고 우마야바시(廐橋)에 있는 우메와카(梅若, 노의 일파―역주)류의 노 무대에 안내되었다. 중국이나 만주 손님들은 한 분도 오지 않았다. 우리들 조선에서 온 대표들이 손님인 셈이었다.

'도모에(巴, 헤이안 말기·가마쿠라 초기의 여성. 여기서는 그 여성의 삶을 각색한 노의 이름)'였다. 나는 노가쿠(能樂)는 처음이었지만 그 의미를 알 수 있는 듯한 느낌이었다. 그 군더더기 없음, 그 고답스러움이란 바로 연극의 선(禪)이라 생각되었다. 아마도 극예술의 최고의 것이리라.

나는 그중에서도 일본 정신과 불교의 융합을 발견했다고 생각했다. 다실(茶室)은 건축의 선(禪), 가이세키(懷石, 다도에서 차를 대접하기 전에 내는 간단한 요리 — 역주)는 식사의 선, 노가쿠는 연극의 선, 하이쿠(俳句, 일본 고유의 단시 — 역주)는 시의 선이라고, 나는 '도모에'를 보고 나서 그렇게 생각했다.

"그대에게 보여주게 되어 기뻤다. 그대는 노를 이해해 주리라 믿는다."

구메 마사오(久米正雄)씨가 내 어깨를 두드리며 한 말이다. 나는 노의 맛이 나는 소설을 써보고 싶었다.

우지야마다(宇治山田) 참배 메모

버의 황금 물결 사이를 달려 우지야마다에 닿은 것은 9일 저녁이었다. 막바로 게쿠(外宮, 이세[伊勢] 신궁 가운데 하나, 도요우케[豊受] 대신궁을 가리킴 — 역주)에 참배, 후루이치(古市)에 있는 여관, 다이안(大安)에 들었다. 욧카이치(四日市), 쓰(津), 마쓰사카(松坂)라는 역 이름만으로도 그리움이 솟아났는데, 연도의 석양은 실로 아름다웠다. 해가 지는 쪽의 산들의 자줏빛 연기는 지금도 잊혀지지 않는다. 어떤 개울의 물도 빼어나게 곱고 모래는 희다. 그것이 야마다(山田)에 가까워질수록 한층 더했다.

다이안에 닿고 나서 비로소 일본식 방에서 잘 수 있게 되어 기뻤다. 아침에 눈을 뜨자 툇마루에 아침 햇빛이 가득 넘치고 있었다. 이 툇마루에서는 거리나 인가는 하나도 보이지 않았고, 도로조차 보이지 않았으며, 오로지 아침 햇빛에 비친 산과 숲만이 신화시대의 모습이었다. 하늘에는 한점 구름도 없다. 청정 바로 그것이다.

나는 목욕탕에 가서 냉수욕을 했다. 대신궁(大神宮)에의 첫 참배다. 몸도 마음도 정결히 하지 않으면 안 된다.

기온은 상당히 내려갔고, 냇물에는 엷은 얼음이 얼어 있었다.

일동이 나이쿠(內宮, 이세 신궁 가운데 하나. 고(皇) 대신궁을 가리킴—역주) 참배에 나아간 것은 아직 어둠이 깔려 있을 때였다.

우지(宇治) 대교를 건너자 신성한 숲에는 아직 어둠이 깔려 있었다. 이스즈가와(五十鈴川) 기슭에 서서 잉어가 뛰노는 것을 보고 있노라니 급히 가미지야마(神路山)가 밝아졌다. 잉어는 태양신의 고기이다. 여기서 일동은 오래된 삼나무와 회나무가 늘어선 그늘 속으로 스며들어 속으로 속으로 조용히 걸어갔다. 데미즈야(手水舍, 신사에서 참배객이 손을 씻고 입을 가실 물을 놔두는 건물—역주)에서 손과 입을 깨끗이 하고 옷깃을 여미고 마음을 비웠다.

도노타마가키(外玉垣) 남문 앞에 일동 정렬, 고가 사부로(甲賀三郎) 씨의 선도로 박수의 배례(拜禮)를 올렸다. 마침내 정전(正殿)을 우러르게 되었다.

옛 선인들이 읊던 그 노래를

우리도 읊는 우지의 대교(大橋)

우리들이 참배를 마치고 되돌아올 무렵, 대여섯 학교의 남녀 학생들이 엄숙히 신전 속으로 들어오는 것을 보았다. 신의 손짓을 흉내 내면서.

錢稻孫 씨는 신궁 앞에서 자국 사람들에게 신궁의 유서를 설명했다.

"선조 숭배는 동양 도덕의 근본이다. 이 신궁은 일본 천황의 조상님을 제사지내는 곳이다"라고.

이 설명은 너무도 당연하다. 그러나 일본인에게 있어서는 단지 그것뿐만이 아니다. 거울로 상징되는 청명한 마음은 도덕의 최고 목표, 따라서 수행의 최후의 이상을 보여주고 있고, 동시에 우주의 근본인 대신령에 이어지는 종교적 귀의인 신앙의 대상이기도 한 것이다. 진정한 본원을 생생한 발전의 힘의 샘을, 이 대신(大神) 속에서 우러르는 것이다.

나라(奈良) 견학 메모

나이쿠 참배 후 숙소에 돌아와 아침을 먹었다. 오사카(大阪)에서 지사(知事) 주최의 오찬회가 있었고, 나카노시마(中之島) 공회당의 강연이 있었고, 폐회식이 있었다.

다니자키 준이치로(谷崎潤一郎) 씨의 강연을 들었다. 긴키(近畿, 천황의 소재지에 가까운 곳, 즉 교토 주변의 지역—역주) 지방에는 가장 일본적인 것이 많이 남아 있다. 동경은 모던화되었어도 교토(京都), 나라, 오사카에는 지금도 여전히 옛 일본 전통을 많이 맛볼 수 있다. 진짜 일본의 모습을 보고자 하면 간사이(關西, 교토·오사카·고베[神戸]를 가리킴—역주)에 오라. 동경 태생인 자기가 간사이에 눌러 앉게 된 것도 이 때문이다, 라는 줄거리였다.

나라 호텔에 들었다.

저녁 식사 후 일행은 산책을 나갔다. 중지(中支, 중부 중국—역주) 대표 周化人 씨도 일행에 뒤처지지 않으려고 언덕을 뛰어 내려갔다.

나는 호텔 뜰에 초승달이 지는 것을 바라보며 옛날을 떠올렸다. 그 초승달이 아주 크게 보였다. 그것이 지는 곳은 이코마야마(生駒山)일까. 가와카미 데쓰타로 씨도 함께 달을 바라보았다.

나는 가와카미 씨에게 이끌려 호텔 술집으로 갔다. 구메 마사오 씨가 동경에서 갖고 온 산토리(일본 위스키 상표-역주) 한 병이 남아 있었던 모양으로 위스키 소다로 해서 마셨다. 썩 맛이 좋았다.

"마셔 마셔"라는 가와카미 씨의 권유로 대여섯 잔을 거푸 마셨다. 가와카미 씨는 내가 취하기를 바란 모양이다. 하야시 후사오 씨의 수완이다. 카야마(香山)란 자식, 한번 속내를 드러내 보라는 투였다. 혹은 가와카미 씨도 나도 나라 시대에 아라이케(荒池, 나라에 있는 연못 이름-역주) 기슭에서 함께 마시다 대취한 구연(舊緣)이 있었는지도 모른다. 내가 혜자(惠慈, 백제 승려-역주)이거나 담징(曇徵, 고구려 승려-역주)의 수행원이 되어 왔는지도 모를 일이다. 행기(行基, 백제 왕인 박사의 후손-역주)와 동반해서 왔는지도 모른다. 훌쩍훌쩍 울고 있는 산새 소리를 미카사야마(三笠山, 나라에 있는 산 이름-역주)에서 들었는지도 모른다. 그리하여 나는 나라가 한없이 그립다. 가와카미 씨도 동경에서 일부러 와서 나와 나라라는 수도의 초승달에 가슴이 뛰었던 것이리라.

좋다. 마시자. 속내뿐 아니라 마음속 진흙을 토해도 좋다. 나에게는 중생에 대해 감출 어떤 일도 없다. 취해서 보여줄 추함이 있다면 그것이 나의 참된 모습이리라. 나에게 진심을 구하는 벗에게 내 있는 그대로를 안 보이고 어쩔 것인가.

11시까지 마시고 또 지껄였다. 3시간이나 지났다. 구사노 신페이

씨도 도중에 참가했다. 겉보기에는 무서워 보이지만 의외로 부드러운 인물이다. 시인인 것이다.

구메 씨가 왔을 땐 산토리 병은 벌써 비어 있었고 구메 씨는 마시고 싶은 표정이었다.

이튿날 아침 나는 가스카야마(春日山)의 해돋이를 배견할 수 있었다. 사루사와이케(猿澤池)와 아라이케에서는 흰 수증기가 무럭무럭 솟아 올라, 흡사 그 수증기로 싸인 듯이 와카쿠사야마(若草山, 嫩草山)도 가스가(春日)의 숲도 흰 안개에 휩싸였다. 거기로 붉은 햇님이 쑥 올라 왔다. 고후쿠지(興福寺)의 탑 머리가 나타났다.

이윽고 와카쿠사야마의 잔디가 쓱 나타났다. 얼마나 부드럽고 완만한가.

오전 10시. 일동은 버스로 가시하라(橿原) 신궁(일본 천황의 시조인 진무[神武] 천황을 모신, 가시하라시에 있는 신사－역주) 참배의 길에 올랐다. 여기저기 보이는 연못은 쇼무(聖武) 천황 당시에 행기 보살의 진언에 의해 판 것으로 그 이름이 남아 있는 모양이다. 평탄한 평야를 질주하기 약 1시간, 논밭 옆의 울창한 신성 지역에 닿았다. 뒤따르는 일행을 기다리며 어떤 도리이(鳥居, 홍살문의 일종－역주) 앞 광장에서 2천 6백년 옛 진무 천황의 창업의 날을 상상해 보았다. 팔굉(八紘, 세계－역주)을 한 집으로 한다(八紘一宇는 『일본서기』에 있는 '兼六合以開都, 掩八紘而爲宇'에서 유래함－역주). 宇라 함은 황도(皇道, 천황이 행하는 정도[政道]－역주) 문화가 꽃피는 나라를 가리킴인 것. 지상 극락을 가리킴인 것이다. 그것은 즐거운 집이자 동시에 엄숙한 도량(道場)이기도 하다.

지금 황군(皇軍, 일본군대－역주)은 북쪽 대륙으로, 남양으로 거대한

'평정'의 진군을 하고 있다. 미국·영국의 깊은 곳에서 채찍을 휘두르고 있다. 아메리카 대륙에도 호주에도 이미 벼리(그물)의 상당한 부분이 걸려 있다. 일단 한 번 선언된 바에는 후퇴란 없다. 관철하지 않고는 멈추지 않는다.

새벽녘엔 추웠으나 해가 오름에 따라 외투가 짐스러울 정도로 따뜻해졌다. 아름다운 가을 날씨다. 아지랑이조차 보일 정도다.

뒤에 처진 일행이 다가와서 함께 참배 길에 나아갔다. 참배하는 학생 무리가 끊이지 않았다. 군중에 싸여 참배하는 집 앞에 정열했다. 그 안쪽의 정전(正殿) 안에는 흰옷의 신관(神官)이 축언을 올리고 있음이 보여 한층 숭엄함을 더했다.

"가시하라 신궁입니다. 정식으로 참배 올립시다."
라고 구메 마사오 씨의 제의로 한 번 굽혀 두 번 절하고 두 번 박수 치고 한 번 굽혀 신에 올리는 예를 행했다.

호류지(法隆寺)에 닿은 것은 정오 무렵이었다. 그 위쪽은 일면 삼림으로 생각된다. 절 주변은 경작지여서 벼가 이삭을 드리우고 있고 남대문 바로 앞까지 인가가 세워져 있었다.

절 전체의 느낌은 가볍고, 우아하고, 밝아서 중국이나 조선의 사찰 건축에서 풍겨지는 엄숙함이 없다. 국보 일색의 호류지다. 나 같은 자가 이렇다 저렇다 말할 데가 아니다. 오직 나는 한 조선인으로서,
(여기서 행을 바꾼 것은 쇼토쿠 태자를 성인 또는 왕으로 보고 諱를 보이기 위한 글쓰기 형식에 따른 것—역주)
쇼토쿠(聖德) 태자(574~622, 호류지를 세운 인물, 스이코[推古] 천황 때 태자로 권력을 쥔 인물)를 특히 삼가 그리워 사모한다고 말씀 올릴 이유가

있다. 그 까닭은 이러하다.

쇼토쿠 태자에게 법화경(法華經)을 진상하고 강독한 것은 고구려 승려 혜자 대사이며 불상과 불각(佛閣, 불당-역주) 등을 만드는 역할을 한 것은 백제 승려 혜총 대사이다. 혜총은 일명 자총(慈聰)이라고도 했다. 그리고 호류지의 그 유명한 벽화는 고구려의 담징이 그린 것으로 되어 있다.

쇼토쿠 태자의 부음이 고구려에 전해졌을 때, 그 당시엔 고구려에 돌아와 있던 혜총 대사는 통곡하며 동해의 성인이 사라졌다, 졸승도 내년 태자의 명일(命日)에 그 뒤를 따르리라 하고, 과연 그대로 입적했던 것이다.

(쇼토쿠 태자가 행한-역주) 以和爲貴, 篤敬三寶, 承詔必謹의 3개 조항을 기초로 한 17개 조항의 헌법 제정에도 혜자 대사가 큰 몫을 했다는 것이다.

호류지의 동원(東院)은 쇼토쿠 태자가 기거한 이카루가노미야(斑鳩宮) 터이다. 혜자도 혜총도 담징도 아마도 이 근처에서 받들었을 터이리라.

현재 부여 신궁 조영지인 부여에서도 호류지와 규모가 비슷한 절의 흔적이 발굴되었다고 한다.

구메 마사오 씨가 우에노 박물관에서부터 특히 나로 하여금 '백제관음'(호류지에 있는 나무 불상의 이름-역주)에 주목하게 한 것도 그러한 의미였으리라. 가와카미 데쓰타로 씨가 야쿠시지(藥師寺)의 성관음(聖觀音)을 주목하도록 한 것도 같은 의미라고 여겨졌다.

호류지는 '信佛法, 尊神道'라고 말씀하신, 요메(用明) 천황의 발원으로 스이코 천황, 쇼토쿠 태자의 정신 본원에 의해 만들어진 것인 만큼, 이것이야말로 일본에 불법의 기초를 다진 대성업이었던 것이다. 이 성스런 사업에 고구려와 백제의 승려가 참여했다는 것은 결코 우연이라 생각되지 않는다. 참으로 깊은 인연이라 하지 않을 수 없다.

지금 호류지를 많은 사람들은 예술적으로 존중하고 있는 것 같으나 내가 여기에 대해 갖는 느낌은 그 이상의 것이라고 믿는다. 그것은 쇼토쿠 태자의 정신에 대한 감화이다. 태자는 진리와 자비, 그리고 애국의 정신의 권화로서 드러났다. 법화경에 들어 있는 불법의 정신을 태자는 그대로 일본국에 실현코자 했다. 일본이야말로 대승의 땅이라 믿었다. 이로써 일본을 진리의 나라로서 자비의 나라로서, 그리고 이 이상을 실현키 위해서는 일본인 각각이 신명 버리기를 아끼지 않는 대아대용(大我大勇)에 죽고 사는 나라로 만들고자 했던 것이다.

누구나 부처가 될 수 있다. 장난 삼아 불상 앞에서 한번 머리를 숙인 자도 모두 부처가 될 수 있다. 아이들이 장난으로 모래 위에 불상을 그리기만 해도 모두 성불한다. 부처의 이름만 들어도 성불하기 마련인 것. 그러나 이것은 구원실성(久遠實成)이다. 구원겁(久遠劫) 앞에서 이미 부처였기에 구원겁의 고행 난행을 거쳐 불법을 완성하는 것이다. 3천 대천 세계는 한 뼘의 땅일지라도 석가님이 중생을 위해 신명을 버린 곳이 아닌 데가 없다. 그러기에 석가님은 비로소 불세존(佛世尊)이 된 것이다. 누구나 성불할 수 있지만 그것은 결코 살기 쉬운 길은 아니다. 피나는 수행, 수없는 신명 버리기에 의해서만 성취되는 것이다.

그렇다면 그 수행이란 무엇인가. 보살행이라 할 것이다. 보살행이란 무엇인가. 자기를 버리고 중생을 도와 구제함이다. 소위 불국토를 깨끗이 하고 중생을 성취함이다. 이것은 10년, 20년의 사업도 아니고, 일생이나 이생의 사업도 아니다. 삼계(三界)의 중생을 다 구할 때까지 계속되는 사업이다. 이것이야말로 삶의 유일한 목적이라는 것이 법화의 사상이다.

태자는 이것을 몸소 자기 사상으로 했다. '篤敬三寶'란 이 뜻이다. 이 가르침을 설한 것이 불보(佛寶)이며 이 가르침이 법보(法寶)이며 이 가르침을 널리 알리는 중생이 승보(僧寶)인 것이다.

그런데 태자는 이 법화의 이상을 실현하는 도는 천황에 순종함에 있다고 믿었다. 곧 국가를 통하지 않고는 이 이상이 실현되지 않는다. 팔굉이 한 집이 된다(八紘爲宇)는 천황의 이상이 법화(경)의 이상이라고 보았던 것이다. 고로 '承詔必謹'인 것이다.

태자는 천황이 중생제도의 최고 일인자가 되어 일본이 불법의 원천이 되고 불국이 기점이 되고, 일본인이 모두 대보살이 되기를 염원했던 것이다. 태자에 있어서는 일본과 불법은 하나이지 둘이 아니었다.

나는 느꼈다. 태자가 호류지를 건설할 뜻을 세우고, 이를 실천한 그 마음가짐을. 이 건물의 한 조각 나무, 한 움큼의 흙에도 이 웅대하고 절실한 대염원을 얽어 넣었음을. 이러한 대염원이 가득 차고서야 비로소 건축에도 그림에도 조각에도 생명 있는 참예술이 되는 것이다. 나무나 흙이나 금속에 이미 물질이 아니게 된다. 거기에는 작자의 피의 따스함이나 혼의 빛이 있어 그것을 보는 자에게 육박해 온다. 얄팍한 직업적 예술가의 작품이 오직 기교 덩어리인 것과는 운니(雲泥)의 차이이다.

나는 유메도노(夢殿, 호류지 동원[東院]의 본당으로서 이가루가노미야의 유적지에 건립한 팔각의 건물—역주)의 계단에 서서 오늘의 전쟁을 생각했다. 아시아 10억의 백성에게 황도의 빛을 입히기 위한 전쟁이며 이것은 일본의 보살행이 아니면 안 되리라고. 신명을 아끼지 않는(不惜身命) 황군 장병은 법(法)을 위한 불석신명이라고. 나아가 또 생각했다. 문필에 종사하는 자의 업(業)도 마땅히 여기에 있어야 한다는 것을.

나는 호류지를 떠나기가 차마 어려웠다. 하다못해 일주일이라도 좋으니 그 종소리며 밤 경치며 아침저녁의 빛을 맛보고 싶었다. 나는 금당(金堂)의 본존불이나 모사(模寫) 중인 벽화나 태자의 조각상을 생각하며 합장명목, 남대문을 나왔다.

점심 후 사슴에게 모이를 주는 것을 즐기고 일행은 가스가(春日) 신사와 도다이지(東大寺) 참배를 하게 되었지만, 가와카미 씨는 우리들, 조선에서 온 대표들(이광수를 비롯, 유진오, 박영희 등—역주)을 유혹해서 도쇼다이지(唐招提寺)와 야쿠시지를 보게 했다. 나는 그 두터운 우정에 감사한다.

가와카미 씨는 야쿠시지의 성관음상을 특히 좋아한다고 했거니와, 그리고 보니 가와카미 씨의 모습이 그 관음보살님과 닮은 바가 있다. 역시 인연이 있음이리라. 이 성관음님은 백제인이 만든 것이라 한다.

옛 절의 가을 석양 어스름에

성관음의 뺨이 빛난다

머리가 떨어진 관음님의 아름다운 입상을 봤다. 머리가 꺾였어도 자비의 모습은 조금도 손상이 없다.

저것이 호류지, 저것이 사이다이지(西大寺)라고 손가락으로 가리키면서 석양을 받으며 숙소로 돌아온다.

날이 밝으면 12일의 새벽. 어제 못지않은 아침이다.

나는 어둠 속에서 호텔을 나와 가스가 신사로 향했다. 10년 전에 한 번 참배한 바 있었지만, 기억도 어렴풋하다.

아직 사람들의 모습이 보이지 않았다.

하나의 도리이를 통과했다. 천 몇 백 개이라는 등롱(燈籠) 속에는 불이 아직 켜져 있는 것도 있었다. 이끼 낀 등롱―그것은 번뇌의 상징처럼 보였다. 번뇌가 있기에 신불(神佛)에 비는 것이다. 작은 번뇌도 감당하지 못해 신불을 따르고자 하는 중생의 모습은 아름답다. 종교도 예술도, 요컨대 주생의 번뇌의 진흙텅에서 피는 연꽃이다. 수도 나라에서 태어난 만요(萬葉)의 노래(『만요슈[萬葉集]』, 일본 고대 시가집―역주)도 결국은 번뇌의 노래인 것이다. 일본인은 번뇌가 많은 민족이라고 나는 생각했다. 도코노마(床の間, 일본식 방의 상좌에 바닥을 한층 높게 만든 곳―역주)를 만들어 족자를 걸며 꽃을 키우고 정원을 만들고 노래를 짓는 일을 좋아하는 일본인은 번뇌가 많은 민족이자 또한 번뇌를 사랑하는 민족이기도 하다. 번뇌는 괴롭지만 또한 아름다운 것이기도 하다.

새벽 숲은 정적 그 자체다. 엷은 안개가 고목의 숨소리인 양 나무 사이를 흐르고 있다. 바람조차 없다.

바스락바스락. 사슴이 낙엽을 울리며 지나갔다.

바스락 바스락 낙엽 울리는 숫사슴인가.

그 소리가 오히려 그윽한 정적을 보태는 듯하다.

사슴이 뿜어내는 청수(淸水)에 입과 손을 씻는다.

나는 가스가 신사의 남문 앞에 섰다. 허리굽은 노인이 뜰을 청소하고 있다. 빗자루 소리가 싹싹 울렸다.

참배 후 나는 사전(社殿)을 실컷 바라보았다. 아름답다. 선도 단층도 환경과 하나가 되어 아름답다. 나는 홀로 복도를 걸어 보았다. 여기저기 기웃거려 보았다. 실로 한 시간이나 나는 스스로를 잊고 보는 데 홀려 있었다. 와카미야(若宮)에도 참배했고, 가구라덴(神樂殿)도 보았다. 나라 왕조 시대의 귀인의 저택 가운데 한 채였다 한다. 일본 부인의 화장도 가스가 신사의 맛을 내고자 하는 것처럼 여겨졌다. 얼마나 부드럽고 우아하며 아름다운가.

가스가 신사의 미는 흰 나무로 만든 옛날 방식에다 대륙문화를 수용한 아름다움이리라. 게다가 그 대륙문화라는 것이 대륙적인 들쭉날쭉함을 완전히 떨어내고 일본적인 것으로 환골탈태한 것으로 여겨졌다.

나는 출발 시각에 이르러 누가 뒷머리를 잡아당기는 것처럼 아쉬워하면서 가스가 신사를 떠났다. 나는 불교적인 고담스러움에서 미를 찾는 일본적 번뇌에 물들었던 것으로 느껴졌다. 인도인은 막바로 번뇌에서 벗어나고자 서두른다. 난행 고행의 모습이 그것이다. 그런데 일본인은 번뇌를 사랑하고, 번뇌에 빠지면서도 번뇌를 초월하고자 한다. 현실을 사랑한다. 자연을 사랑하고, 이성(異性)을 사랑한다. 술에 취해 노래하고 또 춤춘다. 무상함조차 미(美)로 느껴 그 속에서 미의 본질을 맛보고 해탈을 추구한다. 일견 모순으로 보이나 도리어 번뇌 즉 보리(菩提)에 합치하는 것이리라. 나는 교토(京都)를 바라보며 다시 이런 생각에 빠졌다.

교토 견학 메모

교토는 딱 하룻밤을 자기로 되어 있다. 쇼와(昭和) 4, 5년(1929, 30년
-역주) 무렵 교토를 구경한 바 있다. 그때는 주로 절을 돌았다. 다니
무라(谷村) 씨의 호의로 표정(瓢亭)의 봄비 속에서 하루저녁 술을 대접
받은 바 있다.

교토에 닿자 우리들 일행은 고쇼(御所, 옛 헤이안조의 천황 거소-역주)
를 배관했다. 왼쪽의 벚나무, 오른쪽의 귤나무 등의 설명을 들으며
시신덴(紫宸殿), 세이료덴(淸凉殿) 등을 배관했다. 메이지(明治) 대제 즉위
한 장소와 (대제가) 즐기던 연못도 배관했다. 외람되게도 질박한 궁
거(宮居)이다. 가시코도코로(賢所) 앞에 있는, 다다미 한 장 깔린 천황의
자리는 참으로 상징적으로 보였다. 폐하의 일상생활은 도량의 생활
처럼 보여 황공하기 그지없다. 천황 조상의 혼을 이은 신성한 거울
과 그것이 놓인 상(床)을 함께 사라지게 함으로써 일편단심 억조 민
초를 정결케 함을 염원하는 듯 보였다. 큰 제사 의식이나 메이지 대
제가 지으신 노래를 생각게 했다.

고쇼에서 물러나 숙소로 돌아와 점심을 먹은 일행은 자기 뜻대로
오후를 보내게 되었다.

나는 아라시야마(嵐山, 교토에 있는 산 이름-역주) 쪽으로 가는 팀에
끼었다. 구메, 가와카미 양씨가 안내역이었고, 바이코프(만주대표, 백계
러시아 작가-역주) 씨 일행도 끼었고 대만 대표들도 함께였다.

아라시야마의 단풍은 아직 일렀다. 교목 윗부분이 담홍색 일색으

로 물든 데가 있긴 해도 그 외엔 지금도 휘파람새가 울 만큼 푸르렀다.

도게쓰(渡月) 다리를 건너 아라시야마의 기슭, 오오이가와(大堰川) 호반의 작은 길을 올라 다이히카쿠(大悲閣) 밑 다실에서 쉬었다. 치도리가후치(千鳥ヶ淵)가 눈앞에 있다. 그 옛날 궁인들이 뱃놀이 한 곳이라 한다.

두 척의 작은 배에 일행이 나눠타고 호즈가와(保津川)를 내려가는 유람을 즐겼다. '꽃으로 덮인 산을 조금 올라가면 다이히카쿠'(바쇼[芭蕉]의 하이쿠[俳句]. 이 구절을 새긴 비석이 다이히카쿠로 가는 길목에 서 있다―역주)에는 참배할 수 없었다. 강가에 곧바로 닿은 곳에 여관이 있었다. 꼭 하룻밤 머물고 싶었다.

오오이가와의 절도 단풍도 못 보도다

그렇지만 좋은 벗, 좋은 산수가 있어 즐거웠다.

귀로에 사가노(嵯峨野)의 감을 샀다. 맛이 좋았다.

감 맛이 좋은 사가노의 여로의 석양이여.

교토부 지사의 만찬회. 맛있는 음식을 대접받았다.

식후 별실에서 제1회 대동아 문학자대회 해산식이 있었다. 주인측의 구메 씨가 "전시하의 문학자 대회도 전쟁이다. 문학자가 대동아를 위해 노력하는 건 지금부터다. 일로 평안키를 빈다"라는 인사말을 했다. 이에 대한 인사로 북경대학의 錢稻孫 씨가 그 진지하고 어눌한 말투로, 붓을 들어 이번 대회의 정신을 보급하고 그로써 대동아전에 협력코자 하는 선서를 하고 만세를 함께 불렀다. 때는 9시.

요도노 류조(淀野隆三) 씨의 호의로 기온(祇園, 교토의 고급 기생 거리―

역주) 무희의 춤을 보았다.

　"'다라리노오비(축 늘어뜨린 띠, 교토 舞妓의 띠 매는 법－역주)'입니다"라고 구메 씨가 무희의 두발이나 의상 등을 설명해 주었다.

　"(그들의) 믿음은?"

　"기온신에 따라 다르지요."

　나는 교토 말씨의 아름다움을 맛보았다.

　기온신, 곧 야사카(八坂) 신사가 받드는 신은 고즈텐노(牛頭天王), 곧 스사노오노미코토(素盞嗚尊)로 나타나 있다. 야사카 신사의 연기(緣起)에 따르면,

　사이메이(齊明) 천황 2년 8월, 천 삼백년 전, 고구려의 조진부사(調進副使) 이리지사주(伊利之使主, 일본음은 이리시노오미－역주)가 대사(大使) 달사(達沙)와 더불어 81인의 사절단을 갖추어 일본 조정에 왔을 때, 신라의 우두산(牛頭山), 곧 증호무리(曾尸茂梨)에 받들었던 신령(神靈)을 봉지하여 처음으로 아타고(愛宕)군 야사카(八坂)향에로 모셔와서 이룬 것으로 되어 있다. 창립 이래 황실의 숭배가 지극했고 그 뒤 산조(三條) 천황 때부터 기온에 납시었고, 세이와(淸和) 천황은 제사 지내는 관리로 하여금 6월 7, 10일 양일에 역병을 물리치는 제사를 거행했던 것이 기온제의 시발이라 적혀 있다.

　매년 기온의 제사는 6월 15일이다. 반도(조선－역주)에 있어서는 유두일(流頭日)이라고 하고 Nyud라고 부르고 있는데, 牛頭의 牛의 한자음이 uNyu인 만큼 이는 流頭日이 아니고 牛頭日이 아닐 것인가. 증호무리는 오늘날의 조선어로도 소 머리라는 뜻이다.

　내가 여기서 말하고 싶은 것은 'イザナギ', 'イザナミ', 'スサノオ'라

는 세 신이 옛 조선에 있어서 신앙되고 존숭된 것이라는 점에 있다. 구마노(熊野) 신사의 부첩에는 오늘날 조선 언문(한글―역주)으로 알려진 문자로 이를 가나(假名, 일본 글자―역주)로 바꾸면,

イサナキノミコト

イサナミノミコト

スサノオノミコト

로 되는 것이다.

이조 성종 이래 옛 신앙, 옛 신사(神祠)를 타파하였기에 오늘날에는 옛 것은 말 속에만 찾을 수밖에 다른 도리가 없거니와, 오늘날에도 조선의 민간에서는 '사나기'님이 마을을 지켜준다고 하여 봄·가을로 제사를 지내고 있다. 게다가 '이사나키'는 조선어로는 최초의 남성, '스사나미'는 최초의 여성 또는 어머니의 뜻이고, '스사노오'는 남자, 또는 맹렬한 남성이라는 뜻이다.

나는 교토 인상기로 이 이상 더 많이 말할 수 없다. 다만 내가 역사, 민족, 특히 언어에 의해 일본과 조선 양민족은 혈통에 있어서도, 신앙에 있어서도 같은 조상 같은 뿌리이며, 일본어도 조선어도 조금만 노력하면 공통시대의 어근에 이를 수 있다는 사실을 말함에 족하다.

요도노 씨는 가와카미 씨와 나를 위해 제3차 주연을 베풀어 주었다. 이 얼마나 아름다운 우정인가. 자정까지 마시며 떠들었다. 요도노 씨는 "그대가 교토에 온다면 한 달이고 두 달이고 우리 집에 머물게 해주겠다"라고까지 말했다. 그 말에 귀가 솔깃해서, 설마 요도

노씨 집에 머물기야 하겠냐만, 하다못해 석 달 정도 교토나 나라에
머물며 구경하고 싶다. 그리하여 아름다운 역사와 예술과 인정에 젖
어 보고 싶다.

李光洙, 「三京印象記」, 『文學界』, 1943. 1. / 김윤식 옮김

李光洙의 글쓰기

이 글은 일본 순문예지 『文學界』 1943년 1월호에 실린 것이다. 1942년 11월 초순, 일본 동경에서 열린 제1회 大東亞文學者大會에 유진오, 박영희 등과 참가한 이광수가 동경, 경도, 이세(伊勢) 등 일본 옛 수도를 여행한 소감을 쓴 것이다. 이 글에서 제일 주목되는 것은 香山光郎으로 창씨개명(1940. 2. 11.)한 이광수가 그것을 버리고 본명을 표나게 내세웠음에서 찾아진다. 식민지 조선의 대표작가 이광수가 종주국 일본 문단의 중심인물들과 어떻게 예의를 정중히 갖추어가며 보이지 않은 싸움을 벌였는가를 생생이 드러내기 위해 그는 본명을 썼다. 이 글은 그가 어떻게 자존심을 회복했는가와 맞물려 있다. 그 자존심 회복의 방법론의 중심에 놓인 것이 다름 아닌 불교였다. 인연설에 기초한 불교에서 보면 고대와 현대 일본과 조선 등의 시공적 차원이란 실로 무의미한 것이다. 시방 볼모로 잡혀온 식민지 작가 이광수이지만 저 불교의 처지에 서면 어떠할까. 일본국이 국빈으로 초빙한 백제의 혜자 대사, 고구려의 담징일 수도 있지 않겠는가. 이광수는 가만히 외쳤다. '너희가 불교를 아느냐'라고. '너희가 나라(奈良)시대, 한반도의 대스승들을 아느냐'라고. 3세 인연이란 돌고 도는 것, '언제 처지가 역전될지 아느냐'라고.

요컨대 이 글은 조선인 문학자 이광수와 일본의 대표적 문학자와의 눈에 보이지 않는 치열한 싸움을 다룬 것이며 이 싸움에서 여지없이 이광수 쪽이 이기고 있는 형국이다. 술을 먹여 속마음을 실토케 하고자 덤비는 일본 문인의 흉계를 간파한 이광수의 이런 반격은 그만큼 이광수의 문사다운 역량의 드러냄이라 할 것이다.

이 싸움을 엿본 제3자의 증언이 남아 있기에 이를 보이기로 한다.

나라(奈良)호텔의 두 번째 밤이었다. 춥기에 바에 가니까 지난밤에 왔던 카와카미 데쓰타로(河上徹太郎) 씨가 있었다. 옆에는 이광수 씨와 쿠사노 신페이(草野心平) 씨가 앉아 있었다.

무심코 들어갔더니, 어젯밤과는 공기가 달랐음이 느껴지자마자 쿠사노 씨가 이광수 씨에 대하여 하는 뱃속 깊은 곳에서 나오는 소리기 들렸다. 그것은 이광수 씨에의 격한 비난이며 그것도 눈물을 흘리는 그런 것이었다.

나는 서먹하여 떠나려 했지만 카와카미 씨의 권유로 의자에 앉아 잠자코 듣고 있었다. 이씨에 대해 쿠사노 씨와 카와카미 씨가 비판을 가하고 있었다. 이전의 사정은 알지 못하나 반도 작가로서의 괴로움을 우연히 누설한 일에서, 그러한 괴로움을 내세워 어쩌겠다는 것인가, 문학의 괴로움이란 이런 것이 아니다, 라고 야단치고 있는 것처럼 보였다.

나는 여기서 그 논의를 적고자 하지 않는다. 단지 조선 문학의 창시자인 이광수 씨와 평론가 카와카미 씨와 시인이자 난징 정부의 문화공작에 임한 쿠사노 씨가 정색을 하고 자기 속내를 모조리 털어 내고 있는 그 진지함에 감동되었음을 고백하고 싶은 것이다. 나는 내가 야단맞는다고 생각했다(「대회의 인상」, 『文藝臺灣』, 1942. 12, p.21).

대만 작가인 하마다 하야오(濱田隼雄)는 이렇게 이 글을 끝냈다. "나는 촌놈이라고 생각했다. 구사노 씨와 카와카미 씨에 양손을 잡혀 고개를 끄덕이고 있는 60에 가까운 이광수 씨가 부러워마지 않았다"라고.

이 장면을 두고 일본의 평론가 카와무라 미나토(川村湊) 씨는 이렇게 적었다.

　　이름을 바꾸고, 말을 바꾸고, 이민족의 낯선 고장의 신을 섬기는 신전에 머리를 조아리고, 침략하여 식민지 지배를 하고 있는 나라의 왕의 궁성을 요배하며, 그리하여 그 왕의 인자함을 말로써 할 수 있는 데까지 칭송하고 있다. 그러한 스케줄을 거쳐 온 이민족의 문학자가 술좌석에서 반도 작가로서의 괴로움을 입 밖으로 내었음이란 오히려 당연하지 않았을까. 거기에다 대고 그 따위 괴로움을 토로해서 어쩌겠다는 것인가라고 공격하는 일본 문학자야말로 문학자의 이름에 값하지 않는, 델리커시(신중함)가 없음이다. 아니 신중함의 없음이라는 온건한 표현이 아니라 차라리 범죄적인지도 모른다. 그들은 이민족의 문학자들의 그 '내면'을 검열하고 감시하는 검열관, 스파이 몫을 했던 것이다. 적어도 일본인을 제외한 중국, 만주, 몽골, 조선, 대만의 대표자들은 일본어만을 사용 언어로 한, 일본어에의 통역은 있어도 그 거꾸로는 없었던, 이들 이향의 세레모니에 내심으로는 진절머리가 났으리라. 동상이몽의 여행이 도쿄, 이세, 교토, 나라에로 이어져 있었다(『만주붕괴』, 문예춘추사, 1997, p.13).

제1회 대동아작가문학자대회의 명목상의 회장은 키쿠지 칸(菊池寬)이었지만 실질적 운영자는 사무국장인 카와카미 데츠타로였다. 실상은 그러니까 그와 이광수의 대결이었다.

승부는 카와카미의 일방적 패배로 드러났다. 그 원인을 찾는다면 먼저 장소를 들 것이다. 매우 어리석게도 카와카미는 대결의 장소로 나라를 택했다. 거기에 호류지가 있지 않겠는가. 또 야쿠시지의 국보 성관음이 있지 않겠는가. 김석형의 삼국 분국설이 아니더라도 고대 나라에서는 반도인이 한 수 위에 군림하고 있었다. 香山光郎, 그는 야마토 조정으로부터 초빙된 문화사절단 또는 기술고문단의 우두머리였던 것이다.

카와카미가 실수한 두 번째 문제는 술에 취한 香山光郎가 불교적인 고대인으로 돌변한다는 점에 있었다. 곧 법화경 행자라는 사실이 그것이다. 시방세계(十方世界)를 안고 있는 李光洙는 이미 불법(佛法) 그 것이어서 동일률로 겨우 버티고 있는 서구식 근대 제국주의의 얕은 논리로는 엿볼 수 없는 그런 엄청난 무량의 세계였던 것이다. 그런 세계 속에서 보면 오늘의 주인격인 카와카미는 한갓 李光洙의 종복이거나 마소였는지도 모른다. 조선인 李光洙가 스스로를 두고 그 고대명칭이 香山光郎라 우길 때 현대 제국주의 국가의 국민 카와카미는 설 자리가 위태롭게 될 터이다. 李光洙 그는 반도에서 온 일본 제국의 '국빈'에 다름 아니었다. 적어도 나라에서의 상상력은 이처럼 불법이 보장했기에 결코 망상일 수 없다.

이상에서 보듯이 카와카미의 실수는 자명했다. 술을 먹여 그 속내를 알아내고자 덤빈 행위 자체야말로 승패의 분기점이었다. 술에 취할수록 香山光郎는 가면을 벗고 조선인 李光洙가 되었는데, 여기까지는 카와카미가 겨냥한 곳이지만, 그가 몰랐던 것은 술이 취할수록 그 조선인 李光洙가 오늘의 식민지 조선인이 아니라 고대인 조선인으로 환원된다는 사실이었다. '가면 없이는 춤추지 않는다'는 명제를 카와카미가 끝내 알아차리지 못한 증거이다. 李光洙, 香山光郎, 그는 노회하기에 앞서 필사적인지라 결코 이 가면을 벗고자 하지 않았다.

고대인이자 보살행으로 변신함이 그가 도달해야 될 이상이라면, 그 도달해 가는 도상에 잠시 나타난 명칭 중의 하나가 香山光郎였을 터이다. 이러한 그의 이상이 제일 잘 나타날 수 있는 데를 그는 다음 두 가지 시공간에서 찾아냈던 바, 그 하나가 위에서 살핀 나라와 법화경 사상이었다. 香山光郎라는 탈을 쓴 李光洙가 법화경을 가져와 쇼토쿠 태자를 가르치며 호류지 벽화를 그리며 또 백제 관음상을 깎고 있었다. 스파이 행위를 감행하고자 한 카와카미가 당황할 수밖에 없었던 것은 나라와 호류지가 그의 눈을 가졌음에서 말미암았다. 천황을 위한 보살행을 망설임도 없이 외치는 香山光郎의 가면을 벗기고자 덤볐던 근대인 카와카미는 저도 모르게 고대인이자 호류지를 만든 쇼토쿠 태자가 되어 香山光郎 앞에 머리를 조아리는 형국을 빚어냈다. 시간과 공간이 초월된 세계 앞에 둘이 나란히 섰던 까닭이다. 만일 불교의 보살행을 그대로 믿는다면 마귀든 천황이든 아무런 차이가 없을 터이다. 그렇지만 시간과 공간을 구분, 이를 삶의 차원에서 인식한다면 천황을 향한 香山光郎의 보살행은 혼란을 초래할 수밖에 없게 된다. 시공을 초월하는 무기(탈)를 가진 香山光郎와 시공 속에 노출된 카와카미의 겨눔에서 승리는 응당 전자 쪽이었다 (김윤식, 「일제말기 한국작가의 일본어 글쓰기론」, 서울대출판부, 2003, 제2부 5장 참조).

III

동포에게 보낸다

그대는 내가 말하는 것이 갑자기 수긍되지 않겠지. 무리도 아니리라.

첫째, 조선이 제국의 병참기지로 되기 위해서는 조선인의 충성이 제일 요건이라는 뜻이다. 가정하기에도 매우 불길한 것이지만 어느 때 이천 삼백 만이나 되는 조선인이 악한 뜻을 품었다고 가정해 보시라. 그리하여 그것이 일으키는 비상시라고 상상해 보라. 그렇게 되면 병참기지란 어떻게 되는 것인가. 논할 것도 없는 일이 아니겠는가.

조선인이 일본은 내 조국이다, 일본이 번영하고서야 조선인의 생명도 번영도 있는 것이다, 라고 확신하는 것을 전제로 하고서야 병참기지는 안전성을 확보하는 것이라네.

「동포에게 보낸다」가 실린 『京城日報』(1940. 10. 1.)

동포에게 보낸다

••• 香山光郎

그대와 나

그대. 나는 그대에게 마음속에 있는 것을 모조리 털어놓고자 한다. 바야흐로 그 시기에 이르렀다. 연이 되어 그대의 마음과 내 마음을 동시에 무르익게 되었음을 믿는다. 그러기에 내가 청하고자 하는 마음이 일면 그대는 이에 응할 마음이 준비되어 있다고 생각한다. 그리고 내가 호소하고 싶은 것은 하나에서 둘까지 그대 가슴에 이르리라고 여긴다. 그리하여 내가 그대라 부르는 것은 일본인 전체를 말하는 것이며 나라고 자칭하는 것은 반도인(조선인-역주) 전체를 뭉뚱그린 것이라 알아주시게나.

그대. 우리들은 지금부터 참으로 하나가 되지 않으면 안 되리라. 그리하여 일본이라는 같은 배를 타고 영원의 바다를 항해하지 않으면 안 되리라. 이는 실로 예사로운 일이 아닌 것이라네. 일찍이 인류가 상상한 바 없는 대사업인 것이라네.

그대. 그대의 처지에서는 귀에 새롭게 들리지 않을지도 모르겠다.

뭐라고? 조선이 일본과 하나로 된 것은 이미 삼십 년도 전의 일이 아닌가, 라고 말할지 모르겠다. 그야 당연한 일이 아닌가라고. 일한 합병이 이루어진 것이 메이지(明治) 10년(1910 – 역주)인 바, 오늘(1940 – 역주)까지 헤어보면 꼭 30주년이다. 그러기에 그대와 나, 나와 그대가 진짜로 하나로 되지 않으면 안 된다고 외치는 것은 가소롭게 들릴 것이리라.

그러나 그대, 사실을 잘 생각해주길 바란다. 병합 당시부터 오늘에 이르기까지 두 민족의 결속은 실로 느슨한 것이었다, 라고 하는 것은 진심에서 나온 것이 아니라는 뜻이라네. 이런 말은 도에 지나칠지 모르나 내가 보는 바로는 이것이 진실이라네. 적어도 내 기분으로는 과거 30년간 싫고 싫으면서도 끌려간 형국이었다네. 그것은 진심으로 나는 천황의 적자(赤子)이며 대일본제국의 신민이라는 자각에서가 아니었다네. 그것은 어쩔 수 없는 복종이라고 생각한다. 과거 나는 일장기(일본깃발 – 역주)를 걸었다네. 만세도 불렀다네. 그러나 그것은 참된 감격에서 나온 것이 아니었다네.

그대 쪽에서도 내 이런 심정을 눈치 챘으리라 여겨진다. 그리하여 기괴하다고 분개도 했을 터이다.

그대여. 그대의 분개도 당연하다. 일본 국민으로 되어 있으면서 국가에 충성을 맹세하지 않으면 그것은 용서될 수 없는 죄악이리라. 죽여 버려도 아까울 것 없는 것이리라. 그러나 같은 일본 국민이면서도 국가에 대해 감격이 느껴지지 않는 내 처지가 되어 보시라. 그대의 심정도 몇 배 쓰리지 않았을까. 총명한 그대에겐 이 주변의 소식이 살펴지고도 남으리라.

그러나 그대. 그것은 이미 지난 일이라네. 이미 장사 지낸 것이라네. 그러기에 지금 새삼 그런 신상의 얘기는 할 필요가 없다네. 금후의 일을 얘기하지 않겠는가. 그대와 내가 하나로, 언제까지나 하나로 (일부러) 기운이 나게 하지도 말고 또 싫다고 도리질 하지도 말고 한쪽이 다른 한쪽을 이끌지도 말고 참으로 서로의 마음과 마음이 만나서 참으로 서로 사랑하고 동정하며 이끌어 세워 보다 힘센 문화의 한층 높은 일본을 올려 세울 논의를 하고자 해야 하지 않겠는가.

나의 참회

그대. 그대는 잘도 나를 비꼬곤 했다네. 외고집이어서 거추장스럽다고 말이야. 사람들이 말하는 것이나 심정을 솔직히 받아들이지 않는다고 말일세. 그대에게 자백컨대 그대가 말한 것은 전부 맞았다네.

한마디로 말하건대, 그것은 모두 의심하는 근성에서 온 것이라네. 위정자들이 반도인(조선인이란 말을 피하기 위한 용어로 내지인과 구별하기 위한 말–역주)에 대해 행한 정책이란 모두 내 의사와 이익을 안중에 둔 것이 아니라고 망령된 추측을 해 왔다네.

그러나 그런 망령된 추측에서 눈뜬 지금의 안목으로 보자 과거 30년간에 걸쳐 나를 위해 행한 모든 것은 천황의 마음이 드러남이었음이 분명해졌다네. 교통이 열리고 교육이 보급되고 위생시설이 완비되고 치안이 확보되고 산업이 진흥되어 우리들은 30년 전에 비해 매우 높은 문화를 향수하고 있다네. 이러한 것이 일시동인(一視同仁, 일본과 조선을 동일시하는 구호, 친소 차별 없이 인애를 실시하는 것, 한유의 글 「原

人」에서 온 말-역주)의 천황의 마음의 드러남이 아니고 무엇이겠는가.

그러나 그대여. 나는 아무래도 지금까지 이런 등등의 사실조차 나를 위해 한 것이 아니라고 곡해하지 않으면 안 될 정도로 뒤틀려 있었으리라. 그렇다. 이런 사실을 아무리 나라고 해도 보지 않을 도리가 없었다네. 본 것은 분명 보았다네. 오직 그것은 나를 위해 한 것이 아니라고 굳게굳게 스스로 타일렀던 것이기도 했다네. 조선에 산업이 발달하면 그럴수록 문화가 높아지면 그만큼의 정도로 그러한 부문에서 생기는 맛있는 것을 극명히 모아서, 그리하여 당연히도 이러한 것은, 내게 이익이 되는 것이 아니다, 아니라, 반대다, 내 행복과 생명을 중독시키는 것이다, 라는 결론을 이끌어내었던 것이다.

그대여. 내가 말하고 있는 것은 과장도, 아무것도, 아니다. 문자 그대로 진실인 것이라네. 이상하게 들리면 어떤 반도인이라도 붙잡고 탁 털어놓고 물어 보시라. 그 누구도 나와 같은 말을 그대에게 틀리지 않게 고하리라.

그대처럼 솔직하게 자란 사람에겐 나의 이러한 뒤틀림은 이해하기 어려울지 모르겠네. 그런데 지금 생각해 보니 이렇게 오래전부터 철저하게 내 목소리를 어지럽힌 원인이 있었던 것이다.

그 원인이란 것은 첫째로, 유럽 나라들의 식민지정책이다. 나는 인도나 안남(安南, 베트남-역주)의 운명을 눈앞에서 보아왔고 동경(東京)의 대학에서 식민지 정책이란 강의를 들었다네. 그리하여 나는 조선도 인도나 안남과 운명을 같이 할 것이라 여겼던 것이라네. 피착취와 노예화, 이것이 내게 주어진 운명이라 여겼던 것이라네.

그대여. 과거 30년간 위정자나 민간의 뜻있는 자들이 내지(일본 본

토-역주)와 조선과의 관계란 결코 모국과 식민지의 관계가 아니야,
일시동인의 천황의 마음으로 다스려지고 있어, 라고. 친절히 내게 말
해주더군. 그러나 내게는 그런 것을 받아들일 마음의 준비가 되어
있지 않았다네. 그리하여 그것을 나를 달래기 위한 것이든가 아니면
민간의 그 뜻있는 자들 자신도 위정자의 참된 의도를 알지 못하는
인도주의자이리라는 정도로밖에 간주하지 않았다네.

어째서? 어째서 나는 저토록 위정자나 민간 간 의인(義人)의 친절한 의
견조차도 악의로만 이해하고 말았을까. 여기에 제 이의 원인이 있다네.

그것은 구체적인 무엇인가의 약속도 주어지지 않았음이라네. 지금
으로부터 14, 5년까지는 어째서 내게 참정권을 주지 않는가. 그러기
에 일시동인이 아니다, 라고 결론지은 것인데, 그 뒤 한층 실제적으
로 되어 나는 이렇게 추리했다네.

곧, 만일 반도인을 참된 일본신민으로서 평등하게 취급하기라면,
먼저 의무교육을 실시해야 하리라. 그리고 나서는 징병령을 조선에
시행하리라고. 그렇게 되면 나도 일시동인의 큰 천황의 마음에 젖어
받들어 조선이 다스려지리라고, 비로소 나는 믿을 수 있게 되었다고.

그렇지 않은가, 그대. 내 추리도 짐짓 무리는 아니지 않은가.

거짓 아닌 참회

참정권이란 어째서 없는가에 대해 말할 필요가 없지만, 의무교육
이 실시되고 징병제가 실시되어 조선인 아이들이 모두 국민교육을
받고 그 장정이―진짜 사내들이지요―병정이 되어 총을 들고 과감히

일어났다.

　그대여. 이렇게 되면 내가 완전히 일본신민 되기를 떨친 것이 아닌가. 그것은 형식적인 제도 투성이만이 아닌 것이라네. 내 아이가 폐하의 군대에 들어가 있다면 나는 마음으로부터 일본신민이 되지 않을 수 없지 않은가. .

　그대는 내가 하는 말이 본말전도라고 하는가. 내가 신민이 되지 않았던들 아이가 병대(兵隊)로 되지 않는다고 말하고자 하는가. 아니다. 아니다. 그대야말로 인과(因果)의 전도의 곤란에 빠진 것이라네.

　그대여. 나는 그대에게 중대한 사실을 고할 참이다. 그것은 다름이 아니다. 조선의 민중은 기실 조국에 굶주려 목말라 있다, 라고. 설령 내가 비뚤은 데를 보일지라도 그것은 자기가 헛되게도 일본신민으로 되지 않기 때문이며 또 될 가능성도 없다는 자포자기에서이다.

　그대여. 몇 번이고 몇 번이고 나는 '너는 국가에 대한 충성이 없다'라고 야단맞아왔다. 그것은 사실 그 때문이다. 나에겐 충성이기는 커녕 타협조차 있으랴라는, 반역의 심정조차도 전혀 없었다고는 할 수 없다네.

　그러나 그대여. 나는 이렇게 말하고 싶었다네. 내게 충성을 보일 기회를 달라, 라고. 나를 식민지 토인으로서가 아니라 폐하의 적자로서, 국민의 평등한 일원으로서 일본을 사랑하고 일본을 조국으로서 그리하여 이를 보호하기 위해 생명을 바칠 수 있게끔 할 수 있는 기회를 달라라고.

　그러나 나는 지금까지 그런 것을 입 밖으로 내고 싶었을 뿐이었다네. 왜냐면 그것은 통하지 않으리라고 마음단속을 했기 때문이라네.

158

그대여. 실제로 내가 그대에게 호소하는 것은 이것이 처음이라네. 나는 다른 것은 몰라도 조선을 이렇게 해다오 저렇게 해다오라는 것에 관해서는 지금까지 한 번도 말한 바 없고 한 줄의 글도 쓴 바 없다네. 왜냐면, 그런 것을 해도 아무 소용이 없다는 것을 굳게 마음단속을 했기 때문이라네.

그대여. 인도인에게 영국을 사랑하라고 한다면 이는 술주정이라네. 안남인에게 프랑스를 위해 목숨을 바치라 했다가 힘껏 걷어차여 쫓겨날지 모르는 일. 마음으로 충성할 기분이 될 이치가 없지 않은가. 그래서 나는 내 뒤틀림을 일관되게 지켜온 것이라네.

그렇지만 오늘이라는 이 오늘은 친애와 기쁨으로써 그대에게 호소하지 않으면 안 되게 되었다네. 내 심정을 삼십년이나 닫아온 헛것의 얼음이 녹아내렸다네. 나는 맘속으로 그대를 동포라고 부르게 되었다네. 나는 기쁘다네. 이로써 기쁘다네. 이 편지를 쓰고 있자니 흡사 연인에게 편지를 쓸 때 모양 가슴이 울렁거린다네. 그대도 이 편지를 읽을 땐 이 졸렬한 문자에서 내 심장의 고동을 듣고 있으리라 믿는다네. 그리하여 내가 시방 기쁘듯 그대도 기쁘리라 믿는다네.

내가 어째서 이렇게 변했을까. 그렇다. 그 점을 얘기하고자 하네. 이는 내가 가장 말하고자 하는 바이며 그대 쪽에서도 제일 듣고자 하는 것이리라.

내가 아마테라스(天照, 해의 여신, 일본천황의 원조―역주)의 큰마음을 느꼈다는 것, 한마디로 말하면 바로 이것이라네.

완고한 내 마음을 풀어준 것은 지나사변(支那事變, 중일전쟁, 1937. 7.~―역주)과 미나미 총독(南次郎, 1936. 8.~1941. 4.에 걸쳐 조선총독 역임―역주)

이었네. 지나사변은 아시아의 장래 운명과 일본의 국가적 의도 및 정신을 내게 보여주었고 미나미 총독은 '대동아질서의 건설은 내선일체를 기초로 한다'고 언명하여 교육의 차별철폐, 징병제도 등을 실행했다네. 조선총독부 당국자의 해명에 따르면 소화 25(1950)년까지는 의무교육의 실시가 완성되리라 하며 근간에 사실상의 징병, 곧 지원병의 증가에 의한 국민교육을 받은 자 전부에 징병 검사를 실시하게 되었다고 했고, 또한 미나미총독 자신도 될 수 있는 대로 속히 조선에 징병령을 실시하고 싶다고 말했다네. 그러나 이러한 정책이란 사람이 바뀌면 변하는 그런 정책이 아니라 천황에 상주를 거쳐 국책화된 것이라고 삼가 듣고 있다네.

이로써 아무리 뒤틀린 나도 드디어 국가가 조선을 대하는 진의를 이해하고 신뢰하기에 이르렀다네.

'천황의 신과 그대와 이어져 야마도(大和, 일본의 옛이름─역주)도 고려(高麗)도 하나로 되자꾸나.'라고 읊게 되었다네(이광수, 자작 일본식 단가(短歌)). 이것은 내 거짓 없는 감회라네.

내선일체의 가능성

그대는 앞에서 말한 내 감회를 듣고 아마도 손색이 없다고 여기리라. 반도인이 그런 투로 생각해 준다는 것은 국가를 위해 다행한 일이라 생각하리라. 그러나 그대의 가슴을 쪼개어 보면 같지 않을 점이 하나나 둘 남아 있을지 모른다네. 이렇게 말하는 것은 곧, 첫째 반도인이란 얼마나 믿을 수 있는가, 둘째로는 수시로 오랫동안 다른

160

두 민족이 그렇게 하나로 될 수 있을까라는 의문이라 여겨진다네.

　그대여. 나는 우선 둘째 의문부터 따져보고 싶다네. 이것이 풀리면 첫 번째 의문도 저절로 풀릴 성질이기 때문이네.

　역사가 다른 양 민족이라는 투로 말하는 것은 말만의 걱정이 아니라네. 반도인 자신도 아직 여기에 대해 확신을 못 가진 자 많다고 생각된다네.

　만일 영국인과 인도인이 혼연일체로 된다면, 아마도 천하 그 누구 한사람도 이를 믿지 않으리라. 그것은 핏줄도 문화도 너무 다르고 게다가 지리적으로도 순치보거(脣齒輔車)의 관계가 아니기 때문이라네. 마하트마 간디나 라빈드라스 타골이 아무리 영국의 풍습이나 관습에 익숙히 동화되었다 치더라도 누구의 눈에도 결코 그들이 영국인으로 보이지는 않으리라. 더구나 기독교문명과 인도문명이란 결코 조화될 성질의 것이 아니다. 그렇지만 영국인과 미합중국 사람이 하나로 되고자 한다면 이는 가능한 것이 아닐까. 이 양국이 민일 지리적으로 가까이 있다고 가정한다면 당초에 분리되지도 않았을 테고, 일시 분리되었더라도 끝내는 다시 하나로 되리라 생각되네.

　그대여. 일본과 조선과의 관계란 영국과 인도의 관계와 비교될 바가 아니라네. 과연 과거 수천 년 간 다른 지역에 분포되어 다른 국민생활을 해온 것은 사실이지만 상고시대의 동조동근(同祖同根, 조상의 뿌리가 같다는 내선일체설－역주)은 별도로 하고라도, 다른 국민생활을 하고 있는 동안에도 피와 문화가 끊임없이 교류해 왔던 것이다. 지금의 일본인 속에는 조선반도의 혈통을 직접 잇고 있다고 추단되는 사람만으로도 그 수가 일천팔백만 이상이라 말해지고 있다네. 이것은 헤이안조 시대(平安朝, 강무천황의 平安京 정도 이후 가마쿠라막부 성립까지 약 4백 년-역주)의 성씨록 등 자료들에서 추산한 것이나 성씨록에 기록되지 않은 이주민 쪽이 기록된 쪽보다 많을지도 모른다네. 이렇게 들어온다면 일본민족과 조선민족과의 관계가 영국인과 미합중국민의 관계에 혈통적으로 비교될 수 있다는 내 말이 결코 방언이라 하지 않을 터이다.

첫째, 얼굴이 닮지 않았는가. 말과 옷을 뺀다면 어느 쪽이 어느 쪽인지 구별되지 않지 않은가. 그대와 내가 어디에선가 갑자기 마주친다면 말을 해보지 않고는 일본인인지 조선인인지 알지 못할 것이 아닌가.

다음으로 문화를 생각해 보자. 첫째 신도(神道)에서 볼 때 두 땅이 공통이라네. 조선에서 고신도적(古神道的) 색채가 제거되기 시작한 것은 이조(조선조-역주) 성종 중종 무렵, 4백 년 전 무렵이라네. 그것은 유교가 성행하여 중국숭배 사상에 중독된 까닭이었다네. 그렇지만 오늘날 조선민족의 종교 감정은 고신도와 불교가 혼합된 것인 바 이는 내지의 경우와 다르지 않다네. 오늘날 내지에서 받들어 모시고 있는 신으로 조선에서 온 것으로 내력이 명백히 밝혀진 것만 해도 경도(京都)의 평야신사(平野神社)의 신을 비롯 수다한 백산신사(白山神社) 등을 여럿을 들 수 있을 정도라네.

그 다음으로 불교에 있어서 두 땅의 관계는 너무도 잘 알려진 것으로 특별히 떠들 필요가 없으리라 여겨진다네. 일본 불교의 전래가 백제에서이며 쇼토쿠 태자(聖德太子, 574~622, 법륭사를 세운 이, 스이코 천황의 태자로 권력을 쥔 인물-역주)에게 법화경(法華經)의 강의를 한 이는 고구려의 중 혜자(惠慈)라고 불교나 절에 관해서 말하기란 새삼스럽다고 여길 수 있겠는가. 전교(傳敎)도 그러하다. 예술 공연도 그러하다네.

병참기지로서

신도, 유교, 불교, 예술, 공예 그리고 언어, 이를 합친 것이 문화가 아니겠는가. 이 문화에서 생긴 것이 사상이며, 인정이며 풍속이며 국민정신이란 것이다. 언어의 경우에도 일본어에 흡수된 조선어원의 언어는 영어에 있어 라틴어의 숫자보다 적지 않으리라 여겨진다네.

그러기에 그대여. 그대와 나란 혈통에서 보아도 종형제(사촌) 동지라네. 그밖은 아니라네. 그러기에 나는 혈통과 문화 쪽에서 보아 같은 신의 후손이며 같은 천황의 신민으로 되기에 하등의 무리도 없다고 여긴다네.

그렇지만 혈통이나 문화만으로는 내선일체가 이루어지지 않으리다. 그것은 영국과 미합중국이 하나로 되지 않음을 보아도 알 수 있다네. 양 민족이 하나로 국민으로 결합함에는 이상(理想)과 이해(利害)의 일치가 필요하다네. 그렇다면 그대와 나 사이엔 이상과 이해가 일치되고 있는가. 이 점이 분명해진다면 우리들의 이론은 이미 끝날 터이라네.

그대여. 조선은 일본의 대륙경영의 병참기지라 일컬어지고 있다네. 그것은 그럴듯한 것이리라. 그러나 군(軍)에서 말하는 병참기지로 보아버린다면 흡사 토지 그것만을 가리킴으로 되고 말리라. 조선반도라는 땅이 지리적 관계로 해서 병참기지의 몫을 할 것으로 들린다네. 그러나 나는 그렇다고 여기지 않는다네. 조선반도의 주민도 병참기지의 몫을 하는 것이 아닌가라고 생각한다. 곧 조선의 마음이 일본의 대륙 경영에의 병참기지로 되지 않으면 안 된다고 말하는 것이라네.

그대는 내가 말하는 것이 갑자기 수긍되지 않겠지. 무리도 아니리라.

첫째, 조선이 제국의 병참기지로 되기 위해서는 조선인의 충성이 제일 요건이라는 뜻이다. 가정하기에도 매우 불길한 것이지만 어느 때 이천 삼백 만이나 되는 조선인이 악한 뜻을 품었다고 가정해 보시라. 그리하여 그것이 일으키는 비상시라고 상상해 보라. 그렇게 되면 병참기지란 어떻게 되는 것인가. 논할 것도 없는 일이 아니겠는가.

조선인이 일본은 내 조국이다, 일본이 번영하고서야 조선인의 생명도 번영도 있는 것이다, 라고 확신하는 것을 전제로 하고서야 병참기지는 안전성을 확보하는 것이라네.

조선반도가 병참으로 된다는 것에는 중공업 그것도 포함되리라. 지금 압록강 한강 하류는 대공업지대로 화하고 있다. 풍부한 수전(水電)과 노력과 부지도 그리하여 대륙시장에의 거리와의 관계에서 지나사변(支那事變)도 원만히 수습된다면 조선은 급속도로 공업지대화될 것으로 생각되거니와 군사적 정치적 병참기지에 못지않게 이런 산업적 기지를 보호하는 것도 조선인의 애국심에 기대지 않으면 안 될 것이라네.

그 다음에 그대여. 더욱더욱 큰일로서 국가가 조선인의 충성에 기댈 바가 있다는 점이라네. 그것은 인물자원이다. 다른 방향은 잠시 덮어두고 국방에 있어 인적 자원을 조선인에 기대지 않고도 그만일까. 국경은 사변전의 수십 배에 늘어져 있지 않은가. 만주국만이 아니다. 신생한 지나(중국)까지 방위해야 할 임무를 띠고 있지 않은가.

그런데 적국일 개연성이 있는 상대국의 수는 보라. 위기는 날로 날로 심각해지고 있지 않은가. 그러기에 일본은 시방 점점 병력을 필요로 하고 있으리라. 그러나 이번 사변관계로 지금으로부터 20년 후의 장정 수는 줄어들 형편이다. 구구하게 말할 필요가 없다네. 조선인은 일본의 국방력의 삼분지 일을 맡을 필요가 있다네.

백일몽이 되어서야

그대여. 나는 이것을 기뻐하고 있다네. 곧, 스스로가 정말로 제국의 운명에 중요한 역할을 갖고 있다는 것을 기뻐하는 바이라네. 이러한 중책을 느끼는 것이야말로 내선일체의 요체도 희망도 있는 것이라네.

그대여. 지금까지 위정자는 조선인에 대해 그 책임의 중대함을 말해 준 바 없었다네. 그것은 혹시 위정자가 이런 것을 말해 들려준다면 조선인이 우쭐해서 지나치게 자부한다고까지 여길지 모른다. 곧 우리들은 이토록 국가에 대해 중요한 임무를 지고 있다고 하면서 거만하게 굴며 밀어붙여 무리난제(無理難題)라도 내세울까를 두려워했기 때문이 아니었을까. 과연 조선인은, 밀어 붙이자고 일부 사람들이 입버릇처럼 말하는 모양이나, 그것은 어른다운 생각이 못된다. 이러한 점이라면 크게 밀어붙이는 편이 좋지 않겠는가. 크게 밀어붙여 크게 애국심을 분기시킨다면 그 이상 나은 일이 따로 없지 않겠는가. 아무튼, 국방상 필요에서 볼 때 조선인이 나가지 않아도 좋은가, 라고 부자연스럽게 말할 필요는 없다고 생각된다네. 무엇보다 조선인으로부터 지원병을 뽑게 된 것은 사변 이래 조선인이 나타낸 애국심의 아름다움을 드러낸 일로서 자비심 깊은 천황의 마음 씀이다. 조선인에게 국방에 참여할 기회를 준 것이어서 당장 이천이나 일만의 병력을 보충하기 위한 필요에서가 아니라는 것쯤은 나 같은 자 능히 알고 감사하고 있다네. 그러나 장래 너희들은 제국의 국운을 두 어깨에 짊어진 것이라네, 라고 한다면 조선인들은 얼마나 기뻐하며 또 감격할 것이랴.

거꾸로, 이것을 조선인 자신의 처지에서 보면 지금 조선인에 남아 있는 유일한 희망은 평등 또는 동등한 일본인이 되는 것이라네. 이를 제하면 아무것도 없다네. 조선은 이미 일본에서 분리하려는 공상은 포기했다네. 자자손손 평등 및 동등한 일본국민으로서의 영광을 누릴 수 있다면 무엇이 괴로워 대일본제국이라는 넓디넓은 활동 무대를 버리고 답답하도록 비좁은 소국가를 세우고자 하는 생각을 일으키랴. 우리들이 신중했던 것은 국민의 광범한 운명에 언제까지나 잠자코 있어서는 안 된다라는 불투명한 전망이었다. 이는 이미 옛일이 되었다네.

그런데 우리들은 이미 특별지원병(1943. 8. 실시—역주)이긴 하지만, 반도인의 장정이 훌륭한 국군에 편입된 것을 보았고, 머지않은 장래에 있어서는 국민개병으로서 국방의 의무를 짊어질 것이 약속되어 있다네. 반도인이 이 의무를 훌륭히 치른다면 그 이상 아무 문제도 없지 않겠는가. 폐하의 군대 속에 조선인 병사나 장교가 사분지 일 및 삼분지 이라도 더해졌다고 상상해 보시라. 이로써 내선일체가 완성되는 것이 아니겠는가.

정치참여의 문제도 조만간 이루어질 것임은 물론이리라. 요컨대 내가 그대와 동등한 수준에 이르러 같은 감정에 맥박이 닿는 것이라 네. 일시동인의 진면목은 나를 반드시 전혀 무차별의 수준에까지 이 끌어 올릴 때까지임을 믿는다네.

그것이 어떤 형식으로써 이루어질까, 그것은 내가 알 까닭이 없지 만 가령 내지와 동등한 선거권이 조선에도 주어진다면 국회의원 전 체의 약 사분 내지 삼분지 일은 조선인으로 되어야 하지 않겠는가. 이렇게 되어간다면 조만간 조선인 출신의 대신이나 대장을 볼 날도 있다고 할 수 없겠는가.

이렇게 되면 이미 내선일체라는 말도 단지 역사적 존재로만 쓰이 게 되리라. 그때에는 그대의 아이들도 내 아이들도 서로 원적지를 조사해 보고 아, 그대는 조선인이었던가 이런 투의 말이 오고 가리 라. 나는 이런 시기가 반드시 오리라 믿으며 그것도 머지않다고 여 긴다네.

그대는 내가 말하고 있는 것을 백일몽이라고 생각하는가. 그렇다 면 그렇다고 분명히 말해주게나. 아니, 결코 군은 그렇지 않으리라 나는 믿는다네. 불행히도 그대와 내가 말하고 있는 것을 백일몽이라 여긴다면 모든 것이 엉망진창이 되리라.

그대와 나의 노력

그런데, 실제로는 내지인 중에도 조선인 중에도 또한 어떻게 될지 머 뭇거리는 사람이 없지 않다네. 여기에 그대와 나의 노력이 요망된다네.

첫째로 내지인 측의 사람이 말한다면, 조선인은 문화수준이 낮을 뿐만 아니라 언어, 관습 사상이 달라 그렇게 쉽사리 내지인의 수준에는 이르지 못하리라고 생각하는지 모르겠다. 그러나 그것은 기우라네. 그대와 나의 노력 여하에 의해 지금으로부터 사반세기가 지나면 할 수 있을 만큼의 수준에 이르리라 믿는다네. 내 입으로 이런 말을 하는 것이 어떨까 싶긴 하지만, 나도 그대도 인종이 다르다든가 두뇌에 우열이 있다든가라는 정도는 아니라고 생각하네. 또한 문화와 야만의 차이라는 것도 아니지 않은가. 조선인은 고대에 있어서도 고도의 문화를 소화해서 스스로 이루어냈지만 현재에도 또한 장래에도 그 노력을 하리라 믿는다네. 그대여 꼭 이점을 믿어주게나. 단지 과거 수백 년 간 유례없는 비합리적인 정치 탓에 민심이 도덕적으로 타락하고 정력적(精力的)으로는 위축된 것에 지나지 않는다네. 이로부터 새로운 국민적인 감격 속에 기운을 낸다면 아주 훌륭하게 내지인과 발맞추어 갈 노력을 회복하여 가리라 믿는다네.

그대여. 나는 스스로 도취하고는 있지 않다네. 나는 충분히 자기반성의 노력을 할 참이라네. 나는 내 여러 결점을 점점 찾아냄과 동시에 그대의 훌륭한 점들을 이해하고 존경할 수 있을 만큼의 밝음을 갖고 있다네. 예를 들면, 내가 그대보다 정신력이 부족하다든가 그대가 솔직한데 나는 뒤틀려 있다든가 그대가 책임감이 강한데 비해 나는 그렇지 못하다든가 그대에겐 신불(神佛)에 대한 믿음이 두터운데 나는 그렇지 못하다든가 또 그대가 각고 노력의 기질이 있는데 나는 고식적이라든가 또 내가 그대보다 불결하다든가 불친절하다든가 등등 이러한 점들은 부끄러운 것이나 나는 승인한다네. 그러나 나는

결사적으로 내 속에 있는 그러한 것들을 떨치고자 하네. 아니, 지금
도 비상하게 노력하고 있다네. 나는 이렇게 자기 속의 결점에 대해
스스로 편달을 가하고 있지만 또한 내게도 장점이 있다고 여긴다네.
이는 내 입으로 말하지 않겠네. 만일 그것이 필요하다면 그대 편에
서 찾아내어 격려나 칭찬을 해주게나.

　그렇다면 그대와 나와는 어떠한 노선에 따라 노력하지 않으면 안
되는가. 그것은 서로 사랑으로 이해로 존경으로 만나는 것이라고 여
긴다네. 나는 그대를 형님으로 존경하리라. 그러나 그대는 나를 함부
로 아우 취급하지는 마시라. 그대여, 오해하지 말게나. 나의 제안을
잘 음미해 주게나. 그래서 우리들은 서로를 연구하자. 친애하는 형제
의 정애(情愛)로서 서로를 알자꾸나. 그러기 위해서는 무엇보다 접촉
이 제일이라네. 개인 개인, 가정과 가정과의 이해관계를 떠난 단지
우성석인 접촉 그것은 상호 이해와 결부된 불이법문(不二法門, 둘이 다
르지 않는 불교의 가르침—역주)인 것이다. 만약 일만 명쯤 양쪽이 접촉
할 수 있다면 내선일체 촉진의 효과는 그야말로 산술적 비유로는 능
히 알 수 없는 것이리라. 그 공덕은 무량무한이리라. 그대. 그대가 만
약 동경(東京)에 살고 있다면 동경에 있는 조선학생들을 군의 가정에
맞이해 보지 않겠는가. 따뜻하고 정갈한 그대 가정의 하루는 능히
그들의 마음의 언 얼음덩이를 녹이리라.

궁극에 이르는 곳

　그런데 조선에 있어서조차 내지인과 조선인 사이의 개인적 가정적

접촉은 매우 적다네. 서로가 같은 직장이나 회사에서는 친구이지만 서로가 가정에 초대받는 일은 주저하고 있는 것 같다네. 이러고서는 참된 '접촉'이라 할 수 없다네.

그대여. 내 집에 와주지 않겠는가. 그것은 지저분하고 윤기 없는 가정이라네. 차라도 한잔 올리지 않는 경우도 적지 않을 정도라네. 음식이란 그대 입에 맞지 않을지 모른다네. 그러나 그대여. 내 집에 와서 함께 저녁을 먹지 않겠는가. 그리하여 때 묻은 내 이불을 펴 비좁은 온돌방에서 나와 베개를 나란히 하여 자면서 은밀히 얘기한다면 어떠할까. 그리하여 나를 그대 가정의 아름다운 안방에 받아들여다오. 그리하여 서투른 내 예의범절을 고쳐주시게나. 그대 집의 솔직하고 따뜻하고 친절하고 부드러운 나를 젖게 해 주시게나.

이것뿐이라네. 결국은 이것뿐이라네. 그대와 내가 금후 약 반세기 동안 성심성의껏 노력해야 할 것은 필경 이것뿐이라네.

이제 붓을 놓겠네. 그대는 내 어색한 말을 능히 참아주었다네. 고맙네.

'천황의 신과 그대와 이어져 야마도(大和)도 고려(高麗)도 하나로 되자꾸나.'

다시 말함

이 글은 금년(1940년-역주) 3월 말경에 쓴 것으로 이러한 생각이 옳은가 아닌가를 지난 5개월간 음미해 왔다. 최근 경성일보(京城日報) 미타라이(御手洗辰雄, 미타라이 테츠오 재직 1939. 10.~1942. 7.-역주) 사장께서 읽어보시고 이로써 좋다고 했으나 4월 이래 내외 정세가 다소 변했다. 그 하나는 창씨(개명)가 전인구의 7할 9분 3리에 이르렀으며 또 하나는 의무교육의 실시에 관한 것이 유유히 정식으로 발표되었다는 사실이다. 그러나 현재 그 준비를 하고 있기에 쇼와 20년(1945년—역주) 이내에 실시되리라 한다.

또한 4월 이래 변한 것으로는 유럽의 동정이다. 역사도 문화도 밝은 몇 나라가 툭툭 쓰러져 저 프랑스조차 무조건 항복했고 바야흐로 열국이라는 이백년 이래 세계를 내 것으로 해온 대제국의 문명도 아무래도 위험해지고 있다. 구질서가 일소되고 세계적으로 신질서가 생기고 있다. 이 사실은 일본의 사명을 한층 분명히 한 것으로 생각된다.

아리타(有田) 전 외상의 성명에 의해 동양까지도 휘몰아친 동양질서 확립이 목표로 되어 본다면 제국이 지금부터 해야 할 사업은 동아신질서시대보다도 배가되었다고 하겠다. 따라서 인적으로 물질적으로나 한층 커다란 자원을 필요로 하고 있고 국민의 자각 또한 종래보다 긴밀히 이어지지 않으면 안 되리라.

곤에(近衛) 신체제(수상 곤에의 제2차 내각—1940. 7.—구상인 전시체제—역주)도 이 글을 쓰고 있는 동안의 일이거니와 이로써 조선 및 조선인의 사명이 한층 분명해지며 또한 책임도 한층 무거워지지 않겠는가.

▼ 香山光郞, 「동포에게 보낸다」, 『京城日報』, 1940. 10. 1.~9. / 김윤식 옮김

香山光郎의 글쓰기

이 글은 당시 서울에서 발행된 총독부 기관지 『경성일보』(1940. 10. 1.~9.)에 연재된 것이다. 제목 「동포에게 보낸다」(同胞に寄す)에서 말하는 '동포'란, '내선일체(內鮮一體)', '일시동인(一視同仁)'을 전제로 한 것이기에 말 그대로 일본인과 조선인 모두를 가리키지만, 좀 더 자세히 말하면, 일차적으로는 '일본인'을 가리키는 것이었다. 시종 '그대(君)'와 '나(僕)'로 되어 있으며 '나'가 일본인인 '그대'에게 보내는 편지형식으로 된 고백체의 글이다.

1939년의 통계에 따르면 일어 신문 『경성일보』는 발행 부수 61,976부이며 총독부 기관지인 조선어 신문 『매일신보』는 95,939부이며, 민간신문 『동아일보』는 55,977부, 『조선일보』는 59,394부였다. 그러나 『동아일보』, 『조선일보』 등 조선어 신문이 폐간(1940. 8. 10.)된 뒤에는 『경성일보』와 『매일신보』가 급증했다. 1940년도 통계에 따르면 조선인 총 인구 22,954,563명 중 일어 해독 가능자는 3,573,338명이며 1942년엔 5,089,214명으로 되어 있고 1943년엔 『경성일보』 발행 부수 30만 부로 되어 있다(정진석, 『언론조선총독부』, 커뮤니케이션북스, 2005).

「동포에게 보낸다」는 『동아일보』, 『조선일보』의 양대 신문이 폐간

된 지 두 달 뒤이며, 총독부의 일어 사용 강요에 힘입어 바야흐로 독자가 증가하는 『경성일보』에 실렸다는 점에 주목할 것이다.

곧, 1940년 10월의 시점이라면 이광수는 동우회 사건으로 아직 재판에 계류 중인 처지였다. 저명한 평론가이자 『문학계』 편집인인 코바야시 히데오(小林秀雄)에게 보낸 편지 형식의 글 「행자」(『文學界』, 1941. 3.)에서 보듯 장차 자기 신분이 유죄일지 무죄일지 모르는 백척간두에 선 심정이 잘 드러나 있거니와 「동포에게 보낸다」에서도 그러한 절박함이 여지없이 노출되어 있다. 그러나 두 글 사이에는 중요한 차이점이 드러난다. 「행자」는 제목 그대로 일본인이 되고자 일본정신을 배우는 수행자의 심정을 드러낸 것으로 대화숙(大和塾)의 수행과정을 그린 것이며 따라서 아주 낮은 목소리로 뭇사람에게 조심스럽게 쓴 글이라면, 그래서 문학자의 글의 범주라면 「동포에게 보낸다」는 사정이 크게 다르다. '나'와 '그대'라는 도식적 구상에서 보이듯 모든 일본인인 '그대'와 조선인 '나'가 일대일의 대등한 위치에 서고 있다. 그러기에 글의 어세가 매우 당당하고 또한 자신에 차 있을 뿐 아니라 어쩌면 '그대'를 협박하는 형국을 빚어 놓았다. 아시아신질서를 구축하고자 하는 대일본제국이라면 조선의 협력 없이 어찌 가능 하겠는가. 지원병제가 이미 진행되고자 하는 마당임을 직시하라. 제국의 대륙경영의 병참기지로 조선이 놓여 있는 만큼 이 사실을 직시하라. 이렇게 호통 치는 목소리가 이 글에서 가득 울리고 있다. 누가 봐도 이런 식의 글은 문학자의 솜씨라 하기 어렵다. 그럼에도 조선의 최고 문학자로 자타가 공인하는 창씨개명한 香山光郎이 썼다는 것은 어떤 의미를 갖는 것일까. 문제는 이 물음 속에 있다고 할 것이다.

문학자로서 이토록 비문학적인 글을 두고 당시의 일어상용권의 독자층의 반응은 어떠했을까. 여기에 대해서는 어떤 개인의 한 기록이 조금 참고가 될 수 있을지 모르겠다.

中央公論(일본 사상지─인용자)의 편집자가 나를 통해서 춘원의 글 하나를 청했다. 직접으로 편지를 보내는 것이 옳으련마는, 무슨 생각인지 굳이 내게 중간 역할을 해달라는 얘기다. 나는 춘원께 편지를 내서 중앙공론사의 청을 전달했다.

원고는 두어 주일 후에 중앙공론사로 부치어져 왔다. [⋯] 그 원고 내용은 중앙공론에서 기대했던 것과는 너무 거리가 멀었다. 노신(魯迅)급의 관록 있는 수필 하나를 청한 것인데 춘원이 보낸 그 원고는 '그대와 나와 한 잠자리에 자면 빈대 한 마리가 네 피도 내 피도 같이 빨아 먹는다'는 '내선일체 신앙론'이었다. 강담사(講談社)의 「킹」(대중지─인용자)이면 모르되 중앙공론쯤 되어서는 이런 원고를 반가워할 리가 없다. [⋯] 이미 그들은 그 원고의 냄새에 질려서 반환할 구실을 찾고 있는 기색이다.

"이 글이 실리는 것은 나도 반대입니다. 염려 마시오. 내 손으로 원고를 돌려보내지요."

그렇게 대답하고 나는 그 원고에다 편지 한 장을 붙여서 2, 3일 후에 서울로 도루 돌렸다 [⋯] 그 원고가 그 뒤 『경성일보』에 '기미또 보꾸'라는 제목으로 실렸던 바로 그 글이다(김소운, 『삼오당 잡필』, 진문사, 1955, p.120).

두 가지 점이 지적된다. '기미또 보꾸' 곧 「君と僕」라는 제목을 들었으나 보다시피 「동포에게 보낸다」이다. 이 글은 시종 '그대'와 '나'로 되어 있는 만큼 김소운이 이를 착각한 것이 아닌가 싶다. 또 하나 지적될 것은, 이 글 속엔 "나와 그대가 함께 자면 빈대가 함께 피를 빤다"라는 대목이 없다는 점이다. 이 역시 이 글 속의 '그대의 집에 나를 초대하여 이불 속에 나를 받아들여주게, 나도 그렇게 할 테니 운운…'을 김소운이 그네식으로 수용하여 표현한 것이 아닌가 추측된다.

만일 김소운의 이런 기록이 사실이라면, 중앙공론사의 판단 근거도 어느 수준에서 짐작해 볼 수 있다. 곧 그들은 이광수를 조선의 문학자로 인정한 마당에서 청탁했으나 정작 보내온 그 글은, 자작 단가(短歌)인 '천황의 신과 그대와에 …'를 두 번씩이나 읊었음에두 문학자의 글과는 거리가 너무 멀었다고 판단했던 것이 아니었을까. 코바야시 히데오가 「행자」를 실은 것은, 그것이 문학자의 글이라 판단했기 때문이었을 터이다. 이런 대목의 중요성은 무엇일까. 창씨개명한 香山光郎의 글쓰기와 본명 李光洙의 글쓰기라는 두 글쓰기의 범주를 논의 가능케 하는 과제 곧 이중어 글쓰기 공간(1942. 10.~1945. 8.)에서의 문제점에 그것이 닿기에 있을 터이다.

내선일체 수상록

나는 딱 한 번 나의 벗의 가정에 묵은 적이 있지만 그 따뜻하고 아름다운 일본 가정의 인상이 내 혼에 깊이깊이 새겨져 오늘에도 잊혀지지 않는다. 오늘 재경 2만의 학생에게 이런 체험을 갖게 하였으면 하고 생각한다. 일반 조선인이 내지인과 접촉한다고 하면 학생으로서의 선생에, 인민이면서 경찰관이나 기타 관리에 그리하여 상인에 한정되겠지만 이는 늘 그리운 인상을 남길 것 같은 것은 아니다. 오히려 그 반대의 경우가 많다. 적어도 과거에 있어서는 그러했다. 가정의 도코노마에서야 비로소 내지인은 그 본연의 친절이나 아름다운 정미를 보이는 것이다. 협화사업은 선생이나 경찰관이나 관리나 기타 다른 사람들이 한쪽의 괴로운 상하의 관계를 벗어나 도고노마의 정취로써 임해주는 것이리라. 나는 적실히 그러하기를 원하고 또 희망하지 않을 수 없다.

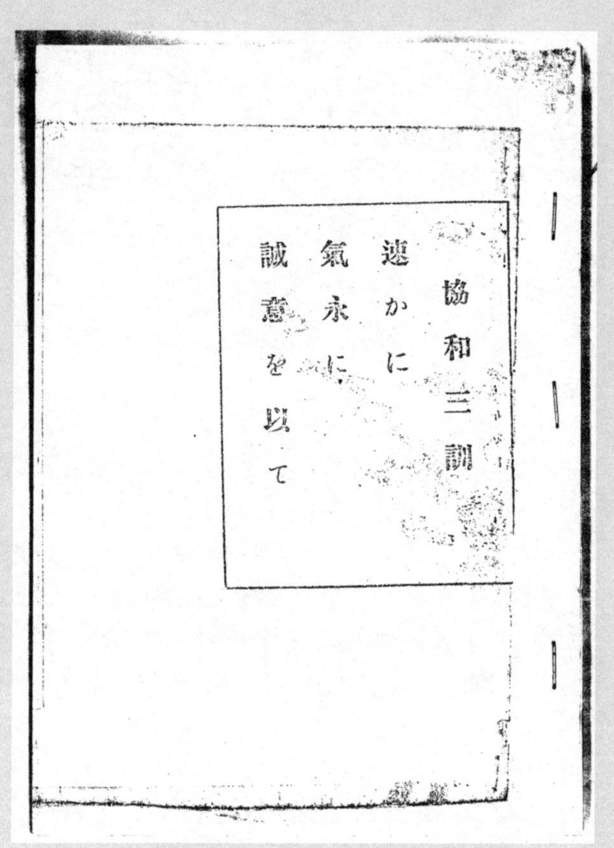

『내선일체수상록』(중앙협화회, 1941. 5.)에 실린 「協和三訓」

내선일체수상록

• • • 香山光郎(旧李光洙)

내선일체란 조선인의 황민화(皇民化)를 말하는 것이어서 쌍방이 나란히 의지하는 것을 의미하지 않는다. 조선인 쪽에서 어떤 일이 있더라도 천황의 신민이 되자, 일본인이 되자라고 밀어붙이는 기백에 의해야 내선일체로 되는 것이다. 따라서 내선일체의 열쇠는 조선인 자신이 갖고 있는 것으로 된다.

조선인의 지식계급에서 <정말로 내선일체로 해줄까>라고, 자못 불안스럽게 두리번거리고 있는 소리를 듣는다. 진짜 내선일체가 된다면 내지인(內地人, 일본인. 조선인을 반도인이라 함. 내선일체의 걸림돌인 조선인이란 말을 피하기 위해 고안된 용어—역주)의 조선인에 대한 특권이 소실되기에 내지인은 조선인이 진짜로 일본인으로 되는 것을 싫어하리라는 마음에서이다. 이것은 언뜻 볼 때 바보스런 기우이지만 실제로는 상당히 뿌리 깊은 기우인 것이다. 또 의외에도 내지인 중에 그런 것을 말하는 자도 있다.

그러나 내선일체가 됨을 허용하느냐 마느냐는 천황 한 분의 마음이어서 내지인일지라도 이렇다 저렇다 할 성질의 것이 아니다. 더구나 내선일체, 곧 조선인은 일시동인(一視同仁, 친소 차별 없이 똑같이 인애를 실시하는 것, 당나라 한유의 「原人」에서 따온 말—역주) 내지인과 다르지 않다, 폐하의 적자(赤子)다, 라는 것은 외람되게도 메이지 대제(明治大帝)의 칙어에 의한 밝고 확호한 움직일 수 없는 황모(皇謨, 천황의 국가계획의 방도—역주)로 되어 있다. 단지 두려움이 많은 것은 몹시 오랫동안 조선인이 그것을 인식하고 느껴 받들지 않았기 때문이다.

그러기에 조선인 쪽에서 말한다면 일념으로 자기를 황민화해가면 그만이지 내선일체해달라든가 말라든가 하는 따위의 걱정은 일체 무용이다. 문제는 조선인 자신의 마음가짐과 노력에 있다. 만일 조선인이 분발하여 국어(일본어—역주)를 배우고 일본정신을 배우고 일본의 예의범절을 배우고 그래서 내지인과 같은 신민의 길을 실천하는 날이 10년 이내에 가능하다면 내선일체는 10년 이내에 완성되리라.

그러나 만약 아직 조선인이 분발치 않고 일본정신의 실천자로 되는 것을 꺼린다든가 게으르다면 백 년 천 년 가도 참된 내선일체는 오지 않을지도 모른다. 만일 이러한 일이 있다고 가정한다면 일본을 위해 또 조선인 자신을 위해 이것만큼 커다란 불행은 없으리라. 혹은 이런 경우는 조선인의 자손은 국가로부터 버림받고 응징되어 자멸의 운명을 더듬을지도 모른다.

그러나 물론 그러한 일은 없다. 내선일체는 반드시 된다. 요컨대 하루라도 그 날이 빨리 오게 함이다. 하루 늦으면 하루 손해다.

그렇다면 어째야 좋은가. 모든 조선인이여. 오늘부터 국어를 배우자. 그리하여 내지인과 더불어 국어를 읽고 쓰고 말하기로 하자. 뜻이 통하면 족하다는 정도가 아닌 문법도 발음도 억양도 완전하게 배우자, 황민화의 제일 요건은 국어를 아는 것이기 때문이다.

그리하여 처나 자식에게 이웃에게 국어를 가르치자. 2천 3백만 전부 내지인과 같은 모양으로 국어를 읽고 쓰고 말하기가 되게끔 크게 열심히 운동을 일으키자. 조선인이 전부 국어를 알게 된다면 첫째로는 일본이 강해지고 둘째로는 조선인의 국민으로서의 지위가 향상되며 셋째로는 조선인의 지식이나 문화가 향상되며 넷째로는 각 개인의 생활이 좋아진다. 이렇게 좋은 국어를 뭣 때문에 배우지 않는가. 뭣 때문에 더욱 더욱 가르치는 운동을 일으키지 않는가.

삼 개월, 일요일을 빼면, 교수 일수 75, 하루 2시간이면 150시간, 120시간의 국어, 30시간의 산술이라는 교육으로 아이우에오(일본어 글자-인용자)도 모르는 사람들이 일상의 회화도 되고 <기미가요>(일본 국가-역주)도 <구미유가바>(천황을 위해 충성하자는 가요-역주)도 노래하며 가나(假名, 일본글자-역주)의 편지도 쓰게끔 되었다. 이는 경성(京城, 서울의 당시 이름-역주)에 있어서의 노무라고엔(野村弘遠) 씨를 회장으로 한 국민훈련후원회가 과거 1년간에 있어 2천여 명의 성인을 가르친 실적에 의해 증명된 것이다.

또 이 회에서는 휴가 중의 중등학생으로 하여금 각각 자기 고장에 있어 취학 전의 아동들 및 성인에게 국어 보급을 하기 위한 계획을 세워 이번 겨울 방학에는 8백 명의 남녀 학생이 총독부 발행의 교과서를 각자 5책씩 휴대하여 시방 국어보급의 봉사를 하고 있다. 오는 여름방학에는 학무국당국 후원을 얻어 2만 명쯤의 남녀학생을 동원코자 하고 있다.

금후 10년간 5백만 조선인에 국어를 가르치지 않으면 안 된다. 5백만 명이라는 것은 30세 이상의 남녀이다. 이러한 사람들은 고도의 국방국가 건설을 위해 막 바로 봉사할 수 있는 전사다. 생산전선에 있어서만이 아니라 직접 병사로서 일선에 서야 할 황군의 용사이기도 하다.

국어 다음엔, 아니 그와 동시에 오는 것은 일본정신과 학습이다.

일본인이란 일본정신을 소유하고 또 그것을 실천하는 자를 가리킨다. 우리 제국은 예로부터 그러했거니와 금후 한층 혈통국가여서는 안 된다. 이따금 내선은 혈통에 있어서도 적어도 전인구의 1/3의 혼혈률을 갖고 있어 보여 하나로 되고 하나의 국민을 조형함에는 참으로 좋은 형편이라고까지 말해지고 있지만 대동아공영권(大東亞共榮圈, 일제의 대륙경영으로 내세운 구호－역주) 건설을 위해서는 오히려 혈통이란 방해가 될 수도 있다. 항차 팔굉일우(八紘一宇, 천황 중심으로 세계가 한 지붕으로 됨－역주)의 큰 이상으로써 전 인류를 포섭하고자 함에 있어서랴. 그렇다면 어떻게 함이 황민이며 일본인인가. 그것은 천황을 우러러 받들어 일본의 건국의 이상인 팔굉일우를 이상으로 하는 인민인 것이다.

그렇기 때문에 조선인이 황민되기란 황도(皇道)를 공부하지 않으면 안 된다. 황도를 배우지 않고는 황민되기란 불가능하다. 말을 바꾸면 조선인은 당초부터 일본인인 내지인과 같은 기분으로 천황을 우러러 모시고 같은 기분으로 신사(神社, 일본 국모인 신도를 모신 집－역주)에 참배하며 같은 기분으로 총을 잡지 않으면 안 된다. 그 사이에 털끝만한 틈이 있어서도 일체가 아닌 것이다.

조선인이 이 황도정신, 곧 일본정신을 자기의 것으로 하기 위해서는 국사도 배우지 않으면 안 된다. 국문학도 배우지 않으면 안 된다.

신도(神道, 천황중심의 일본 국교-역주)나 무사도(武士道)도 배우지 않으면 안 된다. 예의범절도 배우지 않으면 안 된다. 무엇보다도 병대(兵隊, 군신-역주)에 가지 않으면 안 된다. 죽기 살기로 이를 배운다면 그 개인도 훌륭해지며 조선인 전체가 훌륭해지고 그리하여 일본이 오늘의 국민보다도 그 삼분지 일만큼 여벌로 강해질 터이다. 조선의 인구가 이천삼백만이어서 내지인의 약 삼분지 일이니까.

조선에는 황도(皇道)를 배우기 위해 황도학회라는 것이 생겼다. 이는 뜻을 같이 하는 자를 모아 황도를 학습하고자 하는 것이다. 그 제일회 강습회가 1월 18일(1941-역주)부터 2월 15일까지 일요일과 수요일을 제하고 매일 열리고 있다. 청강의 회원 약 60명. 성대(城大, 경성제대-역주)의 마츠모토 시유히고(松本重彦) 교수의 국사(일본서기, 고사기), 축사(祝詞), 같은 성대의 오다까 도모오(尾高朝雄) 교수의 국가론(세계와 일본), 조선군의 카와고에(河越) 참모대좌의 군인 칙유(勅諭, 황제가 유시함-역주), 같은 조선군의 야마노우찌(山之人) 참모 중 좌의 고도 국방 국가론, 해군의 쿠로키(黑木) 참모대좌의 해군의 강의 등이 있고 그 외에 만엽(万葉, 일본고전시가집, 万葉集-역주) 차 끓이기, 예의범절 등의 강의가 있는 바이다(이광수 자신은 그 첫 회에 참가했음. 「행자」 참조).

이 황도학계(界)의 강습회는 연속적으로 조선각지에서 열리게 되어 있고 역시 10개년 5백만 명 학습 목표에 맞추어져 있다 한다. 이 학회는 경성 대화숙(大和塾, 1937년 설립된 것으로 그 후 1941년 1월 재단법인으로 재정비됨. 전향자 및 친일교육 및 사상보호단체로 남산에 있었음-역주)에 본부를 두고 있고 회장으로는 신도쥰(辛島純)이라는 조선인이다.

이러한 국어 및 황도학습운동은 조선 내에 있어서만 행해지면 그만이 아니다. 내지에서든지 만주국에서든 북지(北支, 북중국—역주)든 중지(中支, 중부 중국, 일본점령지를 가리킴—역주)든 조선인이 살고 있는 곳에서라면 어디든지 행해져야 하며 그것도 시급히 행해져야 한다. 이는 비상시 일본의 힘을 증가하는 운동인 까닭에.

특히 내지에 살고 있는 조선인은 국어와 황도를 배우기 위한 절호의 처지에 있다. 현재 내지에 살고 있는 조선인은 백만을 넘고 있으며 동경(東京)에 유학하는 학생만으로도 2만을 헤아린다고 하거니와 이들만을 전부 황민화하는 일은 매우 중요하다고 하지 않을 수 없다. 그중 조선학생들에게 맹렬히 일본정신을 학습시키는 일은 시급한 것 중의 시급함이다.

중앙협화회(中央協和會, 동경소재, 재단법인. 대표는 타케다 유기오 武田行碓—역주)가 이를 위해 진력하고 있음은 마음 든든한 일이다. 또 노구찌 준(野口遵) 씨가 동경 유학생을 위해 조선총독부에 5백만 원을 기부했던 바, 학무국에서는 이를 기금으로 하여 연 25만 원의 수입으로써 동경조선학생을 도와서 이끌고자 한다고 한다. 크게 기대할 일이다.

내지에 살고 있는 조선동포의 황국화에 대해서는 내지인이 크게 책임을 져야 한다고 생각한다.

백만 인의 내지에 사는 사람들이 의용병으로 되어주지 않겠는가. 한 사람의 내지인이 한 사람의 조선인에게 국어와 일본정신을 가르쳐주지 않겠는가. 내가 원하고 있는 것은 가르쳐주기보다 한 사람의 내지인이 한 사람의 조선인을 형제와 같이 자매와 같이 사랑하여 주기이다. 이것만으로 충분하다.

그대가 한 사람의 조선인을—학생이라도 좋고 노동자도 좋고 또한 여행자라도 좋다―형제와 같이 자매와 같이 사랑해준다면 사랑받는 그는 그대를 통해 국어와 일본정신을 배우고 그대를 통해 일본을 사랑하고 모든 일본적인 것을 사랑하여 점차 자신의 것으로 하게 되리라. 그리하여 그로써 나를 위해 생명을 바치리라. 그대는 폐하를 위해 한 사람의 전사를 얻은 것으로 된다. 아니, 한 사람의 전사가 아니다. 그의 가족이나 형제나 자손까지도 획득한 것으로 된다. 동시에 그들에게 최상의 행복을 주는 것으로 된다. 이 얼마나 보람된 일이 아닐 수 있을까.

만일 그대가 한 사람의 우수한 학생을 사랑으로써 얻는다고 한다면 이는 단지 한 전사만이 아니라 폐하를 위한 한 장군을 구(求)하는 것으로 된다.

마음을 부드럽게 하는 것은 인정이다. 백 개의 법령이나 설법보다도 한 방울의 눈물이나. 눈물은 흉악한 사람의 마음까지도 부드럽게 하는 힘을 잘도 지니고 있다. 조선의 민심은 이미 권위로써 누르는 시기는 지났다. 지금은 조국일본에서 떨어지고자 몽상하는 이는 한 사람도 없으리라. 우리들은 진짜로 일본인으로 되는 것인가. 정말로 우리들을 보통의 일본인으로 해 줄 뜻이 있는가, 불안해하고 있을 따름이다.

이러한 불만을 일소하기 위해서는 혹은 정치적, 입법적 수단도 필요할지 모른다. 그러나 중요한 것은 <그대와 나>가 눈물로써 껴안는가 않는가에 달려 있다고 생각한다. 눈물이 나는가. 눈물이 나는가이다.

필자는 전후 11년간 동경생활을 했다. 대부분이 학생생활이었는데,

그때의 일을 회상컨대, 나는 두 가지 유감스러운 것을 느꼈다. 하나는, 나 자신, 일본을 배우고자 노력하지 않았다는 것으로 이는 참으로 어리석기 짝이 없는 것이었다고 후회하고 있다. 이것은 비단 나 한 사람에 국한된 것은 아니다. 당시 유학생의 거의 전부가 나와 같은 모양의 어리석은 자들이었다. 오늘날의 유학생들도 아직 별로 일본을 배우고자 함에 열심이지 않다고 들리고 있다. 만일 이것이 사실이라면 그들은 나 및 나의 동시대인보다도 한층 더 어리석은 자라고 하지 않을 수 없다.

동경에 있는 조선의 학생제군! 대체 제군은 무엇을 배우러 동경에 가 있는가. 각종 과학이나 기술인가. 그것은 진실로 좋다. 그러나 제군은 깊이 반성하지 않으면 안 된다. 제군은 학자로 되기에 앞서 기술자로 되기 전에 시인이나 예술가나 교육가로 되기에 앞서 우선 하지 않으면 안 될 것이 있다. 그것은 천황폐하의 신민이 되는 것이다. 황도를 배우는 일이다. 일본을 알고 일본정신을 제군의 정신으로 하는 일이다. 이것 없이는 제군의 무수한 두뇌도 학문도 기술도 아깝게도 무용한 것으로 되고 만다.

제군은 입버릇처럼 제군의 전도의 희망의 낮음을 한탄한다. 제군은 제군의 선배가 훌륭하게 학문을 하고 있으면서 직업 없이 맴돌든가 관(官) 또는 기타의 직장에 취직되었더라도 만년 말단에 머물러 끝나는 것을, 제군의 음울한 앞길의 사실적 표시인 듯 여기고 있다. <조선인은 써주지 않는다>라고 불평을 말하고 있다. 그러나 제군이여. 제군의 눈을 떨치고 밝게 인식하지 않으면 안 될 곳이 실로 이 점이다. 잠깐 내 말에 귀를 기울여다오.

과연 비상시 일본은 많은 인재를 요망하고 있다. 실로 현재 인적 자원이 부족하다. 그러나 일본이 여전히 인재를 요망하더라도 일본이 되고자 하지 않는 자는 사용될 수 없다. 아무리 인재가 모자란다 해도 영국인을 관리로 맞아들이고 미국인을 기술자로서 공장에 고용해 들이는 것은 불가능하다. 항차, 독일이나 이탈리아인임에랴. 일본의 군대가 이를 채용할 수는 없지 않은가. 일본이 요망하는 것은 일본정신을 가진 일본인이다.

동경에서 공부하고 있는 조선의 학생이여. 그대는 따진다. 솔직히 대답해 주게나. 그대 학교의 내지인 학생이 하는 것 같이 그대는 폐하를 위해 생명을 바칠 충성을 갖고 있는가. 그대는 모든 일본적인 것을 군의 보배로 삼아 군의 피로써 이를 지키기 위할 만큼의 애국심을 갖고 있는가. 그럼에도 불구하고 그대가 만일 국가에서 홀대한다고 불평한다면 이유가 성립된다. 만일 재 동경 2만의 조선인 학생이 전부 그대같이 천황을 위해 충성과 일본 국토나 문화나 국가 이상에의 애국심을 품게끔 되었다면 결단코 결코 제군은 직업을 얻지 못한다든가 차별된다든가 하는 그런 염려는 안 해도 좋다. 제군의 선배는 아직 일본인으로 되어 있지 않기에 국가의 제 기관에서 신뢰되어 있지 않은 것이다. 신뢰되지 않기에 채용되지 않은 것이다. 이것을 차별이라 한다면 우리들의 나쁜 추측에 지나지 않는 것이다.

그러기에 유학생 제군! 어리석은 선배의 전철을 밟지 마시라. 제군이 혹은 4, 5년 혹은 더욱 오래 혹은 그보다 짧게 동경에 있으면서 학업을 마치는 사이에 기를 쓰고 일본을 공부하시라. 국사와 국문학을 배우고 국어에 정통하고 일본의 풍속, 관습, 예의범절에 자유자재로 되어 일본 가정이나 마을이나 일반 사회를 잘 보고 전문가로 되기까지 보통의 일본인과 같이 한사람의 일본인으로서 일본정신에 있어서도 실천에 있어서도 물러서지 않을 때까지 수행해 주게나. 그렇게 되면 제군의 앞길에는 광명이 있고 나아가 조선인 전체의 국민적 지위도 내선일체의 수준도 향상되기 마련이라네.

오직 이 길만이며, 이것을 떠나서는 다른 길은 없다.

다음으로 필자가 기년의 동경생활에서 유감으로 생각하는 것은, 내지인과의 사귐이 적었다는 것이다. 그 책임은 내게 있다. 나는 생래 비사교적이었다든가 편협한 민족감정을 품어 왔다고 여겨진다. 그럼에도 몇 명의 벗은 있었다. 이런저런 신세를 졌다.

그러나 여기서 조금은 바르지 못한 추측을 하고 싶다. 내지의 동창들도 나를 그다지 대단하게 대해 주었다고 할 수 없다. 그들이 한층 나를 대단히 대해주었다면, 무엇보다 가정에도 초대해주고 내 하숙도 찾아주었던들 나는 한층 일찍부터 일본정신을 체득하고 내선일체에 눈떴을지도 모른다. 저 겨우 몇 명의 내지인 벗들의 온정조차도 나로 하여금 일본을 그리워하게 생각한 강한 동기가 되었음을 생각하면 더욱 많은 친우가 있었더라면 하고 생각하지 않을 수 없다.

나는 딱 한 번 나의 벗의 가정에 묵은 적이 있지만 그 따뜻하고 아름다운 일본 가정의 인상이 내 혼에 깊이깊이 새겨져 오늘에도 잊혀지지 않는다. 오늘 재경 2만의 학생에게 이런 체험을 갖게 하였으면 하고 생각한다. 일반 조선인이 내지인과 접촉한다고 하면 학생으로서의 선생에, 인민이면서 경찰관이나 기타 관리에 그리하여 상인(商人)에 한정되겠지만 이는 늘 그리운 인상을 남길 것 같은 것은 아니

다. 오히려 그 반대의 경우가 많다. 적어도 과거에 있어서는 그러했다. 가정의 도코노마(床の間, 일본식 방의 상좌에 한층 높게 만들어 그림 족자 등을 걸어 두는 곳, 일본 특유의 가정집 공간, 손님을 맞기도 하는 곳-역주)에서야 비로소 내지인은 그 본연의 친절이나 아름다운 정미(情味)를 보이는 것이다. 협화사업은 선생이나 경찰관이나 관리나 기타 다른 사람들이 한쪽의 괴로운 상하의 관계를 벗어나 도고노마의 정취로써 임해주는 것이리라. 나는 적실히 그러하기를 원하고 또 희망하지 않을 수 없다.

그만둘 가치조차 없는 수상(隨想)에 결론 같은 것을 덧붙일 것이 못된다. 요구된 지면도 다해서 붓을 놓는다. 오직 한마디. 조선인은 국어를, 일본정신을 배우자. 그리하여 그것만 실천한다면 일본은 반드시 강하고 크게 된다. 우리들의 자손은 무한의 광명을 한 몸으로 향수(享受)한다.

香山光郎(旧李光洙), 『內鮮一體隨想錄』, 1941. 5. / 김윤식 옮김

「내선일체수상록」에 대하여

이 글은 단행본으로 된 「내선일체수상록」(內鮮一體隨想錄, 1941. 5.)의 전문이다. 창씨개명한 이름 香山光郎을 내세우고 다만 괄호 속에 <旧 李光洙>라 표기했다. 말미에서 밝힌 대로 글 쓴 시기는 1941년 1월 16일이며 서울에서 쓴 것으로 되어 있다. 재단법인 中央協和會는 동경소재의 단체로 본문에서 소개된 그대로이며 편집 발행자는 타케다 유기오(武田行確)로 되어 있다. 이 단행본은 동협회의 가르침의 목표인 '속하게, 지속적으로, 성의로서'가 표지에 적혀 있다.

이 글은 조선인이 일본인으로 되기 위한 모임인 <황도학회>의 목적과 이를 몸소 실천하고 있는 이광수의 일방적인 주장 느낌을 적은 것으로 일본인과 조선인 양쪽을 대상으로 하고 있다. 남산에 세워진 황도학회 본부인 대화숙(大和塾)의 설립 취지 및 그 수양내용 등이 소상하게 드러나 있어 이광수가 일본 평론가 코바야시 히데오 (小林秀雄)에게 보낸 편지 「행자」(行者, 『문학계』, 1941. 3.)에서 말해지지 않은 부분도 내포되어 있다. 동우회 사건으로 재판에 계류 중인 미결수 이광수의 절망에 가까운 몸부림이 「행자」라면 이와 거의 동시에 씌어진 것이 「내선일체수상록」이다. 그러나 「행자」에 비해 이 글은「동포에게 보낸다」(『경성일보』, 1940. 10. 1.~9.)와 더불어 문학자의 글의 범주에서 크게 벗어나 있다. 일본인과 조선인을 동시에 협박하는 논조에서 특히 그러하다. 그것은 마음의 다급함에서 나온 패악의 일종인 까닭이다. 내면의 고민이 빠진 글이기에 어느 수준에서 문학자의 범주에 드는「행자」나「삼경인상기」(『문학계』, 1943. 1.)와 확연히 구분된다.

IV

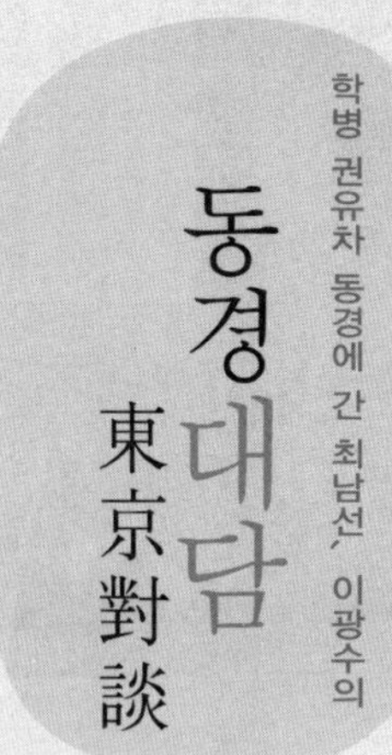

香山光郎　사투리란 둘째 셋째 문제이고 무엇보다 국어(일본어)로 소설을 쓰고자 하는 것 자체가 도대체 무모하니까요.

최남선　그것은 단지 지방적인 관계뿐만 아니라 크게는 시대성의 문제도 있다고 여겨집니다. 그것은 만엽시대의 말이라든가 중세의 말이라든가, 그리고 메이지 시대의 말, 소화 시대의 말이라든가 등등이 뒤섞여 있어 이를 세밀히 밝혀 드러냄이 필요하다는 뜻입니다.

香山光郎　대체로 조선인이 쓸 수 있는 것은 수필이겠지요. 소설을 쓰고자 한다면 그것은 일본인 아내를 얻든가, 일본에 와서 몇 십년간 살아야 하는 것이니까.

東京對談

寫眞說明
左より
崔南善氏
香山光郎氏
馬海松氏

一寸御挨拶申上げます。この度、朝鮮學生の特別志願兵志願激勵のために、崔南善、李光洙兩先生を始め大勢の方が上京されまして、連日連夜御奮閫の結果、内地にある學生等自身も非常に満足してゐる様な次第でありますことは私等としても喜んでゐる次第であります。今更申すまでもありませんが、お二人の先生は當路の大先輩であるばかりでなく、朝鮮のそれ〴〵の部門に於ける權威であられるお方でありまして、今度の御上京を機會として、朝鮮の文化を中心にあらゆる角度からお話を承はれば、非常に意義あることゝ存じましたので、今夕の會合を催した次第であります。特に新太陽社の馬社長に司會をお願ひしまして御快諾を得ましたことを喜んで居る次第であります。ではどうぞ(金乙漢)

崔南善（前建國大學教授）
香山光郎（前朝鮮文人協會々長）
馬海松（新太陽社長）

馬海松　新太陽社長といふのは止しませう、よその雑誌の仕事をしてるやうで……（笑聲）幸ひことに編輯者が書いてくれた題目の要領がありますから、これをお取次することにしませう。今度東京にお出でになつたのは、どういふ動機からですか。

崔南善　今度特別志願兵制度が布かれて各方面が非常な關心を寄せて居つた譯ですが、色々な關係によつて、内地方面に在學中の青年學徒の出足が多少鈍いといふ様な噂が立ちましたので各方面の人が心配をしたんですね。少くとも特別志願制は我々朝鮮の前途を明るくも暗くもするといふ程の重大な事柄で、これに對する反應が鋭敏でないといふことは先づ我々の氣持を暗くするところがあつたのです、そこで有志の人達と寄々相談をして、それならば一つ、我々の方から出かけて行つて、情勢も見、且つそのお手傳が出來る様なことがあつたら、微力を盡さうといふ様な譯で出て來たのです。それといふのは大體が、青年學徒が陣頭に起つといふことが無經驗のことであり、何しろ故郷とは遠く離れても居ります關係上、氣迷ひなり、何んなりのある場合には、恐らく相談相手といつたものを欲しがるだらうといふことを考へてですね、まあ、いはば父兄が顔を出すといふ様な意味でやつて來たのであります。

馬　私も、學生達が面會に來てゐる場面を一度拜見して非常に感激したのですが、學生達が常日頃尊敬してゐる方々が、お見えになつたといふこと、膝つき合せて、胸襟を開いてものをいひあふといふこと、か

「東京對談」이 실린 『조선화보』(1944. 1.), 중앙이 이광수, 왼쪽이 최남선, 오른쪽이 마해송.

참석자	최남선(전 건국대학 교수)
	香山光郞(전 조선문인협회 회장)
	마해송(신태양 사장)

인사드립니다. 이번 조선학생 특별지원병 지원 격려를 위해 최남선, 이광수 두 선생님을 비롯 많은 분들이 상경하시어 연일연야 분투하신 결과 내지(內地, 일본본토, 이하 동일−역주)에 있는 학생들도 매우 만족하고 있는 것으로 보여 우리들도 기뻐하는 참입니다.

지금 새삼 말할 것도 없지만 두 분 선생님은 중책을 맡은 대선배일 뿐 아니라 조선의 각 부문에 있어 권위자인 바, 이번 상경을 기회로 조선 문화를 중심으로 여러 각도에서 말해주신다면 매우 의의가 있는 일이므로 오늘 저녁 모임을 열었습니다. 특히 신태양사(新太陽社)의 마사장님(馬社長, 마해송을 가리킴−역주)께 사회를 부탁해 승낙을 얻은 것을 기쁘게 여깁니다. 그러면 잘 부탁합니다(김을한[金乙漢, 『朝鮮畵報』 편집인−역주]).

마해송   신태양사 사장이란 자격은 그만 쓰기로 하지요. 다른 잡지의 일을 하고 있어서……. (웃음) 다행스럽게도 여기에 편집자가 써준 제목이 있기에 이를 따르기로 하지요. 이번 동경에 나오신 것은 무슨 동기에서입니까.

최남선 　이번 특별지원병제도가 공표되어 각 방면에서 대단한 관심을 모으고 있거니와 여러 가지 관계로 내지에 재학 중의 청년학도의 발걸음이 다소 둔한 듯하다는 풍문이 있어 각 방면의 사람들이 걱정했지요. 적어도 특별지원제는 우리들 조선의 앞길을 밝게도 어둡게도 할 수 있을 정도로 중대한 일인 바 이에 대한 반응이 민감하지 않다 함은 우선 우리들의 마음을 어둡게 하는 바가 있었지요. 그래서 유지들과 상담했지요. 그렇다면 한번 우리 쪽에서 나서서 정세를 보며 또 그것에 도움이 될 수 있다면 미력이나마 다할 양으로 나온 것입니다. 다시 말하면 이렇지요. 청년학도 대부분은 선두에 선 경험이 없다는 것, 아무튼 고향에서 멀리 떨어진 관계상 망설이게 되어 어떤 경우에는 아마 상담 상대가 그리울 것이라고 생각되어서이지요. 말하자면 부형이 얼굴을 내미는 것 같은 의미로 온 것입니다.

마해송 　저도, 학생들이 면회하러 온 장면을 한 번 보고 매우 감격했습니다. 학생들이 늘 존경하는 분들을 직접 뵙는다는 것, 무릎을 맞대고 흉금을 열고 말한다는 것 등은 지금까지 한 번도 없었다는 바로 그 점이 큰 효과가 있었지 않았나 여겨집니다. 어디의 부탁에 의해서가 아닌, 자발적으로 왔다는 것은 참으로 기쁜 일입니다. 이런 점을 생각하여 본다면 두 분께서 함께 했다는 것은 이번 특별지원병의 경우가 처음이기 때문에, 뭔가 한층 유기적으로 영속성을 지닌 모임으로써, 금후에도 이런 경우가 여러 가지 있을 터라, 조직적으로 힘이 되고자 하는 생각을 가지게 되지 않습니까?

최남선   지금으로서는 특별지원병만의 문제에 대해 모인 것입니다. 그렇지요. 점점 각종 커다란 문제가 생기리라고 예상되는 만큼 그러한 경우엔 그냥 당국에 맡기지 않고 민간 측으로서도 여러 곳에서 의견을 모은다든가 추진력을 만드는 것 등등이 매우 필요한 일이라 생각합니다.

마해송   요전, 메이지대 강당에서 행해진 특별지원병 궐기 대회에서 저는 학생의 개회사를 듣고 그만 안심이 되어 곧 그 자리를 떠났기에 그 뒤의 일은 알지 못하는데, 그 뒤는 어떻게 되었습니까?

香山光郎   그런 장면은, 일찍이 없었던 것으로 생각하오. 우리들이 지금까지의 경험으로는 참으로 내선일체(內鮮一體)가 실현된 것 같은 장면이었지요. 조선 학생들이 의견을 말하면 내지 학생들이 그것을 뒷받침하는 말을 하며, "하나가 되자"라는 그런 생각으로 가득했지요. 일종의 극적 광경이라고나 할까. 모두가 울고 있더군요. 황국(皇國)을 위해 전장에 나가 죽자는 생각이 모두의 얼굴에 드러나더군요. "그대들은 전장에 가서 죽겠는가. 감사한다. 감사한다. 지금까지 우리들도 잘못했다. 잘못했다."라고 말하는 것 같은, 그런 느낌이 드러나 있었지요. 내지 학생들이 울면서 감사하고 있더군요. 그 중에도 메이지대생 요시다(吉田) 군이었던가, 메이지대학과 주오(中央)대학, 또 니혼(日本)대학의 대표 삼인이 나왔는데 그

메이지대 학생이 제일 진지하더군요.

마해송 조선 학생이던가요.

香山光郎 아니오. 내지학생이었지요. "그대들의 생각은 잘 알겠다, 잘 알겠다."라는 말이 매우 좋다고 생각했습니다. 그 말이 좋아서 저도 크게 감동했습니다. "그대들도 출정하겠다고 말해주겠는가. 고맙소. 고맙소."라는 그 말이 너무나도 감격스러웠지요. 누구였는지 잘 모르겠는데, "피의 대가를 요구하지 말라"라는 말이 있는데, "잘 말해주었다. 잘 말해주었다. 그대들의 바람은 잘 알고 있다. 곧 우리들과 하나가 되고자 하는 거겠지. 그 점은 알았다."라고 말했다. 여기서 말을 전하는 것만으로는 아무래도 감격이 나오지 않아 안됐지만, 그 진지한 태도가 뭐라 말할 수 없을 정도였지요.

훌륭하게도 지원해 주었다

마해송 학생들을 등단시켰던 모양이지요.

최남선 그렇소 "우리들 뒤에는 그대들 2천 5백만이 있다고 했지만 그대들의 뒤에는 우리들 7천만이 있다."라고 말해 감격했지요.

香山光郎 그때의 압권은 최 선생님의 강연이 아니었을까요. 학생들에게 옛사람들의 충용무열(忠勇武烈)한 얘기를 들려주었고 그들은 매우 감격하더군요. 무엇보다 시국이 시국인지라.

마해송 어쨌든 조선학생들이 그렇게 많이 모였다는 것은 아마도 오랜 동안 없었지요.

香山光郎 학우회(재일 조선인 유학생 조직체-역주) 이후엔 그렇지요.

최남선 학우회시대에도 저토록 많이 모인 적이 있었을까. 적어도 천오백 명은 모인 것으로 알고 있습니다. 일찍이 없었다고 해도 좋을 정도지요. 천오백 명이 모였다는 사실은.

마해송 저도 대회가 열리기 전에 총독부와 장학회(조선장학회 파견 학도지원병 격려대-역주) 관계자들과 함께 논의했는데, 학생동원이 가장 큰 문제였지요. 모여들지 여부가 매우 걱정스러웠습니다. 이전의 경우라면 각 대학, 전문학교에 각각 반도(조선-역주, 이하 동일) 학생의 교우회라는 것이 있어, 그런 일이 있으면 간단히 동원할 수 있지 않나 싶은데, 요번 경우엔 장학회 쪽에서 각 대학에 가서 명부를 조사하기도 하고 일일이 엽서를 내기도 하는 등 대단한 수고를 했다더군요.

최남선 적어도, 이번 이 문제에 대해서는 여러 가지 경험으로, 선배들도 새로운 사실을 깨닫지 않았나 하고 생각되는 점이 있습니다. 가령 香山光郎 씨가 말했거니와 지금까지 청년과 선배 사이가 떨어져 있는 형국이었지만, 이번엔 이것이 매우 불편하다고 느끼지 않았나 싶습니다. 지금 말씀하신 바와 같이 학생자체의 모임 같은 것을 매우 억제했으나 이번 일에 부딪히고 보니 이것 역시 좋은 것만은 아니었다는 것, 이 점을 깨우쳤다고 생각됩니다. 금후의 행정이나 감독 등의 방면에도 여러 가지 반성의 자료가 되었으리라 여겨집니다.

마해송 이번에 상경하여 많은 대학생을 만났으리라 믿습니다만 유학생의 인상이 어떻든가요.

최남선　저는 상당히 낡은 세대여서 그들과 40년이라는 경력 차이가 있지요. 처음 일본에 온 것은 마침 러일전쟁(1904~5 ─ 역주)이 시작된 때이고 메이지 37년(1904년 ─ 역주) 이후에도 여러 번 왔지요……. 이번은 꼭 12년 만에 왔는데, 그간 학생들의 갖가지 변천도 보아왔으나 요번만큼 학생들의 생각, 사상 기타 모든 점에서 매우 큰 변화를 본 적이 없습니다. 더구나 그것이 매우 좋은 방면으로 변하고 있다는 것을 무엇보다 강하게 느꼈습니다. 지금과 같은 상태로 나아가기만 하면 이는 실로 다음 시대를 위해 든든한 일이라고 뼈저리게 느꼈지요.

香山光郎　충분히 귀엽고 좋은 아이들이 많이 있다고 생각합니다. 그러나, 욕심을 말하자면, 좀 더 뜻을 크게 품어 일본 전체나 대동아 전체를 짊어지고 일어서려는 기개를 가졌으면 싶었지요. 이 점이 모자란다고 생각했지요. 아무래도 조선이란 점에 너무 집착하는 모습이 보입니다. 지금 전쟁에 가는 것은 일본 전체를 보호하기 위해서이기 때문에, 그리고 대동아(大東亞)의 전체를 보호하기 위한 것이기 때문에, 대동아의 중심이 된다, 중심인물이 된다, 라는 기백이 요망되지 않겠는가. 오늘 제가 좋은 아이들이라 했지만, 대학생인 만큼 실례인지 모르겠으나 한마디 한다면 귀여운 까닭에 바람직한 아이가 많다고 생각했지요.

최남선　이번에 여기 올 때 갖가지 근심스런 점이 있었지요. 일례를 들면, 오늘의 청년 제군이 생사의 관념을 '확실히' 파악하고 있는가의 여부, 또 시국에 대한 인식이 과연 올바른가의 여부 등등. 뜻밖에 죽음을 두려워한다든가 어려움이나 시련을 싫어한다든가 등등은 전혀 인식되지 않았습니다. 단지, 앞에서 지적했거니와 지원병에 대한 응답이 다소 둔감한 듯 보인 것은 차라리 다른 이유에 의해서라고 여겨집니다. 예를 들면 그런 국면을 담당하고 있는 사람의 선전, 홍보 노력의 부족이 한 가지 원인이며 다른 또 하나의 원인으로는 학교 당국 등이 이 법령의 취지를 잘못 전한 점입니다. 결코 의협심, 용맹성이 모자란다든가 올바른 생사관을 갖지 않았다고 할 수 없지요.

香山光郎 그러나 개중에는 어지간히 딱한 경우도 있었습니다. 그리고 백 명이면 백 명 전부가 마음 밑바닥에 아쉬운 점이 있습니다. 차마 입 밖에 내어 말할 수 있는 게 아니지만……

마해송 저는, 학생이 매우 '확실히' 하고 있음을 느꼈지요. 그 점은 앞에서도 질문했지만, 서울을 떠날 때와 도쿄에서 실제로 만났을 때를 비교해 후자에서 예상 이상으로 마음가짐이 '확실하다'는 것으로 생각하지 않았습니까.

최남선 그렇군요. 바로 말씀한 그대로입니다. 전혀 예상 이상으로 건강합니다. '확실히' 갖고 있음을 느꼈습니다. 그러나 조선의 학생기풍이란 것이 너무도 위축되어 있음에 익숙해진 우리들도 이번의 학생들이 실로 별세계인처럼 느껴졌습니다. 한껏 뻗어나간, 발랄한 메기(鮎)라고나 할까요. 오늘에 있어 청춘의 발랄함이 잘 읽혀졌습니다. 겉모양으로도 언어로도 행동상에서도 실로 예상 이상의 것이 있음을 같이 느꼈지요.

香山光郎 자기의 기분에 반해 자기 멋대로 시국의 조류에 휩쓸리는 일도 없더군요. 자기의 신념을 향해 돌진하고 하는 열정을 모두 갖고 있어 보입니다.

최남선 그 점은 참으로 말할 수 있다고 생각합니다.

香山光郎 그들은 시방 목숨을 건 승부를 하고 있으니까. 여하튼 문제가 문제인 만큼 그렇게 하지 않을 수 없었는지도 모르겠지만……

마해송 학생들이 자기 한 사람의 괴로움을 떠나, '착실한' 결론을 얻은 뒤에 선생 쪽에다 질문하는 장면을 저는 본 듯합니다. 그런 정도까지 '확실히' 하고 있으리라고는 알지 못했다고 여러분은 말씀하십니다그려. 그런 학생들이 이번은 거꾸로, 선생들 쪽의 기분은 과연 어떠한 것인가, 신뢰할 만한가, 라는 질문을 갖고, 말을 바꾸면 선생 쪽을 테스트하고 있는 기분으로 뭔가를 질문하는 투라고 느낀 경우는 없었던가요.

최남선 그런 일은 전혀 없었지요. 다소 진지하지 못한 태도의 것도 한 두건 보긴 했지만……

香山光郎 몹시 우리들을 신뢰하고 있어 보였습니다. 솔직히 "자기는 실로 헤매고 있습니다. 아무쪼록 가르쳐 주십시오. 그러면 참가하겠습니다."라고 말하는 학생들이 많아 보였지요. 종래엔 너무 선배들을 신뢰하지 않는 기분을 가지고 있었으나 그것이 변했다고 여겨졌습니다.

최남선 특히 동경에 있어서는 그들 쪽과는 멀어서 소위 선배에 접

할 수 있는 기회가 썩 드물었지요. 무슨 문제가 생길 경우에
도 자기들만으로 그것을 처리해온 것이 상례였던 것이니까.
이번의 이 문제로 말미암아 처음으로 우리들의…… 다시 말
해 선배의 경험 및 사려와 청년자신의 기분 및 이상이 합체
되어 해결하는 것. 아마도 이 점을 처음 경험한 셈입니다. 이
점을 그들은 아주 중요하게 신뢰하고 있는 것 같았지요.
우리들이 말하는 것이 반드시는, 전부 그들의 마음에 들었
다고 할 수는 없다 해도 가령 경험에 의해서랄까, 매우 안
심하여 이 일이 처리될 수 있을 것 같은 것에 신뢰를 느끼
고 있습니다.

마해송　이번의 것으로 선배는 청년학도를 새롭게 인식했다는 것,
청년학도는 서배의 신뢰를 알았다, 이리히어 또 뒤에 이어
질 자들을 신뢰하여 나아가면 되겠습니다그려. 이번의 궐기
대회에서 말씀하신 조선의 얘기란 어떤 것이었나요.

최남선　나는, 그러한 것을 특히 수다스럽게 말할 심산으로써는 아
니었지만 청중은 그 점에 귀를 기울이지 않았을까요. 예를
들면 우리 조선인을 두고 문약(文弱)에 빠졌다든가 나태하다
고 말하고 있지만 그것은 외적인 원인에 의한 변화라는 것.
우리들 본래의 모습이란 그렇지 않다는 것. 모두 '상무'(尙武)
를 첫째로 쳤다는 것. '무를 숭상한다'란, 그것에 의해 모든
제도가 나왔고, 기타 인접 풍속을 조사해 보아도 아주 상무
적으로 되어 있다는 것. '무로써 나라를 지킨다.'라든가 '죽
을 때와 장소를 얻는 것이 사내의 본심이다.'라는 상태였다

는 것을 실례를 들어가며 얘기하자 그들의 마음에 매우 들었던 모양입니다. 그들은 이로써 자기들의 은폐된 혼의 모습, 혼의 참된 모습을 발견하는 것처럼 느끼지 않았나 합니다. 말로 할 수 없을 정도의 감격을 깨달은 모양이었지요.

마해송 그러한 조선 본연의 자세와 오늘의 일본 정신과는 뭔가 관련이 있는 것으로 생각되는데 어떻습니까.

최남선 그것은 확실히 긴밀한 유사성이 인정됩니다. 일본에서도 옛 신사(神社)는 무기로써 신주를 삼은 것이 많거니와 대체 조선계의 신사는 예외 없이 무기로써 신주로 삼았지요. 그러기에 고대에 있어 상무정신이란 것은 전혀 같은 모양이었다고 여겨집니다. 그렇지만, 그 정신의 구체화라 할 '무사의 길', 곧 '무사'라고 할 수 있는 것은 세계 어느 나라에도 전혀 없다고 할 수 없지만, '무사도의 정화(精華)', 가장 훌륭한 것은 일본과 조선 이 두 민족에 있어 인정된다는 것이 학자들의 통설로 되어 있을 정도입니다. 가마쿠라(鎌倉) 시대(1192~1333, 일본 최초의 무인정권시대―역주)에 있어 '무사도'와 신라시대에 있어 '화랑'은 그 정신에 있어, 드러나는 방식에 있어 완전히 서로 일치하고 있어 어떤 학자는 "무사도의 연원은 신라의 화랑이 그 토대였다"라는 것을 생각할 정도이지요. 과연 그러한지 여부는 알지 못하나, 그 형태, 그 정신에 있어 완전히 같아서 약간의 무리도, 깊이와 얕음도 양자 속에서 발견되지 않지요. 나는 조금 전에 저들 군관계 방면에 있어 특히 그 얘기만을 말한 바 있습니다. 초고가 남아 있으니까

뵈드릴 기회도 있으리라 여겨지거니와 급히 말해 본다면『삼국사기』의 제47권이 거의 전부 화랑의 무용장렬한 얘기로 되어 있습니다.

香山光郎　저 '화랑'의 사상이란 오늘날 막 바로 부활시켜도 좋다고 생각합니다. 오늘 그대로 활용되리라 생각합니다.

최남선　어떤 점에서 서로 연결되어 있는지를 밝히기 위해서는 먼저 '무사도론'이란 것을 말하지 않을 수 없겠지요. '바른 의(義)로써 생활의 제일의'로 삼는 '의 앞에는 생명도 없거니와 지위도 없고 나(私)라는 것도 없고 깊이나 옅음 따위도 없다'라는 것입니다. 일단 절박한 상황이 되면 무엇보다 그 의를 성취하기 위해 내닫지 않으면 안 되는 것. 어떤 지위의 사람이라도 어떤 경우에도 조금이라도 이에 결한 경우가 있다면 이는 이미 인간으로서 사회인으로서 국민으로서도 윗자리에 놓일 수 없습니다. 곧잘 '대의, 부모를 망치다'라는 말이 중국에서도 사용되고 있지만, 중국에는 그러한 말이 있어도 이 말은 본시 중국에서 나왔으나 사실에는 결여되어 있어 속임수가 있을 정도이지요. 그러나 신라시대에는 또 가마쿠라 시대에는 반드시 그러한 풍조로 되어 있었지요. 여기에 대한 두 가지 정도의 실례를 들어 볼까요. 귀족 출신의 삼형제가 용감하게 출진한 이야기(생략). 그것이 첫 번째 사례. 또 하나는 신라 통일의 위업 수행을 위해 김유신이라는 유명한 장군이 있었던 바, 이분은 신라 제일의 대위인이라 통일의 위업에 누구보다 큰 원훈이지만, 그 외아들이 타국과의 전쟁 때 운이 나빠 패전했다. 다른 군대의 수장 장군 모두 전사했다. 그때 그 혼자 군대 속에 참으로 낮은 지위에 있었거니와 그럼에도 "이렇게 된 바에야 나도 죽지 않으면 안 된다"라고 하고, 바로 칼을 자기 머리에 대는 찰라 종자가 이를 말려 "시시하지 않는가. 여기서 죽어버리면…… 모처럼 여기까지 목숨이 살아 있는 만큼 차라리 살아남아서 훗날을 기대함이 바람직하지 않은가"라고 하여 말렸던 것입니다. 이런 실랑이가 상당히 이어졌지요. 김유신 아들은 좌우간 죽고자 하고, 종자는 이를 말리려 하고, 그런데 '죽음'이란 것은 그 '순간'이 빗나가면 아무래도 어쩔 수 없다고 보고 드디어 살아남습니다. 서울에 돌아오자 김유신이 매우 못마땅하여 "집안의 명예를 더럽힌 놈"이라 하고 또 "왕의 명령을 더럽혔음과 동시에 가문의 이름을 더럽힌 자"라 규정하고 '충'과 '효'의 도를 결한 놈은 다시 발을 들여놓아서는 안 된다 하여 추방합니다. 김유신이 살아 있는 한 집에 들어갈 수 없었다. 시골에 내려가 근신 생활을 하던 중, 아비 김유신의 사망소식을 듣고 상(喪)에 복종할 의무도 있어 집에 돌아온다. 그 어미를 만나고자 했으나……. 그러나 그 어미는 이를 허락하지 않는다. 아비의 죽음에 귀가한 것은 옳다, 또 자식으로서 부모(어미) 만나는 것도 당연하다. 예로부터의 삼종(三從)의 의(義)로 볼 때 나는 남편이 죽으면 아들을 따르기 마련이다. 그러나 너는 아비가 살아 있을 때, 이미 아들이 아니라 하여 추방당했지 않느냐. 그것은 대의명분에 의한 것이다. 그러니까 아들이되 아들이 아닌 너를 어미인 내가 아들로 너를 인정할 수 없다고 하여 집안에 들이지 않는다. 그러나 그 아들의 임금과 나라에 대한 충성심은 신라 정신에서 볼 때 쇠하는 것은 아니었다. 그 후 전쟁이 터졌을 때 전선에서 일어난 놀라운 전공을 그가 세웠다. 보통 생각으로는 지금까지의 죄를 보상받을 여지가 있어 이번이야말로 진짜 본가에 돌아갈 수 있고, 세상에서도 얼굴을 내밀 수 있지만, 아무리 여러 번 전공을 세웠어도 한번 죽을 때 죽지 않았다는 바로 그 때문에 드디어 집에 돌아가지 못한 채 세상을 마쳤던 것입니다. 김유신이란 인물은 거의 임금 다음의 사람이며, 특히 그의 외아들이었던 것입니다. 그럼에도 불구하고 한번 죽을 때를 놓쳤다는 사실이고 보면 이런 정도의 비극이 점점 빚어지는 터입니다. 이 두 가지 사례에 의해 당시의 무사도 정신이란 것이 얼마나 엄격했는가를 잘 알 수 있으리라 믿습니다.

관동무사와 고구려 무사

香山光郎 앞에서 얘기가 있었습니다만 제일 특이한 것은 관동무사(關東武士, 일본 중부 도쿄지방의 옛무사를 가리킴−역주)와 고구려의 관계가 아닌가 합니다. 그리고 '방인(防人)'의 정신 등의 기분이나 정신의 연결이란 꽤 크다고 여겨집니다. 고구려 무사를 관동지방에 심게 된 것은 어째서일까, 또 고구려 무사의

자손이 그 후 번영해 와서 그것이 어디까지 고구려 무사의
자손인가 라는 것 등 일본의 무사와의 관계를 나는 잘 모르
지만, 이 관동무사라는 것은 고구려 무사의 기질에서 매우
많이 영향받은 것이 아닌가 생각됩니다만……

최남선 급히 말하면 옛날의 관동무사라는 것은 매우 맹렬한 존재라
고 알려졌지요. 그것은 그러니까 그 뒤의 가마쿠라 시대, 아
시가가(足利) 시대(1338~1572-역주)에도 있었지만, 관동무사의
강함이란 어디서 온 것인가를 문제삼는 경우엔 대체로 지금
의 무사시노(武藏野, 도쿄지방-역주)를 중심으로 한 소위 관동
지방이 신라 및 고구려인의 이주지이거든요. 오늘날에조차
이 지방은 문화의 중심지로 되어 있지만 옛날은 아주 황야
였지요. 아주 광막한 지대였던 것입니다. 오늘날의 말로 하
면 정글이라고나 할까. 당시 고구려가 망하고 또 백제가 망
하고 또 후에 신라조차 망한 형국. 반도에서의 국가 흥망이
잇달았다. 그 망국인의 일부가 반드시 일본 내지를 향해 진
입해왔던 것. 이를 교토(京都)의 조정 쪽에서는 매우 온정으
로써 맞이해 주었던 것입니다. 이들을 살게 한 데가 사람이
거의 살지 않는 지역입니다. 바로 오늘의 무사시노라는 곳
이 당시 그런 조건에 알맞았던 셈이지요. 사람은 희소하지
만 살기엔 좋은 곳. 고구려인이 오면 고구려인에 땅을 주었
고, 신라인에도 그렇게 했던 것. 최근 현사(懸社-현에서 세운
신사-역주)로 승격되어 유명해진 고려신사(高麗神社, 사이타마현
소재-역주)라는 것이 있거니와 이런 것이 그 당시 이주해 온

고구려인의 이른바 씨신(氏神)과 같은 것이지요(당시엔 고구려를 고려라 표기했음—역주). 옛날에 고려군(高麗郡)이라 했는데, 후엔 입간군(入間郡)이라 했지요. 그러나 이 근처에는 신라군이라는 것도 있었지요. 지금은 잊혀졌지만……. 이런 식으로 옛날에는 무사시노의 일대는 고구려인, 신라인의 이주 개척지로 되어 있습니다. 그 수는 실로 많습니다. 한편 고려 신사의 말사(末社)가 매우 많이 있지요. 현재 도쿄 시내에 있는 신사의 유서를 캐보면 고려신사의 말사가 상당히 많습니다. 사례를 들어볼까요. 무코지마(向島)에 있는 시라히게신사(白鬚神社)란 유명한 것이죠. 이 역시 그 하나입니다. 또 무사시노라는 말까지도 어원은 조선어에서 온 것. 조선어의 모시(苧)에서 온 것. '모시의 들판'이라고 할 정도이지요, 무인의 땅에 고구려인 및 신라인이 와서 개척합니다. 그 자손이 점점 불어나 이 일대 토지개발과 함께 인구가 증가했습니다. 이 자손이 다름 아닌 관동무사가 된 형국. 따라서 관동무사의 강함이란 실은 고구려인 및 신라인의 강함으로 되는 셈. 이럴 정도로 그때부터 살아온 반도 출신은 무용으로써 불렸음이 확실합니다.

신질서건설에 정열을 기울여라

마해송 · 그런 얘기로 하면 끝이 없겠습니다그려. (웃음) 일본정신과 이퇴계 사상의 관련성도 여쭈어 보고 싶었거니와 우선 '무사도'와 '화랑도'가 하나이며, 우리들 몸속에 흐르고 있는 형국입니다그려. 이쯤해서 결론으로 반도청년에게 주고 싶은 말씀을 들어볼까요.

香山光郎　요컨대 금후의 우리들이 일본군대에 얼마만큼 공헌할 수 있는가, 이것이 첫째라고 생각합니다.

최남선　나는 여러분도 아시는 바와 같이 전혀 일상적 속세를 떠난 사람과 같은 생활을 보내고 있지만, 이 문제만은 여러 각도에서 바라보아 아주 중대한 문제라는 것을 느껴 이른바 '계율'을 깨고 여기에 온 바입니다. 그것은 무엇인가 하면, 요컨대 이것은 국가에 충성을 다한다든가 대동아의 성전(聖戰)에 참가한다든가의 의의는 말할 것도 없지만, 다른 한편에는 우리들의 잠자고 있는 혼을 깨운다는, 어떤 의미에서는 정신적 부흥을 위한 수행에 있어 하나의 '계기'라고 믿고 있습니다. 따라서 이 정신적 부활이란 것은 여러 가지 것을 내용으로 하는 것이지만 이 문제를 이중 삼중으로 무겁게 보고 있는 바입니다. 거기에서 나와 같은 사람까지도 긴 여행을 하여 여기까지 왔거니와, 금후 조선의 청년학도는 그들이 갖고 있는 정열과 예지를 기울여 새로운 그들의 마음의 생활이란 것을 이 노선에 따라 발전 성장시켜, 그리하여 훌륭하게 우리들의 빛나는 장래를 약속해주기를 바란다는 이 한마디로 충분하다고 생각합니다.

香山光郎　제가 청소년에 바라는 바는 매우 커다란 것입니다. 나는 한때는 조선인은 늙은 민족이라고 느끼고 있었지요. 노쇠민족

이라 하여 비관적으로 보고 있었지만, 오늘은 노쇠하지 않고 아직 어린이라고 나는 느끼고 있습니다. 금세계는 구세계의 파괴와 신질서의 건설이라는 것은 동서양을 말할 것 없이 누구나 승인하는 사실이라 생각합니다. 이익과 욕심의 세계가 파괴되고 도의의 세계가 세워지고 있습니다. 대동아 공영권 건설의 대동아전쟁이라는 것은 바로 이를 이루느냐 아니냐를 맡은 전쟁이겠지요. 조선의 청소년은 지금까지 조선반도만을 위한 사소한 것에 '끙끙대는 상태'를 멈추고 일본 전체의 무거운 사명, 대동아 전체를 껴안는다는 커다란 기분이 되어 신질서 건설의 주역을 연출한다는 정도의 야심을 가져야 한다고 생각합니다. 내 멋대로의 생각이겠지만, 이것은 하나의 하지 않으면 안 되는 것이다. (그것은 다음과 같은 이유에서이다) 이번 전쟁은 '이욕과 탐욕'과 '도의'와의 전쟁이라 말해지고 있습니다. '법문명(法文明)'과 '엉문녕(靈文明)'의 싸움, '법의 문화'와 '영의 문화'의 싸움입니다. 이를 구할 수 있는 것은 '영의 문화'입니다. 따라서 조선인은 예로부터의 상무(尙武)와 같은 모양으로 '영'이라는 것을 매우 존중하고 있습니다. '영'이라 함은 여러 가지 의미가 있거니와……, 또 생각하는 방식이 있거니와 요컨대 의리인정에 기초된 세계입니다. 앞에서 말한 고구려인과 같이 신라인과 같이 이해타산에서 나온 것이 아니라 의리인정에서 나온 것이어서 저러한 무사도는 '영'에 기초한 것이라고 생각합니다. 조선인의 핏속에는 이 '영'을 존중하는 피가 흐르고 있으며, 이욕의 세계에 너무나 물들어 있지 않습니다. 그러기에 '도의 중심의 문화', '영 중심의 문화'의 입역자(入役者)가 되고자 함에 일찍이 어느 민족도 수행하지 못한 몫을 반도인이 가지고 있지 않은가 하고 나는 생각합니다. 무엇보다 그것은 일본제국을 통해서 하는 것이지만……. 그러한 커다란 희망이 있다고 믿습니다. 이번 학도들을 만나보니 어느 무엇도 조선으로부터 떨어질 수 없는 것이 있습니다. "너무도 조선이라는 것에 대해 끙끙대고 있구나, 이렇게 생각하면 어떠할까"라고 말해주자, 곧 공명하는 자도 있었습니다. "넓은 기분이 되어 불평불만이 휙 날아갔습니다"라고 말한 자도 있었습니다.

마해송   자, 이쯤해서 화제를 바꾸지요. 두 분은 조선의 신문에 창시자이기도 해서 조선 신문예사의 첫 장을 엮는다는 기분으로 돌아가 회고담이라도 해주십시오.

조선 신문학과 그 초창기

최남선   내가 새로운 문체를 만들어내고자 생각한 것은 처음 도쿄에 온 15세 적입니다. 그 당시 기무라 다카타로(木村鷹太郎, 1870~1931, 평론가·번역가—역주)라는 재미있는 학자가 있었지요. 바이런의 「해적」이란 시를 번역했는데, 그 「해적」의 시가 썩 소년시대의 내 마음을 흔들었던 것입니다. 지금도 기억할 정도이니까……. 이를 읽고, 아, 이것은 괜찮다, 나도 시를 지어 보고자 했고 그것을 모방한 시를 지은 것이 아마도 최초이지요. 일본에 있어 신체시라는 것의 원조는 제국대학 총장을 하고 있던 도야마 마사카즈(外山正一, 1848~1900)라는 사람이지요. 그 다음이 이노우에 데쓰지로(井上哲次郎, 1855~1944, 철학자·시인·동경제대 교수-역주) 씨. 이 두 사람은 훗날 철학자로 유명했지만, 그 당시는 시인의 한 사람으로 한시를 짓고 있었지요. 이들에 의해 일본의 신체시라는 것이 키워져 후세에 영향이 컸다고 여겨집니다. 먼저 바이런의 「해적」, 그 다음이 이 두 사람의 시를 읽고 나도 한 편 짓고 싶은 기분이 되고, 그 기분이 점점 강해졌지요. 아시는 바와 같이 일본에는 7·5조, 5·7조 등의 형식이 예로부터 있어 지카마쓰모노(近松物, 近松秋江, 1876~1944, 소설가·희곡작가. 그의 작품을 가리킴-역주)는 물론 산문적인 것에도 7·5조로 되어 있더군요. 그러한 것을 도야마와 이노우에 씨가 조금 내용을 바꾼 것입니다. 그런데 조선에서는 그러한 것이 없었습니다. 단지 8자운(八字韻)을 위한 리듬이 있었지만, 이로써는 아무래도 조선어와 같은 단어가 긴 말에는 적합하지 않았지요. 그래서 그것을 조금 길게 하여 '여유'를 갖추게 한 것이 내 첫시도였소. 첫시도가 「경부철도가」. 바로 그 당시 도쿄에서는 오와다(大和田建樹, 1857~1910) 씨의 철도가가 유행했지요. "기적 첫소리 신바시역을……"이라는 것 말이외다. 그로부터 산문체는 후쿠자와(福澤諭吉, 1834~1901, 계몽주의자-역주) 씨의 것을 흉내 내는 꼴로 최초의 단편물을 썼지만, 그보다

뒤에 쓴 것이 「경부철도가」(「경부철도노래」, 1908. 3, 신문관 발행,
"우렁차게 토하는 기적소리에……"로 시작되는 장가-역주)라는 것입
니다.

香山光郎　그 얘기는 나도 몰랐네요.

최남선　작품으로 나온 것은 이 경부철도가가 적어도, 완성된 것으
로는 최초의 것이지요(「해에게서 소년에게」는 1908. 11.이니까 「경
부철도노래」는 8개월 앞선 것-역주). 그로부터 7·5조를 조선식
으로 하니까, 과연 빠르긴 하나 아무래도 본래의 기능을 발
휘하지 못한 기분이 들더군요. 거기서 이것을 어떤 식으로
고치는가에 고심한 끝에 산문시의 형식을 취하게 되었지요.
바로 투르게네프의 산문시를 모방했지요. 내가 제일 애송한
것이 「융프라우」였던 바, 썩 감격했지요. 이런 리듬으로 시
를 쓰고자 하였던 것입니다. 그러나 써보니 잘 되지 않고
다른 쪽으로 변해버렸지요. 향산(이광수) 씨는 그쪽으로 나아
가 성공한 경우이지요. 당시 『대한 유학생 회보』라는 것을
내가 편집장이 되어 편집했는데, 이 선생(香山)이 ……, 이 선
생은 나보다 두 살 아래니까, 내 나이 그때 17세였지요. 이
선생의 어린 시절의 학력을 말하면, 나에 비해 떨어집니다.
나는 순탄하게 왔지만, 이 선생은 매우 괴롭게 했지요. 괴로
운 시련을 겪어 왔지요. 당시는 조선어의 낱말조차 잘 하지
못한 형편이었지요. 중학생이었는데, 아마 명치학원(明治學院)
이거나 청산학원(靑山學院)이었지요.

香山光郎　명치학원(북장로 교회가 세운 미션스쿨-역주)이었지요.

최남선 명치학원에 재학 중이었는데, 어느 때 불쑥 「우리 속의 호
　　　랑이」(「옥중호걸」, 『대한흥학보』, 1910. 1.−역주)라는 신체시를 가
　　　져왔지요. 우에노(上野, 도쿄 시내 지명−역주) 동물원의 호랑이
　　　를 읊은 것. 그것이 이 선생의 첫인상입니다. 읽어보니 대단
　　　한 물건이 아닌가. 당시엔 나는 대가라고 자처하고 있는 이
　　　들의 원고를 제법 많이 보아왔지만, 모두 제대로 되지 않았
　　　지요. 문장도 시가들도 제대로 된 것이 많지 않았는데, 그
　　　속을 뚫고 어찌 짐작했으랴, 15세의 명치학원의 아마도 초
　　　등생이라 생각되는 이 선생이……

香山光郎 아니 3학년이었지요(명치학원은 보통부, 고등부, 신학부로 되어 있
　　　었음. 이광수는 보통부에 다녔음−역주).

최남선 그 소년이 읊은 것을 보고 실로 감복했지요. 당시 그런 정
　　　도의 내용을 펼친 사람은 없었습니다. 내가 편집자의 처지
　　　에서 감격하여 실은 때문인데, 만나는 사람들에게 조선의
　　　대시인의 알이 나왔다는 선전을 한 까닭이기도 합니다.

香山光郎 금시초문입니다. 그 애기는 처음 듣습니다.

최남선 그것은 전혀 발표하지 않아서 모르는 것은 당연할 것입니다.
　　　그런데 그 작품에 공감한 이가 홍명희(1888~1968, 호는 가인 또
　　　는 벽초, 『임꺽정』의 작가−역주) 씨였지요. 우리 셋의 결연은 여
　　　기에서 왔지요. 그래서 우리 셋이 공부를 한껏 해보면 어떠
　　　할까, 그런 생각이 들어 셋이 모여 얘기해 보니 썩 마음이
　　　맞지 않겠어요. 당시 문학을 얘기할 수 있는 친구는 전혀
　　　없었던 형편. 하여튼 법률학교에 다니는 학생 천지여서 셋

은 형제 이상으로 친해졌습니다. "요즘 이런 책이 나왔는데, 읽었는가" 하고 한 사람이 말하면 또 다른 사람은 "아니 아직 안 읽었다"라고 하는 식으로 셋은 다투어가며 신간을 서로 읽어 의견을 맞추었지요. 번갈아 읽기도 했습니다. 거의 매일 밤 만나기도 했지요. 이런 식의 하나이자 여럿인 공부란 셋의 문예적 소양의 토대를 이루었음이 틀림없다고 여겨집니다.

香山光郎 나는 메이지 38년(1905년—역자)에 도쿄에 왔는데…….

최남선 내가 일본에 온 것은 메이지 37년이니까 39년에서 40년 무렵이지요. 당시 도쿄는 오늘날과는 전혀 달랐지요. 전등이란 것이 큰 집이나 큰 여관 같은 데는 달려 있었으나, 학생의 하숙 같은 데는 전등이 없었지요. 긴자(銀座, 도쿄의 번화가—역주)를 통해 아사쿠사(淺草, 극장가—역주)까지 철도마차라는 것이 다녔지요. 내가 일본문화에 접하면서 제일 큰 충격을 받았던 것은 후쿠자와 유키치 씨에게서였지요. 일본문화의 진보 중에는 후쿠자와 씨의 공적이 매우 크다고 생각합니다. 내가 아주 존경심으로 그를 모방하고 싶었지요. 조선의 문체를 한문조(漢文調)의 어려움에서 하나의 통속적인 '한층' 보급성 있는 것으로 만들고자 하여 신문체를 만들어본 것입니다. 그러나 본래가 평범하고 우직한 탓에 충분히 이루었다는 영예에 스스로 도취했다 하더라도 이름이 빛나지는 않습니다. 여기에 때맞추어 향산 씨 언저리의 일대 수재가 나타났기에 내가 개척자라는 것으로 인식되었는지 모르겠습니다. 참으로 새로운 문체란 것은 실제로는 그 성적을 올린 것은, 그러니까 오늘날까지 노력한 공적자가 된 것은 이 선생이겠지요.

선구자들과 그 공적

香山光郎 그 당시 『소년』이라는 잡지를 경영하시어 여러 가지 형식을 실험했지요. 특히 때때로 산문시, 시조 등은 특히 우리들 청년의 눈을 자극한 것입니다. 이런 의미에서도 훌륭한 최 선생 한 사람이 혼자서 했다고 해도 되겠지요. 『소년』이라는 것은, 그러나 내용은 소년취향이 아니었지요. 그것은 한일합방 후에도 한두 해 계속되었지요, 아마.

최남선 『소년』은 한일합방 후엔 이미 없어졌지요. 조금 앞에 발행정지로 되어 오늘날까지 발행정지 상태로 되어 있습니다(실제로는 1911. 5. 제23호로 정간됨—역주). 제일 처음이 『소년』. 그 후 많이 있지요. 『소년』이 바뀌어 『청춘』이 되기도 하고.

香山光郎 그 『청춘』에 최초의 현상소설을 모집했더군요.

최남선 조선문단에서 이름이 난 사람들은 대부분 그 현상소설의 응모자였지요.

香山光郎 오늘의 독자가 읽어도 썩 재미있는 것들이 가득했다고 회고됩니다. 당시의 도쿄의 문예사조의 시선에서 보면 자연주의 문학이 융성한 시대였지요. 현실폭로의 비애를 소리높이 외치던 시대였지요. 작품의 주된 방향이 '낡은 것을 쳐부숴라',

그래서 '연애'를 숭상하는 것이어서 우리들 부모 쪽에서 보면 큰일이었지요. 적지 않게 매도당한 것이었지요.

김을한 선생의 작품 「무정」이 최초이겠는데요.

香山光郎 책으로 된 것은 『무정』이 처음입니다.

최남선 오늘날엔 대체로 잊혀졌지만, 『백백합(白百合)』이라는 잡지가 있었지요. 시전문의 잡지였는데, 그게 꽤나 호화판이었소. 그 후 아마도 『백화(白樺)』(당시 일본 최고의 사상문예지—역주)가 된 것이지요.

香山光郎 그 시대엔 일본 내에서도 서구 및 미국류의 신문예건설 시대였지요.

최남선 여하튼 구로이와 루이코(黑岩淚香, 1862~1920)의 「희무정(噫無情)」(위고의 『레 미제라블』의 번안으로 최남선도 「너 참 불상타」, 『청춘』, 1910. 1.에서 초역—역주)이 문예라 불린 시대였으니까……. 그로부터 『자연과 인생』, 『불여귀(不如歸)』, 오자키 고요(尾崎紅葉, 1867~1903—역주)의 『금색야차(金色夜叉)』('이수일과 심순애'로 널리 알려진 조일제의 번안 『장한몽』이 있다—역주) 등이 학생들의 독서물이었지요. 사상서적으로는 구로이와 루이공의 『천인론(千人論)』이라는 것이 철학의 최고처럼 학생들에게 받아들여졌지요. 그 당시는 칸트가 점점 나오고 있었다고 여겨집니다. 우리들도 서양 학문에 이런 것이 있다고 생각해서 놀랐지요. 그 조금 뒤에 대륙문학이란 이름으로 입센 등이 들어왔고 그로부터 또 투르게네프가 중심이 된 한편으로는 톨스토이가 일부 청년에게 읽혀졌지만, 문예적인 것이 아니었지요.

『부활』 이후에야 화려하게 읽혀졌지요. 톨스토이의 문예적인 작품은 대부분 그 후에야 번역되었지요. 어쨌든 투르게네프가 전성시대였지요.

香山光郞　「그 전날 밤」(투르게네프의 소설─역주)은 대단한 물건이었지요. 어느 여학교 학예회에서도 「그 전날 밤」의 연극을 할 정도였으니까.

최남선　당시는 실제로 즐거웠지요. 나와 이 선생, 홍명희 씨 등 세 문학청년이 러시아 문학을 중심으로 문학론을 다투었지요. 그로부터 각각 문학상의 경향이 달라지지 않았겠는가. 나는 점점 톨스토이 쪽에 기울고 홍명희 씨는 관능주의로 치닫고 하는 투로…….

香山光郞　그랬지요. 그 당시가 그립습니다

최남선　홍명희 씨는 후에는 나쓰메 소세키(夏目漱石, 1867~1916, 『명암』, 『도련님』의 작가─역주)의 숭배자로 되고 말았지만…….

香山光郞　저는 바이런(1788~1824, 영국시인, 『차일드 해럴드의 편력』의 저자─역주)이 좋았지요. 아무 연고도 관계도 없이 바이런이 좋았지요. 그 다음 러시아의 것이었는데 고리키(1868~1936, 『어머니』의 작가─역주)가 유행할 때지요.

최남선　고리키는 그 뒤겠지요. 홍명희 씨는 꽤 빈틈이 없어 책을 모으는 솜씨가 뛰어났지요. 관능적 책 말이외다.

香山光郞　옛날엔 한 번 발매금지되지 않은 경우엔 별로 팔리지 않을 정도. 홍명희 씨는 이 점을 잘 알고 있었지요. 책방에 의뢰해 놓고 발매금지가 되면 그놈을 모두 수집했던 것. 아슬아

슬한 관능적인 것도 있었지요. 사상적인 것이 아니라…….

최남선　그 점은 이 선생도 한번 깊이 맛본 바 있었는지 모르겠네요. 작가로서는 주요한이라는 사람보다는 뛰어났지 않았는가 여겨집니다. 홍명희 씨는 작가는 아니었지요. 감상가라고나 할까요. 러시아물에서 일본물로 바뀌면서 모리 오가이(森鷗外, 1862~1922, 「무희」의 작가―역주)와 나쓰메 소세키를 동시에 했고, 그 뒤엔 아주 소세키 전문가가 되었지요. 소세키의 것이라면 외고 있을 정도 바로 『나는 고양이로소이다』라는 소설이 하이쿠 잡지 『호도도키스』인가에 연재되었는데, 하이쿠(俳句, 일본 전통시가 형식의 하나―역주) 따위엔 아무런 인연도 없지만 그 소설이 연재되기에 홍명희 씨는 그 잡지를 읽었지요. 나는 작품을 쓰고자 해도 솜씨가 없어 못했지만 이 선생은 쓰는 편이었지요.

香山光郞　홍명희 씨는 점점 그 방면으로 들어가버려 사회적으로 얼굴을 낼 기회가 없어졌지만…….

앞에서 말한 우에노 공원의 호랑이를 쓴, 그 호랑이란 작품 제목은 「옥중호걸」입니다. 그보다 먼저 쓴 것에는, 정(情)의 해방이라는 뜻으로 쓴 것이 「정육론(情育論)」이지요. 어째서 그런 기분이 되었는지 모르겠으나 감정을 해방하지 않으면 안 된다는 기분이었겠지요. 본시 당시의 나는 문학을 위한 문학을 쓰고자 하지 않았습니다. 일종의 계몽을 하고자 하는 심산으로 하고 있었지요. 조선인을 각성케 한다는 기분이었지요.

김을한　그 시대는 그렇겠군요. 정치가와 문예가를 겸하고 있어 정
치적 수단의 하나로서 문학이 존재한다는 의미도 있었고,
선생은 호랑이의 시 이외에는 어떤 것이 있었나요.

香山光郎　그 뒤에는 뭔가 하는 어떤 어린 처녀가 자살하는 것을 쓴
소설 한 편이 있습니다(「규원」이란 소설은 미상. 희곡 「규한」은
1917년에 발표된 것으로 젊은 아내의 죽음을 다룬 것—역주). 소설로
는 처음이지요. 가정에서 신구사상의 대립이 현저하던 무렵
이었는데…….

최남선　그보다 먼저 내가 「사첩반(四疊半)」이라는 소설을 실은 적이
있습니다.

香山光郎　조금 긴 것으로 「젊은 벗에게」라는 것이 처음이지요. 묶여
진 것으로 그것은 『청춘』에 실었지요.

최남선　이름은 『청춘』이지만 꽤나 성숙한 당시였지요. 홍명희 씨는
중학생인 주제에 한학의 소질이 상당했지요. 한시도 썩 짓
고 한문소설에 대해서도 온축이 상당해서 나는 홍씨 정도는
아니나, 이 선생으로 하면 거의 제로에 가까웠을 터. 한학만
을 문제 삼는다면 홍명희 씨가 실력자. 그 다음이 저지요.
이광수 씨는 거의 문제도 되지 않았지요. 그 뒤에 노력해서
어느 정도의 실력을 가지게 되었겠지만…….

香山光郎　그 무렵(『무정』)의 원고료가 월 10원이었소. 그 무렵 10원은
실로 고마운 것이었지요. 그것은 매일신보였거니와…….

최남선　그것은 대가가 된 뒤이지요.

香山光郎　도쿄에서 돌아와 시골에 내려가 있을 때에도 자주 썼지만,

이젠 거의 잊어서…….

최남선   그러나 아무래도 감개무량한 바 있습니다. 어느 새 이런 늙은이가 되어 40년 전의 것이니까 이미 역사 속의 인물이 된 형국이네요.

香山光郎   그 뒤 제일 큰 변혁이 온 것은 다이쇼(大正) 7년인가 8년 경(1919년 3·1 운동─역주)입니다.

최남선   문예역사가는 그 무렵을 전후해서 문제 삼더군요. 임화(林和, 최초로 조선신문학사를 쓴 시인·평론가─역주) 군이 정신을 차려 그때의 자료를 잘 모아서. 어쨌든 그때의 일을 쓰는 것은 임화 그 사람인데요. 다이쇼 8년 이전엔 『청춘』이란 잡지 이외에는 아무것도 없었지요. 다이쇼 8년이 되어 『창조』가 나왔지요. 이것이 문학잡지의 처음이란 것입니다.

香山光郎   발행은 도쿄였지요. 만세사건의 소란이 한창일 때지요. 최초의 문학잡지인데다가 제일 영향이 많았지요. 돈을 내기도 일을 하기도 한 것이 김백락(金伯樂, 김환·흰뫼 등의 이름으로 소설·미술론 등을 씀─역주). 이 사람은 도쿄에서 미술을 한 사람이지요. 그 다음엔 김동인, 주요한, 이들이었지요. 김백락 군은 꽤 열심히 했지만 지금은 죽었습니다. 이 사람이 돈을 냈고, 붓을 휘두른 것은 김동인 군이지요(김동인이 출자한 것으로 백락은 단지 그 고용인 격이라고 김동인은 회고하고 있음─역주). 그 다음에 『장미촌』도 나왔는데, 황석우, 오상순 등이 낸 것. 『백조』와 『조선문단』은 어느 것이 먼저였을까. 『조선문단』은 내가 낸 것인데, 오래 내지는 못했습니다.

김을한　국어로 제일 먼저 쓴 것도 이 선생이겠지요.

香山光郎　아마 그렇겠습니다. 처음 쓴 것은 「오도답파(五道踏破)」인데 다이쇼 4년(1915) 『경성일보』에 연재한 것. 이것이 일본어로 쓴다는, 새로운 황무지를 개척한 것이어서 이 점에서 보면 내가 제법 우쭐해질 만도 할지 모르긴 합니다만. 30회 정도 썼지요. 기행문이었소. 소설로는 세상에 알려져 있지 않지만, 명치학원의 학보에 쓴 것이 있지요(『白金學報』, 1909. 12.에 쓴 일어로 쓴 단편 「愛か」를 가리킴－역주). 이것이 또 『富の日本』에 전재된 바 있습니다.

최남선　당시 잡지계의 혜성이라 이야기되던 노요루 히데이치(野依秀市)라는 사람이 나와서 『富の日本』이란 잡지를 만들었는데, 『實業之世界』의 전신입니다. 지금 말하는 이광수 씨의 소설을 전재한 것이죠. 이는 신문의 것을 전재하거나 잡지의 것을 신문이 전재한 그런 것이지요.

香山光郎　신문 쪽이 먼저라고 생각됩니다. 분명 중앙에서 나온 신문(中央新聞)이라 생각됩니다. 정우회(政友會) 신문이었으니까. 「愛の歌」(「사랑의 노래」, 「사랑인가」의 오기－역주)라는 것인데, 그때 처음으로 신문사나 잡지사에 사진반이 오더군요.

최남선　확실히 메이지 40년에서 41년경(1907~1908)입니다그려. 매우 평판이 있었지요. 아무튼 조선의 아이가, 중학생이 일본문으로 소설을 썼고, 그것도 이 정도의 솜씨를 보였으니까 이는

적어도 멸시할 수 없다는 의미로 받아들여져 일반의 시선을
모았지요. 신문 쪽이 먼저였기에 잡지 쪽은 등불을 든 형국.
이런 유쾌한 일도 있었지요.

香山光郞 내 작품으로는 그것이 제일 오래된 것인지 모르겠군요.

김을한 그때부터 꽤 평판이 있었던 모양이네요.

최남선 그렇지요. 이미 대단한 것이지요.

김을한 그 무렵엔 별로 없었지요. 아마 국어(일본어)로 쓴 작품은……

香山光郞 어떻게 써야 할까, 모르기 때문이지요.

마해송 그렇겠네요. 실제로 일본인의 작품도 한층 섬세한 장면으로
되면 흔히 자기 지방의 사투리로써 대화케 하여 표현하는
경우가 많더군요. 그런데 조선의 작가에겐 그것이 없습니다.
어떻게 뭔가 잘해보겠다는 속셈으로 동북 사투리를 사용한
다고 했는데, 다음 페이지에서는 규슈 지방 방언을 사용하
는 식이 그것. 오사카 어투나 동북지방 어투를 말할 것 같
으면, 대체로는 그 인물의 성격이 상상되는 것이어서, 교활
하다든가 순백한 백성이라든가 하는 투로 금방 머리에 떠오
르지만, 조선의 작가의 경우는 이런 것이 뒤섞여 있는 형국
이지요. 이런 사정을 알고 있는 사람이 읽으면 실로 객쩍은
것이 될 수밖에. 가령 슬픈 장면인데도 웃음이 나오곤 하는
것이 그것. (웃음) 말하자면 이런 것을 태연히 저지르고 있
습니다.

香山光郞 사투리란 둘째 셋째 문제이고 무엇보다 국어(일본어)로 소설
을 쓰고자 하는 것 자체가 도대체 무모하니까요.

최남선	그것은 단지 지방적인 관계뿐만 아니라 크게는 시대성의 문
제도 있다고 여겨집니다. 그것은 만엽(萬葉)시대(8세기, 나라 시
대 말기-역주)의 말이라든가 중세의 말이라든가, 그리고 메이
지 시대의 말, 소화(昭和) 시대의 말이라든가 등등이 뒤섞여
있어 이를 세밀히 밝혀 드러냄이 필요하다는 뜻입니다.

香山光郎	대체로 조선인이 쓸 수 있는 것은 수필이겠지요. 소설을 쓰
고자 한다면 그것은 일본인 아내를 얻든가, 일본에 와서 몇
십년간 살아야 하는 것이니까.

최남선	몇 십년 살아도 마찬가지라고 여겨집니다. 옛날 그리운 라
프카디오 헌(Lafcadio Hearn, 1850~1904, 귀화한 일본 명은 小泉八雲,
희랍태생, 영문학자·작가-역주)의 말이지만, 그 말이 귀에 익어
할 수 없군요. "'자기이 모국어'가 아니어도 다시 말해 모국
어 아닌 것으로 문학을 짓는다는 것은 무모하다"라고. 그러
나 유럽에서는 그런 경우도 있긴 있지요. 몇 백 년에 한 사
람 정도이긴 해도. 만엽집의 특징(민엽집조)으로 읊은 가인의
노래를 읽어보면 이 점을 알 수 있지요. 바로 저 만엽집(일본
고대 시가집, 전 20권, 약 4,500수 수록, 특징은 소박한 표현, 직설적·
생활적·사실적, 이를 만엽집조라 함-역주)을 읽어보면 우리들도
만엽집조로 읊은 작품을 읽어도 도무지 잘 알 수가 없습니
다. 여기에 뭔가 우리들에게 통하지 않는 것이 있더군요.

香山光郎	그렇겠군요. 외국(인)이 그 흉내 내기가 가능할까 어떨까는,
근본적으로는 의문을 갖고 있습니다.

마해송	그러나 제 생각으로는 오늘의 조선인이 일본어로 쓴다는 것

은, 대단한 노력을 하고 있는 바, 그도 그럴 것이 정확한 일본어 독본의 '국어' 이외의 말이 따로 없으니까요. 어떻게 하든지 이 표준어로 쓰지 않으면 안 되지요. 일본의 작가라면 사투리로 일시 도망칠 수도 있다. 따라서 정확한 일본어로 조선인은 쓴다. 표준어라는 것은 조선인의 작가에 의해 전해지는 것이 아닐까 라고.

최남선 그것은 재미있는 역설이군요.

香山光郎 금년에 들어 저도 국어(일본어) 작품을 4, 5편 썼지만 이런 것은 쓸 것이 아니라고 생각했습니다. 아무래도 말솜씨가 나오지 않아서……. 그런데 어떤 여학교에서 일본문법의 시험 때입니다. 내 쪽이 일본문법은 뛰어납니다. 하여튼 그 여학생들은 일본문법은 배우지 않았는데도 불구하고 문법은 알고 있더군요. 그래서 따로 공부하지 않지만, 내 경우는 매우 열심히 하고 있기에 잘 알고 있다는 격이지요.

김을한 긴 시간 고맙습니다.

☗『조선화보』, 1944. 1. / 김윤식 옮김

「동경대담」의 자료적 가치

이 「동경대담」은 「학도출진 특집호」로 나온 『조선화보』(東京, 朝鮮文化社, 1944. 1.) 권두에 실린 것이다. 그 경위에 대해서는 이 잡지의 발행인 겸 편집인인 김을한(金乙漢)이 서두에 적은 글에 어느 정도 드러나 있다. 일본에 유학 중인 조선인 전문·대학생 학병 권유차 이곳에 온 유명인사 중 지도급 인물이자 영향력 있는 최남선, 이광수 두 사람을 가운데 놓고 신태양사 사장으로 당시 일본 잡지계에 군림한 마해송이 사회를 맡았다. 이것만으로도 하나의 사건으로 이 나라 역사에 기록될 만한 하나의 문건이라 할 것이다. 그러나 이 문건은 여기에 멈추지 않고 나아가 또 다른 문건으로서의 의의를 갖고 있는 바 이 나라 신문학사에 대한 몇 가지 증언을 담고 있음이 그것이다. 이 대담이 두 부분으로 크게 나뉘는 것은 이런 곡절에서 온 것이다.

앞부분은 다시 둘로 갈라지는 바 학병지원 독려차 이곳에 온 목적, 경위 및 경과 등이 그 하나이고, 다른 하나는 두 사람의 학도들에게 한 강연 내용이 비교적 자세히 소개되어 있다. 이 강연의 핵심에 놓인 것은 신라의 화랑도와 고구려 무사정신이었다. 이들의 정신이 고려신사의 근거임을 지적하기도 했다. 일본보다 국력으로나 문화적으로나 우위에 있었던 삼국시대에다 나름대로의 자존심의 근거를 가까스로 두었음이 드러나 있다. 제1차 대동아문학자 대회(1942. 11.)에 참가한 이광수가 일본작가 앞에서 스스로를 불모로 잡혀온 자가 아니라 고구려나 백제의 고승처럼 일본국빈으로 왔다고 우긴 「三京印象記」(『문학계』, 1943. 1.)와 일맥이 통하는 것이기도 하다.

대체 이들 두 사람이 어째서 학병 권유차 일본에까지 가야 했을까. '일본 유학생 권유단'이 조직된 것은 1944년 11월 7일 조선호텔에서였다. 다르게는 '조선 장학회 파견 학도지원병 격려대' 또 속칭으로는 '영광의 사절단'이라고도 불린 것. 여기에 참가한 인사 명단은 아래와 같다.

본명(창씨명)	직 업·경 력
이광수(香山光郎)	작가, 문인보국회 이사, 대동연맹 이사
최남선	역사가, 건국대학 교수, 조선임전보국단 단장
이충영	조선언론보국회 평의원, 대화동맹 이사
김광근(金原光根)	변호사
김연수	경성방직 사장, 조선임전보국단 상임이사
송진우	전동아일보 사장
고원훈	중추원 참의, 조선임전보국단 부단장
김명학	의학박사, 함남도회 의원, 임전보국단 위원
조임재	평양지방법원 판사
김근하	농학박사, 이화학연구소 소원, 세브란스의전 교수
강병순	평양부회 의원, 경성변호사회 부회장, 대화동맹 이사
이성근(金川聖)	매일신보사 사장, 중추원 참의

강덕상, 『조선인 학도출진』, 岩波書店, 1997, p.231.

선발대로 김연수, 최남선, 이광수 셋이 1944년 11월 8일 서울을 떠나 도쿄, 교토, 오사카, 히로시마 유세에 나갔고 오사카, 교토를 거쳐 도쿄의 메이지 대학에서 '조선학도 궐기대회'(24일 오후 1시)가 열렸다.

강사석엔 이광수, 최남선, 김연수, 내빈석엔 매일신보사 사장, 경성일보사 사장, 장학회 이사장, 동부군 사령부 야미시로 소장 등 30여 명(이에 대한 자세한 기록은 강덕상, 앞의 책 참조). 이들의 권유행각에 대해서는 다음 네 가지 증언도 참고할 만하다.

둘째, 당시 주오대학 예과생이며 입대해서 나고야(名古屋) 13부대에 복무하다 해방을 맞아 귀국한 『현해탄은 알고 있다』의 작가의 증언. 그는 이렇게 썼다.

일본은 미국 진주만을 공격한 뒤 남방에서 필리핀을 점령했느니 싱가포르까지 진출했느니 떠들어댔다. 어느 때는 인도까지라고도 해서 대단한 줄 알았더니 속사정이 매우 딱하게 된 모양이었다. 그런지 3개월 후 조선인 학생들도 특별 지원병으로 몰고 가겠다는 발표를 했다. 나는 학교 게시판에서 그것을 보자마자 만주로 튀어야겠다는 생각이 늘었다. 이광수와 최남선 씨 등이 나서서 적극적으로 권한다는 소문이었다(한운사, 『구름의 역사』, 민음사, 2006, pp.29~30).

셋째, 당시 현장에서 연설을 들으며 지켜본 불문학자 김붕구 교수의 증언.

그 당시 그리고 또 지금까지도 가시지 않는 놀라움은, 춘원의 철석같이 굳은 '신념'(신앙?)의 화신 같은 모습은 육당의 활달무애한 언동과는 대조였다. 같은 시대에 살며, 거의 비슷한 시대적 역할을 한 것 같은 민족주의자가 똑같이 역설적인 반민족의 훼절을 범하는데, 그렇게도 상반된 인상을 준다는 것은 웬 일일까? 차마 여기서 묘사할 수 없을 만큼 '황실'에 대한 경모와 신뢰, 무한의 경건한 태도로 민족의 구원을 설교

하던 그 병고에 시달린 상기한 얼굴, 미열에 손발이 바르르 떨리는 듯하고 금시 쓰러질 듯이 숨가쁜 고행자의 자세. 일제가 그에게 모진 고문 끝에 무슨 혼을 빼는 주사라도 놓은 게 아닐까?(지금 흔한 첩보 영화를 당시 보았더라면 그렇게 확신했을 게다) 우리 문학사상 가장 많이 앙가주망을 했고, 가장 넓고 파란 많은 행동권을 가졌고 가장 광범위한 경세의 논설과 솔선 실천을 한 그가 아닌가. 프랑스에 태어났더라면 필경 프루스트나 발레리가 아니라 말로 같은 행동적 작가가 되었을 그가! 그는 치명적인 열병에 걸렸고 마침내 헛소리를 하게 된 것이다. 그에게 누가 돌을 던질 수 있겠는가. 허약한 체질이 식민지하의 민족주의라는 고된 시련에 기진하여 그토록 처참한 모양으로 병구를 이끌려다니는 신세가 된 것이다.(……)

육당의 경우, 동경 간다의 어느 여관방. 학병이라는 문제에 부딪혀 기로에서 고민하는 젊은이들의 애타는 눈동자들에 둘러싸여, 열에 뜬 수난의 고행자 같은 친구 옆에서, 일제 관헌과 입회 교수들을 뒤에 앉히고, 그는 거침없이 토하는 것이었다. 온 세계의 청년들이 전쟁터에서 싸우고 있다. 오직 조선 청년만 편히 앉아 있으라고 둬둘 성싶지도 않고, 또 그렇게 된다면 전쟁 후에 어떤 발언권을 얻을 수 있겠는가? 비단 일본에 충성을 하기 위해서 나가라는 것이 아니다. 어쨌든 총 쏘는 법을 배워두란 말이다……고.

관점에 따라서는 무책임한 말, 혹은 일종의 궤변이 될지도 모른다. 그러나 간단명료한 말이며, 그의 진의를 충분히 전달하여 의문의 여지가 없다. 당시 입회 일인 교수도 탄복했지만, 그때의 최후 발악적인 무시무시한 분위기 속에서는 놀라울 만큼 대담하고 솔직한 표현이었다. 그의 훼절이 적극적인 변절이라기보다는 목적을 위한 최소한도의 현실 타협이란 '인상'을 분명히 느끼게 한다(「한국의 지식인상」, 『신동아』, 1967. 3, p.72, 74).

이 인용은 훨씬 뒤의 회고이기 때문에 자료로서는 주관성이 강하다. 그만큼 강한 인상을 받은 것으로 보인다. 당시 학생들의 심정은 심히 착잡했음에 틀림없다. 와세다 대학 사학과 3년 재학 중인 지원병 수속을 마친 임광철은 "도쿄의 조선 학도는 지금 큰 흥분과 감격 속에 잠겨 있는 것 같습니다. 어떤 자는 앵글로 색슨의 침략에 향하여 아시아인의 새로운 아시아를 건설할 기초를 놓아야 한다고 말하고, 어떤 자는 금번 지원병이 하나의 계기가 되어 보다 완전한 의미의 내선일체가 완성된다고 주장하고 있다(「입영에 제하여」, 『신시대』, 1944. 2, p.70)"라는 편지를 그의 아우에게 띄우고 있다.

네 번째는 주오(中央)대학에서 열린 연설회에 참가한 윤종현(주오대학 법과)의 최남선과 이광수에 대한 증언이다. 우선 최남선에 대해서는 다음과 같이 말했다.

이윽고 최남선은 "미리 말씀드리지만 오늘 이 자리에서는 어떠한 발언 내용도 면책하기로 되어 있으니 복장(腹藏) 없이 마음속에 가진 생각을 토로해 주시기 바랍니다. 또 어떠한 경우라도 이 사람이 절대 책임질 터이니 안심하시기 바랍니다"라고 하자,

A학생 : "최 선생 일행이 우리들을 걱정하시고, 도움을 주시려 이곳, 동경까지 오시느라고 수고 많았습니다. 그런데 최 선생께 한 가지 질문이 있습니다. 선생님 지금으로부터 25년 전 거국거족적인 항일투쟁시 3·1 독립선언문 초안을 그 누가 작성했습니까. 바로 선생님이 아닙니까. 왜 이러십니까. 송죽 같은 절개는 못 지키셔도 30년을 못 지키시다니 정말 답답합니다. 그동안 벌써 피가 말랐습니까! 쓸개가 말라붙었습니까! (박수) 혼이 빠져 건망증 환자가 되신 것은 아닐 텐데요. (박수) 우리는 이제 유치하지 않습니다. 혼이 빠진 사람들하고는 대화할 가치조차 없습

니다. 빨리 돌아가 주시기 바랍니다.”

이때 일본인 학생들도 우레와 같은 박수를 쳤다.(그렇다……옳소……
하고……) 최남선의 얼굴이 붉으락푸르락 흥분을 했다.

최남선은 “나도 당신네들 학생들 못지않게 피가 끓어요. 아무런 환
자도 아니고요. 지성인은 이성을 잃으시면 아니 됩니다. 현실을 직시하
고, 엄연한 자세로서 대소의 득실을 깊이 생각해야 합니다. 소를 버리
고 대를 위해서 헌신할 줄 알아야 합니다. 여러분은 지성인입니다. 냉
철한 사고가 깊은 안목으로 미래를 위해서 많은 과실을 얻어야 하고
만인의 행복을 위해서는 소를 희생할 줄 알아야 합니다”라고 했다(윤
종현, 「동경 창평관에서의 최남선씨와 이광수씨와의 토론」, 『1 · 20 학
병사기(1권)』, 삼진출판, 1987).

다음은 이광수 자객소동에 대한 증언.

최남선과의 대화가 미흡한 나머지 우리들 조선학생들은 창평관으로
일행을 찾아갔다.

이미 10수 명의 학생들이 좌석을 꽉 메워 있었다. 그중에는 여자전문
학생도 수명이 끼어 있었다. 이때 돌연 밖에서 역적 이광수 나오라고
외치며 누군가 단도를 휘두르며 2층으로 오르락내리락 대소동을 벌였
다(이때 이미 이광수는 피신하고 없었다.)(위의 글).

한편 메이지 대학 출신 학도인 구모이 쇼노스케(雲井鐘之助)는 「춘원
선생님께」를 썼다. ‘입영에 즈음하여 선배에게 보내는 편지’의 첫 번
째인 셈이다. 이 편지를 통해 우리는 춘원이 도쿄에서 체류하는 동
안 건강이 퍽 안 좋아 치료를 받고 있었음을 알게 된다. 또한 춘원은
훈련소를 방문했음도 알아낼 수 있다. 일본 내의 조선인 학도 지원

병은 1943년 12월 17일에서 19일까지 대부분 중앙대학에서 신체검사를 받았으며, 이듬해 정월 20일 대부분 귀국(일본 현지 입대자도 있었음), 서울·평양·대구 등에서 훈련을 받고 입대한 것이다. 또 '최남선 선생께' 보낸 야마무라 후미오(山村文雄)의 편지에 의하면, 재도쿄 조선인 학도 지원 권유강연 뒤에 일동은 창평관 앞에서 사진을 찍기도 하였다. 당사자인 이광수 자신은, 역시 훗날 이렇게 회고한 바 있다.

　　내가 학병 권유로 도쿄에 갔을 때의 일이다. 하루는 밤늦게 대학생 셋이 내 여관에 찾아왔다. 나는 열이 나서 누워 있을 때였다. 그중 한 학생이,
　　"우리가 나가 죽으면 분명히 우리 민족에게 이익이 되겠나?"
하고 입을 열었다.
　　"그대가 안 나가려면 안 나갈 수가 있나?"
나는 이렇게 되물었다.
　　그들은 한숨을 짓고 고개를 숙여버렸다.
　　이윽고 다른 한 사람이,
　　"우리가 나가서 피를 흘리면 그대는 우리의 피 값을 받아주겠는가?"
하고 물었다.
　　이것은 참말로 큰 물음이었다. 나는,
　　"그대들이 피를 흘린 뒤에도 일본이 우리 민족에게 좋은 것을 아니 주거든, 내가 내 피를 흘려서 싸우마."
이렇게 대답하였다. 나는 속으로 이 젊은이들의 피 값을 받으려고 피를 흘리는 나를 상상하였다.
　　"우리들이 피를 흘려서 우리 동생들에게 조금이라도 도움이 된다면 조금도 한이 없겠다."
하고 그들은 가버렸다. 물론 나는 그들의 성명은 모른다.

바로 그들이 나간 뒤에 웬 청년 둘이 들어오더니 너붓이 조선 절을 하기로, 나는 황망히 일어나서 답배를 하였다. 그런데 그들은 절을 하고 꿇어앉아서는 한마디도 말이 없고, 좔좔 눈물만 흘리고 있었다. 그러기를 한 십 분이나 하더니, 다시 일어나서 절하고 가버렸다. 나는 그들이 누구인지, 또 왜 그렇게 방바닥이 젖도록 낙루를 하는지 묻지 아니하였다. 물을 필요도 없는 것이었다. 내 마음이나 그네의 마음이나 하나일 것이므로(「나의 고백」, 『이광수전집(7)』, 우신사, p.280).

「동경대담」의 중요성은 뒷부분에서도 찾아진다. 이 나라 근대문학의 개척자들의 회고록이기도 하기에 그러하다. 약간의 기억상의 착오도 없지는 않으나, 이광수의 「옥중호걸」의 의의, 또 『백금학보』에 실린 한국유학생 이보경(李寶鏡, 이광수의 당시 이름)의 일본어 소설 「사랑인가」가 일본의 중앙 신문에까지 전재된 것, 문체개혁에 대한 문제 등은 문학사적 증언으로서의 의의를 갖는다.

또 하나 문학사적 과제로 눈여겨봐야 할 점은 이른바 이중어 글쓰기(bilingual creative writing)에 관한 것이다. 이광수의 견해로는 조선작가의 일본어 창작이란 거의 불가능하다는 것. 기껏 할 수 있는 것은 수필 정도라는 것. 처녀작부터 일본어로 썼고, 「萬영감의 죽음」(1936)을 비롯, 「그들의 사랑」(1941), 「가가와 교장」(1943), 「원술의 출정」(1944) 등 일본어 소설을 쓴 이광수이고 보면 음미될 사항이 아닐 수 없다.

끝으로 옮김에 있어 이광수의 이름은 香山光郎(카야마 미쓰로[오])로 표기되어 있어 그대로 두기로 했고, 대담 중 "제가……"라고 한 곳도, "내가……"라고 한 곳도 있어 구별해서 옮겼고, 역주를 많이 단 것은 신세대 독자에게 조금의 편의를 주기 위해서였다.

편역자 **김 윤 식**

1936년 경남 진영 출생
문학평론가, 서울대 명예교수
저서 『이광수와 그의 시대』(1986)
    『일제말기 한국작가의 일본어 글쓰기론』(2003)
    『해방공간 한국작가의 민족문학 글쓰기론』(2006)
    『일제말기 한국인 학병세대의 체험적 글쓰기론』(2007) 외 다수

이광수의 일어 창작 및 산문선

초판 인쇄 2007년 11월 17일
초판 발행 2007년 11월 27일

편역자 김윤식
펴낸이 이대현
편 집 권분옥

펴낸곳 도서출판 역락
주소 서울 서초구 반포4동 577-25 문창빌딩 2층
전화 02-3409-2058, 2060
팩스 02-3409-2059
등록 1999년 4월 19일 제303-2002-000014호
e-mail youkrack@hanmail.net

값 10,000원
ISBN 978-89-5556-577-5 93810

파본은 교환해 드립니다.